ヤマケイ文庫

# 紀行とエッセーで読む 作家の山旅

山と溪谷社 編



Y L

Yamakei Library

編集協力＝大森久雄

紀行とエッセーで読む　作家の山旅　目次

カバー制作・本文レイアウト＝渡邊 怜

小泉八雲

# 富士山（抄）

落合貞三郎訳

来てみればさほどまでなし富士の山　――日本の諺

日本で最も美麗なる光景で、世界中でもまさしく最も美麗なる光景の一つは、雲のない日、殊更春と秋に於て、山の大部分が残《のこ》んの雪や初雪に蔽われて、遠く空に浮かび出でた富士の姿である。雪のない麓も、空と同じ色を呈して殆ど見分けがつかない。ただ天に懸かったような白色の円錐形を認めるのみだ。して、日本人が倒懸せる半開の扇にその形を見立てた譬喩《ひゆ》は、刻み目のついた巓《いただき》から扇の骨の影のように下方へ広がっている立派な筋のために、いかにも旨く適合する。扇よりも更に軽やかな姿、寧ろ扇の精か、扇の幻かと見えるが、しかも百哩《マイル》かなたの実体は、世界の山々の中で堂々たるものである。約一万二千五百呎《フイート》の高さに聳えて、十三箇国から望まれる。それでも高山のうちでは登るに最も容易な方で、千年以来毎夏幾多の巡礼者が登り来たったのである。それは、ただ貴い山であるばかりでなく、日本中で最も貴い山、神国で最も神聖な山、太陽を拝む最高の神壇であって、少くとも一生に一度登るのは、すべて昔の神々を敬うものの義務だからである。だから帝国のあらゆる地方から巡礼者が年々富士山へ辿ってくる。して殆んど各国にこの霊峯へ詣ろうと願うものを助けるために組織された、富士講という巡礼団体がある。もしこの信心の勤行を自身で出来ない場合には、少くとも代理を立ててもよろしい。いくら僻遠の小村でも、富士の神社に祈を捧げ、あの貴い絶頂から朝日を拝むために、折々は一人の代表者を送ることが出来る。かくて一組の富士巡礼は、百も異った村々から出た人々で組織されることもある。

神仏両宗教から富士山は崇敬を受けている。富士の神は美しい女神の木花咲耶姫《このはなさくやひめ》である。姫は火の中で苦痛なく子供を産んだ。姫の名は木の花の如くに美しい色が輝くという意味だ。或る注釈家は、花を美しく咲かせるという意味だともいっている。絶頂に姫の洞がある。して、古書には、姫が輝ける雲の如く、火口の縁のほとりを逍遥しているのが、人間の眼に見えたと書いてある。人間には見えぬ姫の召使が、絶壁の側に見張りをして待っていて、少しでも汚れた心を懐きながら、敢て姫の洞へ近寄ろうとする者を擲《な》げ落とすのである……仏教でこの雄峯を愛する所以は、その形が神聖な花の白い蕾の如くで、絶巓《ぜってん》の八項点は蓮華の八枚の花弁の如くに正見、正思惟、正語、正業、正命、正精進、正念、正定の八正道を示すからである。

しかし富士に関する古譚伝説——一夜の中に地から聳えて出たとか——嘗《かつ》て勾玉《まがたま》の雨が降ったとか——最初の洞が千百年前に頂上に建てられたこと——赫姫に迷わされて、或る帝《みかど》は火口に行った限り見えなくなったので、今猶《な》おその場所に小祠を建てて祀ってあること——毎日巡礼の足で転がり落ちた砂は、毎夜また元の所へ上ってくること——かような話は、すべて悉《ことごと》く種々の書に載っているではないか。実際富士については私が登った経験の外に、あまり話すべきことはない。

私は御殿場口から登山した。これは六つ七つ選択勝手な道の中では、一番景色はよくないが、恐らくはまた一番困難が少かろう。御殿場は主もに巡礼宿から成れる一小村で、東京から東海道線約三時間の距離である。線路がこの偉大な火山附近へ近附くと、数哩《マイル》の間上りになっている。御殿場は海抜二千呎《フィート》よりは可なり高い。だから極暑の節にも比較的涼しい。附近の開豁な野原は、富士の方へ勾配をなしているが、その勾配がゆるやかだから、高原は殆ど水平のように見える。極めて晴天の日には御殿場から、山が気持ちわるい位近く見える。実際は数哩《マイル》を距てているが、迫って見えるから怖ろしいようだ。梅雨の頃は一日に何回も隠見して、巨大な幽霊のようである。しかし私が巡礼者となって御殿場へ入った八月の灰色な朝、景色は蒸気に包まれて、富士は全く見えなかった。あまり遅く着いて、その日には登山を試みることができないので、直ぐに翌日の支度にかかって、二名の強力《ごうりき》を雇い入れた。私は彼等の広い、正直そうな顔と、岩畳な態度を見て充分安心した。彼等は錫杖、重い紺足袋（即ち草鞋《わらじ》と共に使用するので、指先きの割れた靴下）、富士の形の藁笠、その他巡礼の支度品を私に呉れて、明朝四時に立つ積りでいて下さいと告げた。

以下に書いたことは、旅行中書き附けた心覚えを後になって修正増補したのである。登山の際にかきつけたことどもは、倉卒《そうそつ》不完全を免れないから。

一

明治三十一年八月二十四日

宿の室が縁側に向って開いて、縁側の上方に張った糸からは、数百の手拭が旗の如く垂れている。青や白の手拭に漢字で富士講の名と富士の社名が染めてある。これは宿屋へ贈ったもので、広告の用に立つ……雨が降って、空は一様に灰色。富士はいつも姿を見せない。

八月二十五日

午前三時半――一睡もできなかった――夜更けて山から下りてきた連中や、参詣のため到着した者共で夜中のどさくさ――下女を呼ぶ手の音が絶えない――隣室は飲めや歌えの大騒ぎ、折々どっと哄笑が起こる……朝食は汁と魚と御飯。強力が仕事衣を着けてくると、私は最早用意が整っている。が、強力は私に今一度着物を脱いで、厚い下衣を着るように強いた。山の下では土用の頃も、絶頂では大寒だからと私に警告した。それから強力は食糧と重い着物の包を負って先発した……三人曳きの車が私を待っている。上り阪で仕事に骨が折れるから、二人が曳いて、一人が推すのである。車で五千呎《フィート》の高さまで行かれる。

（略）

前面に当って、地平線と思っていたものが、急に裂開して煙の如く巻いて左右へ去りはじめた。大きな裂け目の中に暗青色の大塊の一部が見えた。富士の一部分だ。殆ど同時に太陽が私共の背後の雲に射した。しかし道は今や低い山の背の裾を蔽える矮林へ入って、眼界は鎖ざされた……巡礼の休憩所なる樹間の一小屋で休んだ。すると、車夫よりも一層速かに進んだ強力は待っていた。卵を買った。強力はそれを幅の狭い藁蓆《わらむしろ》に巻いて、卵と卵の間を藁でしっかり結んだので、卵の糸つなぎは何となく腸詰の線つなぎのようであった……一頭の馬を雇った。

進むにつれて、空は晴れて、白い光が万象に漲《みなぎ》った。道はまた上りとなり、それからまた荒野へ出た。すると、すぐ前面に富士が現われた。絶頂まで裸で、素晴らしく偉大で、新たに地から聳え立ったばかりと思われるほど目醒ましい。これほど美しいものはあるまい。大きな青色の円錐形——濃青色で、まだ朝陽に消されない霧のために殆ど菫《すみれ》色を帯びている。頂に近く二本の白い小筋がある。ここからはやっと一吋《インチ》の長さにしか見えないが、雪の満ちた大きな壑《たに》なのだ。しかしこの姿の美は色彩美よりも均斉美である——あまり広い距離にのべ渡したので、緊張のできない錨鎖のような、美しい二つの曲線が釣合いを得ているのだ。（之の喩《たとえ》はすぐ心に浮かんだのではない。あの優美の線が与えた第一印象は女性的という印象であった——私は両肩が頸の方へ立派な勾配をしていることを考えたのであった）これを一見して、すぐ描くということは、なかなかむずかしいだろうと私は思う。しかし日本の画家は、毛筆の驚くべき器用さ——代々の画家から遺伝した技倆——によって、訳もなくこの難事に直面する。一秒も立たぬ間に描いた二本のなだらかな線で、影法師の輪廓を作り、曲線の正鵠を得るようにする——丁度弓の名人が、意識して狙わずとも、多年の手と眼の正確な習慣で的中させる如く。

（略）

二

富士は青がかった色合を全く失った。それは黒くて、炭のような黒さで、露出した灰や鉄滓や熔岩などの、火の消えた怖ろしげな堆積だ……緑色のものは大部分なくなって、一切の幻覚もまた消えた。黒裸々たる現実の光景は、ますます鋭く、怖ろしく、猛悪に分明さを加え、人を昏迷させる悪夢となって現われた……仰げば数哩《マイル》の上で、黒い色を背景として、散点せる雪が、怖ろしげに睥睨したり幽光を発したりしている。歯だけ白く光って、その他は煤けて砕けそうに焼けた婦人の頭蓋骨を見たことを私は思い出した。

この世の最も美しい光景でないまでも、最も美しい光景の一つであるものさえ、かような風に恐怖と死の光景に帰してしまう……しかしすべて人間の美に関する理想は、遠方から眺めた富士の美の如く、死と苦みの力によって創造されたのではないか。すべてその性質から云えば、幾多の死滅したものが集ったので、遺伝的記憶という摩訶不思議の靄を通じて回顧的に眺めたものではないか。

（略）

三

午前六時四十分――十個の休憩所の第一番目なる太郎坊に達した。高さ六千呎《フィート》。この休憩所は大きな木造で、二つの室は杖、笠、蓑、草鞋など、一切巡礼者必需品の売店になっている。そこに巡回写真師がいて、安価で、立派な、山の写真を売っていた……ここで強力は朝食を喫べ、私は休んだ。車はこれからは行けない。三人の車夫を返し、馬はまだ留めておく。温順な、足のたしかな馬だ。二合五勺までは乗って上がられる。

二合五勺へ向って黒い砂の阪を上る。馬を並足で打たせる。二合五勺の坊は当季閉鎖してあった……阪が今や梯子の如く急峻になって、馬では最早危険となった。馬からおりて、徒歩で攀じ上る支度をした。寒風が強いので、私の笠をしっかり結わい附けねばならなかった。一人の強力は腰から長い強い木綿の帯をほどいて、一端を私に捉えさせ、他端を彼の肩の上からかけて私を曳いた。して、彼は強い歩調で、かがんで砂の上を進む。私は彼について行く。今一人の案内者は私がすべるのを防ぐため、すぐ後についてきた。

（略）

霧からまた出た……忽然すこし離れた上方に、山の面に方形の孔の如きものが見えた。戸口であった。第三の坊の戸口だ。黒い堆積物の中へ、半ば木造の小舎が埋れている……薪の青い煙の中で、煤けて黒ずんだ垂木の下とは云え、再び蹲《うずく》まるのは愉快であった。時刻は午前八時三十分。高さ七千〇八十五呎《フィート》。

薪の煙はともあれ、小舎の内部は充分心地がよい。清らかな莚《むしろ》や座布団さえある。無論窓はない。また戸以外、開いた処はない。というのは、建物は山の側面に半ば埋れているからである。私共は昼食をたべた。

（略）

遂に山の面に今一つ戸口が見えた。第四の坊へ入って、蓆《むしろ》の上へ私の身体を擲《な》げた。時刻は午前十時半。高さは唯だ七千九百三十七呎《フィート》。しかし非常な距離の如く思われた。

また出立する……道はますます悪るくなる……空気稀薄のため新たに一つの苦痛を感じた。心臓は高熱の際のように鼓動した……阪は凸凹が甚だしくなった。もはや石のまじった軟らかな灰や砂でなく、石ばかりだ――熔岩の断片、軽石の塊、あらゆる種の鉄滓が、悉く鎚で新たに破砕したような鋭角を示している。またすべてのものが、踏まれると、ひっくり返るようにわざわざ出来ている如く見える。しかしそれは強力の足の下では決してひっくり返らぬことを、私は告白せねばならね。捨てられた草履は、ますます殖《ふ》えて散らばっている……強力の補助によらねば、私は幾たびもひどい躓《つまず》きをしたであろう。彼等は私を滑らぬようにすることは出来ないが、決して私を倒れさせせぬ。たしかに私は登山に適していない……高さは八千六百五十九呎《フィート》――しかし第五の坊舎は閉鎖してあった！

つぎの小舎まで迂曲をつづけねばならぬ。私がそこまで行けるか知らん！……しかも世の中には、実際単に娯楽のために三回も四回もここへ登った人があるのだ……後へ振りかえって見ようともしない。私の下でいつも転がる黒い石と、決して滑ることなく、喘ぐことなく、決して汗をかかぬ強力の青銅色の足の外、私は何も見ない……錫杖のため手が痛み出した。強力は私を後から押し、前から曳く。強力にこんな面倒をかけるのは済まないと、私は大いに恥じ入っている。やれやれ第六の坊だ！　八百万の神々様、私の強力を祝福し玉え！　時刻は午後二時七分。海抜九千三百十七呎《フィート》。

（略）

上の方に白いものがぴかぴかする――大きく広がった積雪の最下端だ……今や私共は雪でみたされた溝に沿うて進んでいる――今朝絶頂を始めて見たとき、一吋《インチ》の長さとしか思われなかった、あの白い斑点の最下端を通るのに、一時間はかかるだろう……一人の案内者は、私が杖によって休んでいるうちに、走って行って、大きな雪の球を持って帰った。何と珍らしい雪！　片々たる柔らかな白雪でなく、透明な小球の塊――まさしくガラス玉だ。すこしばかり食べると、快爽云いようがなかった……第七の坊は閉じていた。どうして私は第八の坊へ達するだろう？……幸と、呼吸はやや苦さが減じた……風がまだ私共に吹きつけて、黒砂も加っている。強力は極めて私に接近して、警戒して進む……私は道の曲り目毎に歩をとどめて休まねばならぬ――疲れて話しも出来ぬ……どんな風にやってきたのか知らないが、兎に角私は第八の坊へ漕ぎつけた。十億弗《ドル》を呉れても、もう今日はこの先き一歩も御免だ。午後四時四十分。高さ一万〇六百九十三呎《フィート》。

# 四

冬の着物がなくては、ここでは寝るのはあまりに寒い。成程、案内者が用意した重い衣類の価値がわかった。それは紺地に、大きな白い漢字を背に染め抜いて、蒲団のように厚く綿が入れてある。しかしそれでも軽い感じがする。実際二月の霜に冴えたような空気だから……炊事をしている最中だ——こんな高い所では、炭火はなかなか我が儘《まま》強情で燃え上がらぬから、絶えず注意を要する……寒気と疲労が食欲を刺激する。私共は驚くほど多量の雑炊——御飯の中へ卵と少許《すこしばかり》の肉を煮込んだもの——を食べつくす。私の疲労と時刻の理由で、今夜はここで泊まることになった。

（略）

坊の主人が灯火を点じ、樹枝を焚き、寝所を備えてくれた。外気は刺すように寒いが、日が暮れたので猶お寒い。それでも私はこの驚くべき眺望を振り棄つるに忍びない……無数の星がちらちらして、青黒い空で戦《おのの》いている。私の足先きの黒い傾斜面の外、物質界のものは何も目に見えなくなった。下方の大きな雲の円盤は白く続いているが、いかにも水の如く平らかで、無形の白いもの——白い洪水——のように見えた。もはや『綿の海』ではない。それは『牛乳の海』だ。古代印度伝説の『宇宙の海』だ——して、いつも幽霊の生動によるかの如く、みずから光を発している。

五

焚火の傍にしゃがみ乍《なが》ら、強力と坊の主人が山の不思議な出来事を語るのに、私は耳を傾けた。彼等が話し合っている一つの事件を、私は東京の新聞で少しばかり読んだ覚えがある。今や私はその事件の中に活躍した人物の一人の口からそれを聞くのだ。

日本の気象学者、野中という人が、昨年科学的研究のため富士の絶頂で冬を過ごすという、向う見ずの企《くわだて》をした。立派な暖炉と生活を快適ならしむるに必要な一切の物を備えた堅牢なる測候所で、山頂に於て越年するのは困難でないかも知れぬ。しかし野中氏はただ木造の一小舎しか作り得なかった。しかもその小舎の中で火なしに厳冬を送らねばならなかった！　彼の若い細君は彼と労苦を共にすることを主張した。九月の末、二人は絶頂の滞在を始めた。冬の真最中になって、二人は死に瀕しているという報道が御殿場に伝った。

親戚と友人は救助隊を組織しようとした。しかし天候はひどく悪るかった。頂上は雪と氷に蔽われていた。死の危険は多大であった。して、強力輩も生命を賭する事を欲しなかった。数百円を提供しても彼等を誘うことができなかった。遂に日本人の勇気と忍耐の代表者として彼等に必死の懇願がなされた。一たびも勇敢なる努力を試みずして、科学者を見殺しにするのは国の恥辱だと告げられ、国の名誉は彼等の掌裡にありと断言された。この哀訴は二名の勇侠者を出した。一人は『鬼熊』の綽名《あだな》ある大力且つ剛勇の男、今一人は私の強力の年長の方の男であった。彼等は屹度《きっと》死ぬるものと信じていた。親類縁故に訣別し、家族と水杯をくみ交わした。それから綿毛を厚く身体に巻いて、氷を攀《よ》じのぼる一切の準備をして立った——一人の勇敢な軍医が、無報酬で、救助のため、進んで参加した。非常な困難を冒して、一行は小舎に達した。

しかし舎内の人は、戸を開けることを拒んだ！　野中氏は企図失敗の恥辱に面せんよりは寧《むし》ろ死すると抗言し、細君は夫と共に死する決心だといった。強いたり、すかしたりしてから、夫婦をおとなしい精神状態に致すことができた。軍医は薬と興奮剤を与えた。患者によく衣を巻きつけ、案内者の背に縛って、下山を始めた。細君を運んだ私の強力は、氷の阪路で神々の御助けがあったものと信じている。一度ならず彼等は死んだことと思ったが、一回も大災難に至らないで、麓に達した。行き届いた看護数週の後、無謀なる若夫婦は危険圏内を脱したことを告げられた。細君は夫よりも病軽く、また早く恢復した。

強力は夜間彼等を呼ばないで、坊舎の外へ敢て出ないようにと、私を戒めた。何故か、その狸由を云わない。して、その警告は一種気味がわるい。日本の旅行に於ける経験上、私はその暗示さるる危険は超自然のものと推測する。しかしその理由を尋ねても駄目だと思う。

坊の戸は鎖ざされた。私は案内者二人の中間へ横になった。二人が直ぐに眠ったのは、その重い呼吸でわかる。私はすぐ眠れない。恐らくは一日の疲労と驚異のために少々神経が興奮したのであろう……私は黒い屋根の垂木を見上げる……草鞋の包み、木の束、判別し難き種々のものの束が、そこに蔵まってあったり、吊るされたりして、洋灯の光で妙な陰影を作っている……三枚の蒲団を被っても、非常に寒い。して、戸外の風の音は不思議にも巨濤が響くようだ。絶えずどっと轟いた後に、一しきり叱罵の声がつづく。

小舎は重い岩と吹き寄せた砂の下に埋もれて動かない。しかし砂が動く。垂木の間から滴ってくる。また小石も、引く波にさらわれる磯の如く、がらがら音を立てて、烈しい一陣の嵐毎に動く。

午前四時——昨夜の警告にもかかわらず独りで外へ出る。尤《もつと》も戸の附近を離れない。強い氷の如き風が吹く。『牛乳の海』は変わらぬ。それは遙かにこの風の下方に横わっている。上の方に月が消えかかっている……案内者は私が居ないのを見て、はね起きて、私のそばへきた。私は彼等を呼び醒まさなかったことを責められた。彼等は私を独りでは戸外に置かないから、彼等と共に私はまた内へ入った。

黎明。一帯の真珠色が取り巻いて、星は消え、空が輝いた。綿が掻きみだされて、破れんとしている。黄色の光が風に吹かれた火の光の如く東方を走った。遺憾ながら、旭日の初めて昇るのを富士から見たことを誇る幸運者の一人と、私はなることが出来ないだろう。重い雲が旭日の昇るべき辺りに漂って行ったのだ……最早太陽は水平線上に現われたものとわかった。あの紫雲の裂片の上端は、炭火の如く燃えているからである。だが、私の失望はこの上なかった！

空虚な世界はますます明かるい。数哩《マイル》に亘って堆積せる綿雲は、ころがって分裂する。非常な遠方に当って、水の上に金の光がある、太陽はここからは見えないが、海からは見えているのだ。その光はちらっとした光でなく、磨いたような輝きである――かかる遠距離では、漣は見えない……更に一層、雲は散乱開展して大きな灰青色の風景を現わす――数百哩《マイル》が忽然視界に集る。右《（ママ）》に東京湾と鎌倉、それから神聖な江ノ島（ｉという文字の上にある点ほどの大いさ）を私は認める――左にはもっと荒い海の駿河湾と青い鋸歯の伊豆の岬を認める。それから私がこの夏を暮らしていた漁村の辺は、山や海岸がぼんやりした夢の色に浮かんだ中に、針頭大になって見える。川は蛛網《ちゆもう》の糸に太陽の光がひらめいたようだ。漁舟の帆は海の灰青な玻璃にくっついた白い塵だ。して、之の画面は雲がその上をただよい移るままに、隠見出没して、すべて極楽浄土の亡霊の如き島や山や谷の形に変わる……

## 六

午前六時四十分――頂上へ向って出発した。熔岩の塊の累々たる間を経て、ここは登山阪路中の最難所だ。黒い歯の如く突出した醜い岩塊の間を曲折する。脱ぎ棄てられた草鞋の痕は、更に幅が広い。数分毎に憩わねばならぬ。

雪の今一つの長い斑点に達する。ガラス玉のような、その雪を少し食べる。次の坊――半途の坊――は閉じてある。して、第九の坊はなくなった……不意の恐怖が起こった。それは登ることでなく、心地よく坐わることさえ出来ぬ急峻な道を、また降って行くことについてである。しかし案内者は危険がないと断言し、また帰途の大部分は他の道によるのだと私に告げた――昨日私が驚嘆した、あの果てしなき、殆どすべて柔らかな砂で、石の少い、『走《はし》り』という表面を越えて、一ト走りでおりるのだ！

忽然一族の野鼠が慌てて私の足もとから散乱した。後の方にいた強力が一匹を捉えて私にくれた。私はしばらくその震えている小動物を手に取って見てから、放してやった。これらの鼠は頗る長い青白い鼻をもっている。この水のない荒野に——またこんな高い処に——、特に雪の季節には、どうして生きているだろう？　私共は最早一万一千呎《フィート》以上の高さにいる！　鼠は石の下に生ずる草根を見出すのだと強力は云った。

道はますます凸凹で、ますます嶮しい。私だけは折々匍匐《ほふく》せねば攀じ上れなかった。関門のような場所では、梯子の助けを藉《か》って登った。賽の河原などという仏教の名の附いた恐ろしい場所があった——仏教の来世の絵にある、子供の亡霊が積みあげる石のように、積み重った岩が散らばって、一面黄色を呈して、荒涼たる光景。

一万二千呎《フィート》と少しばかり。ここが絶頂なのだ。時刻は午前八時二十分……石造の小舎が数個。鳥居があって、社祠がある。金明水と称する氷のような井。漢詩と虎を刻んだ石碑。以上のものを取り巻いた熔岩塊の荒塀。この塀は防風のためと思われる。それから巨大な死火口がある。恐らくは一哩《マイル》の四分の一乃至半哩《マイル》の幅であるが、火山の岩屑によって、縁端の三四百呎《フィート》以内まで浅くなっている——その凹んだ処は、黄色の、崩れかかった壁の色合さえ恐ろしげに見える。焦げたあらゆる色の条が立って、汚れている。私は草鞋の列が火口で終っている事を認めた。怖ろしげに張り出た黒い熔岩の尖角が、奇怪な瘢痕の破れた端の如く、火口の両側で数百呎《フィート》の高さに突兀《とっこつ》としている。しかし、私は敢てそれへ上ることはしない。しかも是等の尖角を百哩《マイル》の霞を隔てて春の蒼空の柔らかな幻覚を通して眺めると、清浄なる蓮華の蕾のまさに開かんとする真白の花弁と見えるのである……蓮華が燃え殻になった末端と見做すべき此所に立って見ると、これほど恐ろしく、これほど兇猛陰凄な地点が、またと此世にあるべしとも思われない。

しかしこの景色、百哩《マイル》も見渡すこの眺め、遠い微かな夢のような世界の光、仙界の如き朝煙、捲き去り捲き来たる雲の不思議な形状——すべてこの光景は、またこの光景だけが、私の骨折りと苦痛を慰めてくれる……もっと早く登った他の巡礼達が、一番高い岩に乗って顔を東天に向け、壮大な太陽を拝んで、神道の祈を捧げ手を拍っている……この刹那の偉大なる詩境は、私の心魂に徹した。眼前のこの大きな光景は最早消すべからざる記憶となったのである。私の智力は消滅し眼は土に化して仕舞ってから、私の生まれなかった遠い昔、矢張り富士の絶頂から旭日を眺めた億兆の人々の眼の土化したのと、相混ずる時まで、この記憶の一々明細な点は消滅することはない。

■小泉八雲（こいずみ・やくも／Patrick Lafcadio Hearn）一八五〇年～一九〇四（明治三十七）年・小泉八雲（ラフカディオ・ハーン）は明治二十三年四月来日、十二月、小泉節子と結婚。松江、熊本で英語教師を務めたのち、神戸の英字新聞「ジャパン・クロニクル」を経て、明治二十九年から東京帝国大学の英語講師。明治三十一年八月、焼津での避暑ののち、松江中学での弟子・藤崎八三郎を伴い富士山に登った（訳者註より）。紀行文「富士山」は、一八九八（明治三十一）年、ボストンとロンドンで出版された"Exotics and Retrospectives"（異国情緒と回顧）に収められた。来日以前から富士山への憧れを持っていたハーンは、バンクーバーから二週間の船旅ののち、横浜港に着く船上で初めて富士の姿を望んだ。「一切の形あるものを越えたところに、雪を頂いたこの上なく優美な山容、富士山だった。裾の方は遠景と同じ色で識別できず、ただ頂きの全容があえかな薄膜のように空に懸かっている、幻影と見まごうほどに。」（仙北谷晃一訳「日本への冬の旅」『小泉八雲全集』第十二巻）。また、来日間もなく、横浜の高台にある寺から富士山を見て書いている。「この山脈の線から非常に高く何とも云えなく愛らしい幽霊がぬっと屹立している。――一つの特立せる雪の円錐形は、繊糸の如く精美で、心霊的な清浄の白さなので、もし古くから見慣れた外形でなかったならば、誰もこれを雲と考えるだろう。その麓は、空と同じい美わしい色だから見えない。ただ永久の雪線の上に、夢のような円錐形が、輝ける陸と輝ける空の間に釣り下ったように、峻峰の幽霊となって出現している――神聖にして無比の富士山。」（落合貞三郎ほか訳「私の極東に於ける第一日」『小泉八雲全集』第三巻）。「五」に書かれた野中至（本名は到）・千代子の著書は『富士案内 芙蓉日記』（平成十八年・平凡社ライブラリー）。

出典＝『小泉八雲全集』第五巻（大正十五年・第一書房）

# 幸田露伴　穂高岳

山岳の秀美や荘厳を受取って吾が心霊の怡悦《いえつ》と満足とを覚える場合はおのずから二つある。一つは自分が歩きながらに絶えず変化して吾が眼前に展開し行く奇岩や峭壁や、高い嶺の雲や近い渓の水や、風に揺ぐ玉樹の翠《みどり》や、野に拡がる琪草《きそう》の香や、姿を見ぬ仙禽《せんきん》の声や、然様いう種々のものの中を、吾が身が経巡り、吾が魂が滾転《こんてん》し行いて、そして自分というものを以て幽秘神異の世界を縫って行く場合である。恰《あたか》もそれは測り知る可《べ》からざる霊智と妙技とを以て描かれた大画巻を一尺二尺と繰りひろげながら驚異感嘆の心をもて観賞し行く心持である。又恰も大手腕ある史家が描いた一歴史を感動に満ちた心を以て一頁一頁と読みに行く心持である。そして其等にも増した何とも云えぬ感激を以て山径水涯を過ぎ行く其の心持というものは、到底比擬すべき何物も無い霊秘なものである。其筈である、大画巻も大文章も畢竟は自然の復現であって、これは自然の直現であり端的であるからである。

扨《さて》又他の一つはそれとは異なった場合であって、前のは吾が魂を以て自然境を縫った場合であるが、それは猶《な》お時間というものが存在している。然るに其の時間という生緩いものも無くなって、磕《はた》と自然に魂が直面して打たれた場合である。前のは動的であるが、これは静的である。前のは吾が感官や神思が働いているのであるが、これは時間が脱したようなのであるから、次第を以て動く余地も無く、ハタと衝当った瞬間に、吾が目は看ているに相違無く、吾が耳は聞いているに相違無く、吾が魂は何物かに対しているに相違無いが、時間というものを除けば万物は静止するような道理で、吾も吾にあらず、彼も彼ならざるが如くになって、吾が魂の全部が対境の全部であり、対境の全部が吾が魂の全部であるようになり、即ち自他一如、心境同融の宗教的光景に入る場合である。それは即ちアッと云って心身脱落したようになってその神境的山岳にたいした場合である。乙女峠で富士を瞰《み》るのもそれである。駿河の海上から富士を看るのもそれである。高山で日出を看るのもそれの類である。徳本峠を上りきって穂高を望むのもそれの雄なるものである。

自分の上高地に至ったのは若葉のときであった。徳本峠は島々から馬で其頂上まで辿ることにした。老軀をいたわったのであった。然し馬上でも余り心も身も楽では無かった。峠は頂上に近づくに従って勾配も強くなり、路は電気形になった。まだ雪が路傍に残っているのを目にするようになった。山風は寒くなった。もう頂まで何程も無いというので馬を降りようと心構えしていると、突然として残雪の非常に多いところを一転して過ぐる途端に、馬頭に当って眼前は忽として開けた。もう自分は頂上に立っていたのである。眼前脚下は一大傾斜をなして下っていて、其の先に巍然《ぎぜん》として雄峙している穂高は、其の壮烈儼偉《げんい》な山相をムンズとばかりに示していた。ただもう巍峩《ぎが》という言葉よりほかに形容すべき言葉はない。眼の前に開けた深い広い傾斜、其向うの巍々堂々たる山。何という男らしい神々しさを有った嬉しい姿であろう。思わず知らず涙ぐましいような心持になって、危く手をさしのべたいような気がした。吾が魂に於て彼を看たのか、彼に於て吾が魂を看たのか、弁《わきま》えがたいような瞬間があった。実に嬉しかった。好い心持であった。

其日、其翌日、穂高の山の近くを歩きまわった事は勿論である。それは前に挙げた吾が魂を以て山を縫ったのである。それも勿論嬉しいものであった。然し徳本峠の一瞬は最も嬉しかったものとして永く記憶に遺った。

（昭和三年七月）

■幸田露伴（こうだ・ろはん）　慶応三（一八六七）年〜昭和二十二（一九四七）年。

・幸田露伴六十一歳の年の回想記。徳本峠から上高地を訪れたのは大正十三年六月（五十七歳）で、歌人の太田水穂が同行した。旅や山水にふれた作品には、二十歳の時（明治二十年）、電信技師としての任地、北海道余市から脱出し東京に辿り着くまでの道程を書いた「突貫紀行」（『枕頭山水』明治二十六年・博文館）、明治二十三年、赤城山の鉱泉に滞在した「地獄渓日記（『枕頭山水』）、明治三十一年、淡島寒月と熊谷から秩父往還を三峰山まで辿った「知々父紀行」（「太陽」明治三十二年二月号）などがある。

出典＝『上高地』（昭和三年・筑摩電気鉄道）／『芋の葉』（昭和二十一年・岩波書店）／『露伴全集』第十四巻（昭和二十六年・岩波書店）所収

# 田山花袋　山水小記（抄）

一

潤《ひろ》い高原から、荒漠とした平野から、乃至《ないし》は連亘《れんこう》した山巒《さんらん》の峠から、或《あるい》は湖水を隔て、或は碧い海を越して、遙かに地平線上に名山の姿を望んだ時ほど、それほど旅情の動くことはなかった。私は彼方此方《あちこち》から種々《いろいろ》な名山の姿を望んだ。そして私は特にそれを眺める位置に注意した。

ある朝は私は岩手山《がんしゅざん》の姿を停車場前の旅舎の西の窓に発見した。ある夕暮には、思いもかけない鳥海山の姿を遠く離れた絶海の岬頭《こうとう》に発見して驚喜の声を挙げた。ある日は私は羽前と羽後との間に横《よこた》わっている大きな峠を一日かかって越した。それは秋で、落葉が疎々として私の帽廂《ぼうしょう》を掠《かす》めて落ちた。処々《ところどころ》に柴栗が落ちている、拾うものもない。又長い山路を滅多に逢う人もない。私は退屈凌《しの》ぎに其柴栗を拾ってぽつぽつ食いながら歩いた。峠は峠に続いた。勿論それは小さな起伏にすぎないけれど、それが行っても行っても尽きない。日は暮れつつある。ふと私は、私の前に、越えて来た山嶺の起伏が尽きて、夕日に明るい野の濶《ひろ》く濶く展開されているのを認めた。続いて私はその野の向うに、連亘した群山の上に、丁度月が半輪を空に現わしたような大きな山の姿の面白く靡《なび》いているのを眼にした。

私は山の名を知りたかった。しかし誰も聞くような人はいなかった。月山——こう私は想像した。しかしそれが果してそうであるか否やがわからない。私は雲もかからずに美しく晴れた山色《さんしょく》を眺めながら、崖に添ったさびしい山路を下った。ふと私は眼下に夕暮の烟《けむり》に包まれたさびしい小さな町を発見した。私は地図を披《ひら》いた。確に金山町だ。今夜泊るべき金山町だ。と、向うから行商らしい男が糸立《いとだて》を着て歩いて来た。私は指《ゆび》さして訊ねた。

「そうだ、月山だ……」

こうその旅客は言い捨てて去った。

「雲の峰いくつ崩れて月の山」例の芭蕉の句の中《うち》にも立派な写生があるのであった。私は一日の疲労《つかれ》を忘れたようにしてその夕暮の色に彩られた遠い山の姿に見入った。旅情は湧き上った。私は駆けるようにして峠を下りて行った。

弘前平野を汽車の通る時には、画《え》を描くことは子供よりも下手である私にも拘《かかわ》らず、ポッケットから手帳を出して、その右の窓に横わって見えている岩木山を写生した。端麗な美しい山だ。成《なる》ほど津軽富士と呼ばれるのも尤《もっとも》だ。こんなことを思いながら、私はその連亘した襞《ひだ》と皺《しわ》とを写した。盛岡の岩手山よりも此方《こっち》のほうがぐっとすぐれていると思った。続いて私はその山の向うに横《よこた》わっている日本海を想像した。十三潟を想像した。その十三潟はさびしい潟湖であった。長く緑を拖《ひ》いた防砂林の松並木と赤ちゃけた大砂山と、湖の岸にくっついたようになってさびしく見えている人家とを持った潟湖で、それを渡って向うに行くと、この岩木山――汽車で見たのとは全《まる》で正反対の山の姿が、錆びてどんよりとした湖水を前景にして、そして高く平野の中に屹立《きつりつ》しているのであった。其処から眺めたさまは何とも言われなかった。そしてその十三潟の奥に、竜飛岬《たっぴさき》の奇勝があり、例の日露戦役で有名になった艫作岬《へなしさき》があるのであった。

南部の恐山は汽車が野辺地から小湊に行く間の海を越して、遥かに遠く指点された。暗澹とした海、岸をさびしく縫った松並木、弓弦《ゆみづる》を張ったような半島の汀線《ていせん》、それを越して遠く見える山の頂きからは、噴煙が地を這うようにして靡《なび》いた。

## 二

鳥海山は北廻りの日本郵船の甲板の上から見たのが一番好いという話だ。こう思うと、私はそこにある飛島を思い浮べずには居られなかった。富士山と高さを争って、負けて、怒って其頂が飛んで海中に落ちたという飛島。鯨の泳いでいる形に似ている飛島、冬季汽船がしけに逢うと一番先に避難する地点として有名な飛島、其蕞爾《さいじ》たる島を見ながら、私は二日その羽後の海岸を歩いた。その海岸には玫瑰《はまなし》の花が多かった。漁村らしい漁村が多かった。ヒエル・ロチの「氷島の漁夫」の中にあるようなシインが多かった。松も多く、波も高かった。それに其処には、例の芭蕉の「雨に西施のねむの花」と吟じた象潟の古址があり、又南谿《なんけい》の「東遊記」の「小砂川《こさがわ》の鬼」の小砂川があるのであった。小砂川はさびしい漁村だ。「東遊記」の鬼は狼のことだが、成ほど今でも狼位は出そうに思われるような処だ。

　象潟は廃墟になってから更に一層の趣を添えた。田の中にある丘、それは昔の島で、蚶《かん》満《まん》寺《じ》のある位置は、今も旅客にその潟の好風景であったことを眼の前に描かせた。そこからは鳥海は実によく見えた。手に取るように見えた。象潟の勝は半ば鳥海の秀色にあるのであった。

　飛島に寄せる波を眺めながら、私は羽後から羽前の方へと入って行った。車夫は私に話した。「島へ嫁に行ったものは決して帰って来ませんな……。何でも暮らし好いところだそうで」

小砂川から鳥海の裾にかかって行く路は、頗《すこぶ》る海山の趣に富んでいる。飛島はすぐ手に取るように見えた。この峠は登り一里位であるが、登り尽すと、灌木の穉樹《わかき》の林や、萱《かや》薄《すすき》の藪などの中に路がついていて、その向うに更に新しい絵巻を展げて見るように、汀線の長い美しい海と海岸とが展けた。ここから吹浦まで三四里、更に東遊記の「吹浦砂《ふきうらのさ》磧《せき》」の趾《あと》を越えて四五里、そこに例の酒田の港が横わっているのであった。

酒田はもう昔の栄えた港ではなかった。ここに限らず、裏日本の和船の港は、汽船の時代になってからすべて衰《おとろ》えた。西鶴の「一代男」に書かれたようなさまは、此処にも越後の出雲崎にももう見出すことが出来なかった。しかし、此処から見た鳥海山には、又他に違った姿態があった。月山の連峰もその東南に当って指さされた。

最上川――昔は羽前の山形平野から海に達する唯一の交通路であった最上川。碁点《ごてん》、隼《はやぶさ》などという難所を持ち、本合海《もとあいかい》附近のすぐれた風景を持ち、大陸的な川の気分と無数の蓆《むしろ》帆《ほ》とを持った最上川。それも汽車が出来てから、もうさびしくなって了《しま》ったであろう。あの沿岸の名所図絵風な旅客の雑踏ももう見ることが出来なくなったであろう。風情ある清川の一駅にも、旅客はもう泊るものもなくなったであろう。草薙《くさなぎ》の対岸に懸っている白糸の滝も徒《いたずら》に汽車の窓から眺めらるるにすぎぬであろう。

私は酒田から清川に来て、そこで旨い鮎を食った。古風な旅舎の二階の室《へや》から、紅白の木槿《もくげ》の咲いた垣の中に、糸車の音の流るるようなのを聞いた。赤い襷《たすき》を十文字に綾取った色の白い娘の唄を聞いた。そして清川八郎の事蹟などを考えた。夏は涼しい所だ。渓山中の河港としては、阿賀川の津川と富士川の南部と此処とが最も深い印象を私に与えた。

本合海《もとあいかい》の渡頭《ととう》はすぐれていた。八向山《やむきやま》に向って流れ下る最上川もよかった。そこから船形に来る間の高原は、鳥海山脈と出羽山脈の交錯を眺めるのに最も好い位置を持っていた。私はそこで凄《すさま》しい夕立に逢った。船形の停車場に来た時には、私はすっかり濡鼠《ぬれねずみ》になって、帽庇から雨滴《あまだれ》が滴り落ちた。

■田山花袋（たやま・かたい）明治四（一八七一）～昭和五（一九三〇）年。

・『山水小記』は、北は恐山から、南は台湾に至る山水や名勝を、紀行、印象記で紹介。山岳の眺めが各所に表われ、目次にある山名は、月山、岩木山、恐山、鳥海山、矢祭山、八溝山、日光、都賀山、安蘇山、三毳山、唐沢山、筑波山、富士山、箱根、八ヶ岳、北アルプス、南アルプス、針木峠、米山、大山、三瓶火山群、石槌山、由布岳、九州アルプス、温泉岳、阿蘇火山、霧島山、海門岳。他に「名山論」の一節で、山容から見た名山論を述べる。田山花袋の主な紀行文集には『南船北馬』（明治三十二年・博文館）、『山行水行』（大正六年・富田文陽堂）などがあり、大正三～五年には、東京から九州、東北まで汽車で巡る設定で名景や史跡を紹介する『日本一周』（博文館）を刊行。山や峠の紀行文は「多摩の上流」「日光山の奥」「碓氷の古道」（『南船北馬』）、「男体登山」（『日光』）、「女峰の谷」「山を越えて伊那へ」（『田山花袋紀行集』）などがある。録彌（本名）の名で日本山岳会草創期の会員。

出典＝「東京日日新聞」大正六年六～八月／『山水小記』（大正六年・富田文陽堂）所収

# 河東碧梧桐　登山は冒険なり

役小角とか、行基菩薩などいう時代の、今から一千有余年の昔のことはともかく、近々三十年前位までは、大体に登山ということは、一種の冒険を意味していた。完全なテントがあるわけでなく、天気予報が聞けるでもなく、案内者という者も、土地の百姓か猟師の片手間に過ぎなかった。

で、登山の興味は、やれ気宇を豁大するとか、塵気を一掃するとか、いろいろ理屈を並べるものの、その実、誰もが恐がって果し得ない冒険を遂行する好奇心が主題であった。況《いわん》や、金銭に恵まれない当時の書生生活では、無理とは知りつつ、二重三重に冒険味を加える登山プランしか立て得なかった。

天佑と我が健康な脚力を頼みにして。

無事に下山して来て、日に焼けた紫外線光背面を衆人稠坐《ちゅうざ》の中にツン出し、オイどうだ！　と得意な一喝を与えたものだ。

そういう卑近な我々の経験から割り出すと、役小角時代の冒険味は、どの方面から言っても、常に生命線を上下する危険そのものだったに違いない。自然雷を吸い雲に乗ると言った、人間を超越した仙人的修行を積まなければ、到底其の難行苦行には堪えなかった。いつでも木の芽を食らい、木の根を噛んで、其の健康を維持するだけの経験を積んでいた。言わば原始的、野獣的な行動であったのだ。吉野の大峯に残る修行場というような、奇岩怪石を背景にしての練膽《れんたん》法は、即ち役小角時代からの伝統の遺物とも見るべきだ。

現に四国の石鎚《いしづち》山では、七月一日の山開きの当日から、七日間断食して毎日頂上をかける——かける、とは山腹の社から頂上までを往復するをいう——というふうな特異な登山行者がある。其の行者のいう所によると、三日目頃が最も苦痛で、今にも倒れそうであるが、七日満願頃には、却って神身爽快、雲に乗るかの思いをするとの事だ。又山中高原に結廬《けつろ》し、笹の芽を食って、幾日か難苦の修業をする者もある。彼等の経験によると、本統に餓渇を訴えなければ、笹の芽など到底咽へは通らないと言う。

霞を吸い、雲に乗るという仙人観も、仮空な想像でなく、人間も苦難な経験を積めば、そこに到達し得る可能な実在であったのだ。

今日のように、登山文化が遺漏なく発達しては、最早や冒険味など殆ど解消し、納涼的享楽味化した観がある。オイ、一寸烏帽子岳まで、と浴衣がけで出かけるような気持など、それがいいわるいは別として、文化人の一種の矜りであるかも知れない。槍ヶ岳の坊主小屋あたりまで、人間の体臭、いや糞臭で一杯だというじゃありませんか。ロック・ウォーキング、垂直の岩壁を散歩するのでなければ、現代のアルピニストではないそうですね。まあ前時代？　と言っていいでしょう。我々時代の登山は、一歩役小角に近づき、仙人修業の一端に触れた、むしろ珍妙と言ってもいいステージの想い出、手ぐれば尽きない糸のように。

初めて白山登山を志した時、地理も余り究めず、ただ一番の捷径というので、前日其の山麓の尾添で一泊した。後できくと、それは白山の裏道で、尾添道という最も峻険な難路だった。ともかく、山にかかったとッつきの胸突き八丁、これは手強いの感を与えた。が、やっと眺望の開けた、約千米突《メートル》も登った頃、そこらそこらに残雪も見え出した。早昼の結び飯を食って、茶のかわりに、雪を掻いて食ったりした。

あそこに黒百合がありますよ、で連れの一人が、そこらの二株三株を土と共に掘りあげ、いい土産が出来ました、と言っている間に、今まで風もなく晴れ上がっていた、今日一日を保証していた空が、一陣の腥《なまぐさ》い風と共に変に翳った。見る見るうちに、脚の迅い雲が、向うの谷からこの谷へ疾駆して来る。天候が変った。少し急ごう。いつの間にか我らも雲中の人になって、殆ど咫尺《しせき》を弁ぜぬ濃霧だ。風が募って笠も胡蓙も吹き飛ばす。ザアーと大粒の力強い雨だ。

立山サラサラ越えの黒百合の伝説は、昔物語として一笑にしていたが、黒百合の怨霊、其の山荒れ、今覿面《てきめん》に、我らの頭上に降りかかって来たのだ。ただの山荒れでない恐怖も手伝って、前途は尚更ら暗澹戦慄。

何しろ着替一枚も持たない浴衣はビショ濡れ、雨の洗礼を全身に受けた聖者の姿、逃避しようにも見透しはきかず、寒くて寒くてじっとしては居れず、其の中ゴロゴロ雷は鳴る霰《あられ》も交って矢のように打ちつける。正に天柱砕け地軸折るるかの轟音。えらい事になった、こんな時狼狽《うろた》えるではない、と言っても別に心の落著けようもないのだ。私は、僅に脚もとだけ届く私の視野、そこには人の歩いた跡の自ら道になっている痕跡をたどって、一気に突進する外はなかった。ままよ、運を天に任して。いつか案内者にも、連れの男にもかけ離れてしまった。時々「オーイ」と呼んで見るが、それらしい返事もしない。

荒れ狂っている大自然と、孤軍奮闘する私であった。

この足跡が果して白山頂上への道なのか、それとも？　私は急に胸騒ぎをさえ感じながら、と言って、外に踏むべき道はないではないか？

若し其の道が、越中へ抜ける道であるとか、飛騨へ下る岐れであったとしたら、私は本統に、濡れ仏のコチコチな白堊《はくあ》のような聖者となって、二千米突附近の疾駆する雲の脚に蹴散らされていたであろう。そうして、其の聖者を発見した後人が、著替えも食糧も何一つ持たないで登山するなんて、無謀な馬鹿者もあったものだ、と冷笑の一瞥を手向けたであろう。

が、私の暴挙に類した突進は、幸いに頂上への道を誤ってはいなかった。それから二三時間の後、我々一行は室堂の焚火にあたりながら、九死に一生を得たような顔を突き合わせていたのだった。

黒部の主、吉澤庄作君、猫又のダムが出来た当時、ダムの堰きとめる水量は、黒部峡谷の半分にも足らない、ダムの一つや二つでビクともしませんや、と強いことを言っていた。が、鐘釣温泉から猿飛に溯るまでの巨岩怪石の、それが黒部の魄《たましい》であった壮美の中心は、もう大半無くなっていますよ、と難癖をつけると、吉澤君、奥に大きな雪崩れか、山ぬけでもすりゃア、あんな岩位、また流れて来まさァ、で洒々たるものだった。

が、榴平のダムが新たに築かれると、猿飛さえが水中に没してしまう新聞に、黒部保勝会が先ず初耳らしい慌てかた。鐘釣温泉主人の、温泉破壊の泣き言も、身に沁みて聴いてやらねばならぬ破目になった。どえらい山津浪でもして、一気にダムの一つや二つぶち壊してくれりゃア、ねえ吉澤君、とも言いたい黒部の現状である。

ダムの事なんか夢にも想像しなかった、アノ頃の黒部は、想い出してもゾッとする程、雄渾で壮烈だった。小山のような岩が渓を埋めて、それに激突する水が怒号狂吼しているのだ。そうして、その岩の配置に、背景の削ぎ立った懸崖に連峯に、人を威圧しながらも、猶《な》お言い知れぬ風致と雅趣に微笑んでいたのだ。其の頃、黒部から白馬を志して、細木原青起画伯と外に富山の同人数人を連れて鐘釣温泉を出発した。祖母谷を廻ると、とても一日では白馬の小屋に達しないというので、其の年出来た猫又谷の林道を行けば、ずっと近径になると教えた余計な案内者があった。まだ日のある中に、白馬の小屋に着いて、楽々と寝れるような夢を描きながら、別にテントも用意せず、携帯行糧は、一行七人の一宿分で沢山、と言った気軽な準備だった。

爪先上りの林道を歩いている間は、至極平凡無為であった。が、ここで林道が尽きたという処に小さな瀑がある。仕方なし、垂直な懸崖になった灌木林中にもぐり込んで、そこを横に渡らねばならない。まるで猿に退化した狂躁曲の乱戦乱舞を演じて、やっと瀑の上の磧《かわら》に下りた。ものの二三丁の距離に一時間余を費して一行はもう腹が減った。

この磧をたどって猫又の頭に出る分には、もう大したことはない見込みの案内者の眼前に、又しても瀑の数丈が懸る。

これもえんやらやっと、横にかわして、再び滝の上に落著いた時は、予定どころか日は既に西に傾きかけた。もう白馬の小屋にたどりついている時分に、まだ猫又の頭さえが見つからない不安と焦燥。あれが猫の踊り場という平、こういう日あたりのいい日には、よく熊が昼寝しているから気をつけなさい、なんて呑気そうな話をする案内者の顔にも、一抹拭いきれない失敗の暗鬱。

やっと猫又の頭によじて、遙かに祖母谷の白煙を瞰下した時は、暮色既に身辺に迫っていた。幸いとでもいうのか、久しい以前誰かが焚火した跡のそれらしい平を発見して、露天の露宿より外にもう手段も方法も無かった。

そこらの夜叉の木という生木を伐るのも、総て暗中の模索、何はともあれ、空腹を充たす味噌汁と米の炊き上った時は、ヤケな歓声も揚るのだった。

三四枚の毛布に五人がもぐり込んで寝ようとはしたが、さて今夜の星の多いこと！　キラキラヒカルこと！　星がより合って、この憐れむべき一行を指ざしつつ笑ってるような。

お蔭で、始めて生木というものを、どうして火にするかの方法を覚えたなど、ゆとりのあるような口吻を洩らしていたものの、若し今夜天候が変って、暴風の山荒れとなったら、其の時の覚悟は?、今夜はまあ無風状態の天佑で過し得るにしても、一宿分の糧食しか持たない我々は、明日若し白馬の小屋に到着し得なかったら、一行は餓死の運命！　実際山の大きさと恐ろしさを知っている一行のリーダーとしての次の責任感は、絶えず胸に早鐘を撞いていたのだ。そうして若し私の予感が実現したとすれば、恐らく一行は皮肉の洗い晒された白骨となって、始めて捜査隊に発見されたのだ。

幸いにも翌日も無事晴天、青起画伯が腹痛を訴えたり、一時霧がかかって見透しのつかなかった小故障はあったが、白馬の三角点を見つける迄は、昼弁当は開かない約束の下に、総て予定通り進行。あの清水平《しょうず》あたりのお花畑の美しさは、恐らく日本第一と、今でも其の印象の焼きついた想い出を、さも楽しそうに話すことの出来る幸福を顧みねばならない。

それにしても、あの猫又の頭から、折節蒼然と暮色の襲う中に、アルプス連峯の鎬《しのぎ》を削るピークを見はるかした時の、荘厳とも痛烈とも言いようのない脅威に充ちた凄惨な光景はどうだったか。白馬は見えなかったが、鹿島鎗から後立、針の木、不動、野口五郎、剣、立山、薬師、黒、槍、穂高、それらが二列或は三列の縦隊となって、さも遠征の首途に上る行動を起こしたように、無音の進軍喇叭を吹きつつあったのだ。殊に蒼白とも灰白とも、それぞれのピークを彩っている底蒼い色の強さは、山岳の決死を象徴するように、真に崇高なる精神そのものだった。私はまだあの時程、山岳の壮美に打たれたことはない。それもこの冒険の賜物であったとも言える。青起画伯は、帰来あの冒険の印象、偉大な自然の黙示に打たれて、それまでの美意識を抛擲《ほうてき》せざるを得なくなった、と真心から語るのであった。

■河東碧梧桐（かわひがし・へきごとう）　明治六（一八七三）年〜昭和十二（一九三七）年・正岡子規門下にあって、高浜虚子と双璧と言われた俳人であるが、大正二年八月に黒部猫又谷から白馬岳登頂（おそらく初登。記録は「白馬山登攀記」）、大正四年八月に針ノ木峠から槍ヶ岳へ縦走（蓮華岳〜船窪岳間は明治四十四年の榎本徹蔵パーティに次ぐ二番目の記録）という記録的登山を行なった。前者の大正二年八月は、登山史上では、木暮理太郎、田部重治が案内人なしで槍ヶ岳から立山温泉を縦走し劔岳に登頂という〝探検的登山〟の掉尾を飾る山行を成し遂げた年であり、その時代背景からも、河東碧梧桐がいわゆる文人登山の域を超えた登山家であったことがわかる。後者は東京朝日新聞・大阪朝日新聞の企画で、『日本アルプス縦断記』（一戸直蔵、長谷川如是閑と共著／大正六年・大鐙閣刊）にまとめられている。また、河東碧梧桐は、鳥海山から石鎚山まで各地の山に登り、全国の名山を論じた『日本の山水』（大正四年・紫鳳閣）を著している。いずれも『河東碧梧桐全集』第十巻（平成十八年・短歌人連盟）に収められている。

出典＝「山」（昭和九年三月・梓書房）／『煮くたれて』（昭和十年・双雅房）所収

# 信州数日（抄）

## 伊藤左千夫

二十五日、蓼科に入りて巌温泉に浴す。志都児《しづこ》又従ふ。滞留数日、余は蓼科山にて老を籠らむと思ふ心いよ〳〵こひまさりぬ。

思ひこひ生《いき》の緒《を》かけし蓼科に老のこもりを許せ山祇《やまつみ》

朝露にわがこひ来れば山祇のお花畑は雲垣《くもがき》もなく

久方の天の遙けく朗かに山は晴れたり花原の上に

秋草は千種が原と咲き盛り山猶蒼し八重しばの山

信濃には八十《やそ》の高山ありと云へど女の神山の蓼科我れは

吾庵《わがいほ》をいつくにせんと思ひつゝ見つゝもとほる天の花原

空近く独りいほりて秋の夜の澄み極まれる虫の音に泣く

山深み世に遠ければ虫のねも数多は鳴かず月はさせども

淋しさの極みに堪《たへ》て天地に寄する命をつく〴〵と思ふ

草の葉の露なるわれや群山を我が見る山といほり居るかも

■伊藤左千夫（いとう・さちお）　元治元（一八六四）年～大正二（一九一三）年

・伊藤左千夫は、師・正岡子規の没後、明治三十六年に創刊された根岸短歌会の「馬酔木」の編集に携わり、明治四十一年の廃刊後、「阿羅々木」（翌年「アララギ」と改題）を創刊した。明治三十七年十一月、島木赤彦（久保田俊彦。当時、上諏訪町の高島尋常小学校の教職にあり、山百合と号。「比牟呂」を編集）に招かれた上諏訪での歌会のあと、赤彦、篠原志都児（篠原円太。北山村湯川（現、茅野市）在住の歌人）らと、蓼科の巌温泉（今の親湯）を訪れる。蓼科へは三十九年八月に再訪、四十一年には三月、五月、十月に諏訪に招かれている。四十二年八月は、松本で堀内卓造、胡桃沢勘内ら同人と会って浅間温泉に泊まり、翌日、広丘村（現、塩尻市）の赤彦（当時、広丘尋常高等小学校校長）の寓居を訪ねた後、志都児とともに巌温泉に向かった。「信州数日」の二十一首のうち、ここに掲載した十首は「蓼科山歌」として篠原家に歌幅が残り、「信濃には」の歌の「八十の高山」は「八十の群山」となっている。親湯奥の山に建つ歌碑も同じ。

出典＝「アララギ」二の二（明治四十二年十月）／『左千夫全集』第一巻（昭和五十二年・岩波書店）所収

# 富士登山

## 高浜虚子

私が富士山に登ったのは十五六年前のことである。平々凡々の陸行であったので特に書き記すほどのこともない。殊に当時ホトトギス誌上には碧梧桐君が其記事を書いたので私は何も書かなかった。今書くとなるともう大方は忘れてしまっているので、いよいよ何も書くことはないわけであるが、それでも思い出し思い出し概略を記して見ることにする。

十五六年前の富士登山は、今日ほど普通なものではなかった。その前年中村不折君が末永鉄巌君などと富士に登って来て盛んにわれ等を羨まが《（ママ）》らせたので、負けぬ気になって、碧梧桐君や岩田鳴球君や菅能國手や其他数人を語らって出掛けたのは七月の末であったか、八月になってであったか、それも忘れてしまった。碧梧桐君は其頃から健脚をもって任じて居たので、もとより問題にならなかったが、「虚子に果して頂上まで登る勇気があるかどうか。」ということが子規居士枕頭の話題になっていた。殊に居士は其病弱の軀から推して到底私には頂上まで登る勇気はないものの如く推定したらしい口吻であった。「まア行って御覧や。」などと憐れむような口吻で居士は私に言った。

御殿場の御殿場館とか言った宿に一夜を明かして夜半の三時頃から登山することになった。宿屋の光景などははっきり覚えて居らぬが、其前夜御殿場の町を歩いた時の一種の心持はまだ忘れることが出来ぬ。それは淋しい夜の町というのに過ぎなかったが、爪先上りになっている其町の前方に当って黒い大きな巨人の如きものが峙《そばだ》っている。それが明日登る富士山であるということが何となく心を引きしめた。果して頂上まで登れるのであろうかという疑問は私自身にもあった。そう思って見上げた黒い巨人は私を威圧するように聳えていた。空には月がなくって星ばかりであった。盛夏の候に拘わらず単衣《ひとえ》の肌は涼しすぎる位であった。われ等は其夜の町で金剛杖や草鞋《わらじ》などを買って来たように記憶する。

其夜は早く寝て私は熟睡した。それでも二時過に起きるのは苦しかった。仕度を終えて表に出たのは三時頃であった。女馬子に曳かれた一隊の馬が暗い軒下にわれ等を待っていた。手当り次第の馬に跨ると、提灯を持った女馬子は脊《せ》の低い、菅笠ばかりが目立って大きく見える後ろ姿を見せながら、馬の口をとって先に立った。馬はおとなしくとぼとぼ歩いた。乗馬の経験のない私は、只謹んで馬の脊に跨っていた。

前夜と変らぬ黒い巨人は矢張り目の前にあった。

御殿場の町を通り抜けると馬はいつか森林の中に這入って、提灯の光に見える女馬子の脊中と馬の顔や首のあたりの他は殆んど何ものも目に入らなかった。私は只乱雑に響く自分の馬や他の馬の足音を聞きながら、夜半の森林の中を通りつつあった。われ等が曙の色を認めたのは、もう森林を通りぬけて桔梗《ききょう》や撫子《なでしこ》や女郎花《おみなえし》の咲き誇っている平原の中を行きつつある時であった。御殿場あたりなどからみると、もう余程登って来ているのであろうが、馬上に居るわれ等は恰《あたか》も秋の平野を行きつつあるような心持がした。朝日の色は美しかった。雲が真ッ赤に染って秋草には露が光っていた。此時霽《は》れるのに従って打ち仰がれた富士の峯は、意外にも頗《すこぶ》る無格好のものであった。下界から見る芙蓉《ふよう》の峯とは思いもつかぬような醜い形と色とをしていた。初め夜の明け切らぬうちは、それは富士の一部分だけしか見えて居らぬので、夜の明けるに従って白扇を懸けた富士の美しい姿を見ることが出来るものと予期して居ったのであるが、今になってみると其富士の一部分と思ったものが、富士の全体であったので、

「あんな汚い、あんな低い山か。」というような軽侮の念が起らずには居なかった。

馬は二合半で乗り捨てて、それから金剛杖をついて歩くことになった。登りもそこから稍々《やや》急になるのであった。それにした所で、平地を歩くというのに較べて幾らか勾配《こうばい》が強くなって来たというに過ぎない位のものであった。勢い込んで登る人もあったが、私は初めから覚悟をしていたので極めて大事をとって徐々として歩いた。荷物を脊負っている強《ごう》力《りき》も決して早くは歩かなかった。他の人々が遙かに前進している後方に私は強力と共に

遅々として歩いた。足許には所々に薊《あざみ》の花が咲いていた。二合半以上にはもう草も木も絶無であったが唯此の薊だけを見ることが出来た。そうして其れは七合目辺までもあった。今でも薊というとすぐ富士山を思い出す程に、此山に特有の花として頭に印象された。三合目に達して見ると、われ等が馬を乗り捨てた二合半は脚下に見下ろされて、際限もなく広々とした富士の裾は一望の裡にあった。四合目、五合目と進むに従って其眼界はいよいよ闊《ひろ》くなって来た。麓を廻る森林も、ただ帯のように眺められた。然るに驚かされたのは、前面に仰ぎ見る富士の山はどこまで行っても同じことで、さきに曙の色の中にあんなに低いのかと軽蔑した時と少しも変らぬ高さをして依然として前方に峙っていた。眼下に見下ろす半腹より以下の展望は歩一歩偉大となるのであるが、前面に見上ぐる半腹以上の形は殆んど何の変りもない。流石に大きな山だと首肯《うなず》かれた。

私の遅々たる徐歩主義は漸く勝を占めかけて、四合目五合目あたりから、先きに行った人をそろそろと追い越すようになった。私は格別呼吸の困難をも感じないでいたのであるが、初め勢いこんで駈け上った人は、もう息を切らして道端に休んでいた。確か七合目あたりで午飯を食ったように覚えているが、其頃の岩室は極めて粗末なもので、這入口は石で取かこまれていて、其中に這入ると蓆《むしろ》が敷いてあって、其奥に一人の人が居て手桶に汲んだ水が置いてある他に、竈《かまど》や、鍋や釜などが置いてあった。それから奥まった所に少しばかり蒲団が積んであって、其手前にビールの瓶や鑵詰類などが並べてあったように記憶する。岩室の中でも頂上に次では此の七合目あたりがいいのだと聞いて居ったが、それですらがこんな質素なものであった。尤も地中に掘り込んだ岩窟であるから非常に発達したという今日でも尚《な》お大した変化はないかも知れぬが、その岩室の低い天井からランプを釣り下げて、其暗い灯かげに無愛想な顔をして一人の男が坐っていた光景は余りいい心持のものではなかった。われ等は強力に持たせて行った米を此の岩室で炊いて、携えて行った鑵詰類を菜にして午飯を食ったのであった。乏しい鑵詰の牛肉は取落した一片も砂を払いのけて食うほど珍重なものであった。

八合目を過ぎて胸突八丁にかかってから今迄ただ砂漠を上るような感じのしていた山に岩骨が突出していて、其間の急勾配を登ることになるのであるから今迄に引替えて苦しくなって来た。それにもう空気が余程希薄になって来ているので、十間も歩くと息が切れて道端に休まねばならぬような有様になった。殊にここに登っている時私は一人になってしまっていた。私は十間歩いては休み五間歩いては休みしながら、私の後から来る人を待ち設けていたが、幾ら待っても登って来る人はなかった。其時、一陣の冷い風が頭上の屏風岩のあたりから吹いて来ると思うと瞬く間に霧が眼の前を流れて、大粒の雨が篠を乱して降って来た。寒気が一時に加わって頬や手の甲などは痛いほどの冷たさを覚えた。屏風岩が霧の間に隠れたり現われたりする光景だけでも物凄い眺めであったが、然し此時のようなすがすがしい清浄な心持のしたことは、殆んど絶無といっていい位のものであった。霧はもとより行方ばかりでなく脚下までも包んでしまっている。私の眼界は方数間に限られている。私は只一人其中に立って痛いほどの冷たい雨に軀《からだ》を打たしている。そこには一点の塵気を止めようとしても止めることの出来ない潔い心持であった。然し此の天候は長くは続かないで屏風岩はだんだんと其姿を現わして来て雨も小降りになって来た。只寒さは、それ以来著しく強くなったので、銀明水の辺も急いで過ぎ去ってしまって、頂上の岩室に辿りついた。二三人はすでにそこにあったが、他の人も二十分三十分、遅くも一時間位の相違でだんだんと皆到着した。鳴球君だけが肥大の軀を持て除して七合目か八合目かの岩室に止まった。

頂上の岩室は数が多い許りで、其麤末《そまつ》さは七合目等のものと似たり寄ったりであった。われ等は晩飯をすますと皆草鞋を穿いたままで蒲団にくるまって寝た。寒気はいよいよ激しくなって枕元に置いた土瓶の上に飲みすてた茶碗をうつむけて置いたのが、忽ち凍りついいたのには流石に驚かれた。一行中の二三人がもういびきをかいて寝ている時分に、私は急に大便を催したので岩室を出て外厠《かわや》に行った。厠というのは岩の上に木を組みたてて出来ているものであって、下から吹き上げて来る風は 腸《はらわた》から脳天にまで滲みこむように冷たかった。

翌朝は未明に起き出でて駒ヶ嶽の近傍に御来光と呼ばれている日の出を拝みに行った。御来光や雲海の模様は壮大を極めているが其は文章には書けない。皆毛布やどてらにくるまって出掛けたのであるが、相当に寒かった。

朝飯を済してから十八町のお鉢廻り＝噴火口壁廻り＝を試みた。剣ヶ峯の蟻の戸渡りとかいう所だけは流石に危険に感じたが、其他はそれほどでなかった。ただ其甲州に面した方面に直下一万尺、すぐ眼の下に森林帯の見える勾配の最も急な所を見下ろした時は、足の土ふまずがじんじんして厭な気持であった。豆粒大の石を落しても、それがだんだんと下の大きな石に当って、しまいには幾抱えもあるような大きな石が、何十分とか何時間とかを経て終に森林帯へまで落ちて行くとかいうような話もいい心持はしなかった。

お鉢めぐりだけ済まして噴火口へは降りなかった。帰りは砂走りを一目散に走り降りつつあった時に、後ろから呼ぶ声がするので振り返って見ると其は強力の声であった。我等一行は散り散りに走り下りつつあったので互に豆程に小さく見えた。「そんな方に走って行くと宝永山の噴火口に飛込むぞ。」

其方向に走りつつあった二三人は剛力の教える方に方向を換えて走った。登る時は半日かかった所を僅か一二時間で二合半まで走り降る事が出来た。しかし此砂走を走った為めに、私はすっかり足を痛めてしまって二合半から御殿場まで帰るのに非常な苦痛をなめねばならなかった。馬があれば乗りたいと思ったのだけれども無かったので仕方なしに歩いた。

頂上の印を捺《お》した金剛杖をついて一通りの勇者らしくわれ等は東京に帰って来た。其後根岸へ行った時に、

「割合元気にあったそうだな。」と子規居士は言った。

「富士山は何でもない。」と私は答えた。

■高浜虚子（たかはま・きょし）　明治七（一八七四）年〜昭和三十四（一九五九）年・明治三十四年七月十七日に河東碧梧桐らと登った富士登山の回想記。当時の感想は「ホトトギス」の「消息」に「世に評判する程の壮遊に非ず。（略）要は時間と空間との競争を為すに在り。強壮なる人は少き時間を以て多くの空間を歩み、我等の弱虫は多くの時間を以て少き空間を歩むべきのみ。この心得さえあれば平地旅行と何の異なるところもなし」とある。正岡子規（明治三十五年九月歿）は病床にあったが、代わるがわる訪れた虚子、碧梧桐、伊藤左千夫らを指導し、俳論、歌論を交わした様子は、子規最後の随筆「墨汁一滴」（明治三十四年一月〜七月）、「病牀六尺」（明治三十五年五月〜九月・いずれも新聞「日本」に掲載）、「仰臥漫録」（日記）などで読むことができる。高浜虚子は昭和二十九年、文化勲章受章。

出典＝「ホトトギス」大正五年九月／『高浜虚子全集』第三巻（昭和九年・改造社）所収

# 武甲山に登る

河井酔茗

武甲山《ぶこうざん》は武蔵の一名山である。其《その》山、秩父連山の入口にあたり、而《し》かも山姿高峻、優に秩父連山の群を抜き、遠く武蔵野平原から望んでも、武甲山だけは、著《いちじる》しく天空に聳《そび》えて居《お》る。

武甲山より二里許《ばか》り奥に、三峰山《みつみねざん》があって、三峰神社の信仰者は多く登山するが、武甲山の方は近いに拘《かか》わらず、信仰の伴《ともな》わない山だから、滅多に登山するものがない。武蔵風土記其他の古書に武蔵の名山なりとある一語に好奇心を動かされたる私は、M氏、T氏と共に今年夏、武甲山に登った。

荒川の上流に架したる秩父橋を、ガタ馬車に乗りて渡ったころから、吾等の前途《ゆくて》を圧するような、雄大な山の姿は、問わずと知れた武甲山、成程武蔵の名山であると、心を躍らせながら、秩父大宮の町に着いた。町はずれの怪しげな饂飩《うどん》屋に入って、登山の支度をし、秩父街道をすこしいって、上影森村の辺から左へ間道を抜けると、愈《いよいよ》山麓の樹立途《こだちみち》は爪先上りとなり、色の好い撫子《なでしこ》の咲いている草原《くさばら》の中に、武甲山入口と彫《ほっ》た大きな石がある。

ときに午後一時。元来登山は、麓を朝の中に立って、遅くも正午前後《ひるごろ》までには、頂上に達するようにせねばならぬとは、予《かね》て聞いて居ることだが、見た処《ところ》では、武甲山はそれほど恐ろしい山ではない。大宮から登り五十二丁と云うのだから、今からでも大丈夫頂上を極《きわ》めて明るい間に下山することが出来ると断定して了《しま》ったのが、抑《そもそ》も後《あと》に冒険のおこる発端であった。

三十分許り樹林を縫うて登ったが、それから先は、草山になって、草は其一部を刈り取ってあるから、天日《てんじつ》を遮るものがない、且此山《かつこの》は、殆ど上りばかりで、足を休める平坦な途《みち》がない、暑いのと、急なのとで、一行稍《やや》疲れ気味が見え出したが、此処《ここ》で疲れては仕様がないと、なるべく急がぬように上って行く。一方は急峻な傾斜になっている上に、途は細いし、草も木も手ごたえにするものがないのだから転ぶと何処《どこ》まで落ちて行くか分らぬ。試みに石を転がしてみると、約半町許りもころころと転んでいって、暗い渓谷に隠れて了った。後で聞くと、此辺は俗に七曲りと云うそうだ、大宮の町も眼下に見え、秩父盆地一帯の展望には、この七曲り辺が尤《もっと》も好い。

次に途は深い草原に入った、今までは兎に角草の刈った跡だから途は見えていたが、此れからは途が見えない、恰度《ちょうど》人間の丈ほどの茅萱《ちがや》其他の雑草が両方から生い茂って、前途をふさいでいるから、ステッキや洋傘で草を分け分け足では途を探って、一歩一歩注意して上って行く。全山殆ど岩石の途で、足袋裸足《たびはだし》となった自分は足の裏の痛いこと夥《おびただ》しい。M氏はどこまでも駒下駄を脱がない。

漸《ようや》く草原を魚貫《ぎょかん》して、稍平《ややたいら》な途へ出た時には、武甲山の裏へ廻ったので、今まで高いと思っていた連山は、悉《ことごと》く下になり遠く山脈《やまなみ》の彼方に浅間の烟《けむり》を見出した時は思わず高いと叫んだ、併《しか》し未だ頂上ではない。

いままで登ってきた山は山の一段であって、更に巌石《がんせき》が草原の海に、処々《しょしょ》島のように表われて居る山腹を攀じて、上の峰まで行かねばならぬ。幸い千年の大木は、悉く伐り倒されてあるから路《みち》は明るい。此辺はいまでも春さきの雪の消える時分、秩父の奥から峰つづきに猿の群が遊びに来るそうだ。木の伐られなかった頃は猪《しし》や狼が出てきたのは無論、今でも兎位は居るらしい。倒れて居る太い木の幹を踏み越え、痛い草の刺《とげ》を分け、辛《かろ》うじて武甲山の絶巓《ぜってん》に達した時は、天地ぐらぐらとして、今にも太古から動かないでいる大きな蒼い波の上に漂わされそうに思った。

不思議なる山上の世界、地平線か水平線の外《ほか》は見なれない眼に、いま映るは全く曲線の世界で、濃淡はあっても只一つの蒼い色の曲線が重なり合い、延び合い、眼の下から天際《てんさい》まで少しも平《たいら》かな地上を見ない。その周囲をパノラマのように画《かぎ》って居る一々の山の名は、山岳に通じない吾等に其が何山、是が某岳と指示することは出来ないが、凡《およ》そ関東の高山は、大半其姿を表わして居るので、生憎夕闇の為にかすんで見えないが、富士は勿論、武蔵、甲斐、信濃、両毛の諸高山は、皆其裡《そのうち》に収まっている。

武蔵野平原は、蒼茫たる大海の如く、その大海の底に都会あり、市街あり、無数の人間があり、下界の空気は今、夕暮の渦巻に乱されて居るだろうが、山上より見下したる平原は、ただ蒼茫として太古、国なき世の如し。

時間は長く吾等を山頂に止まることを許さない、下山の途に就くと同時に、暮色遽《にわか》に身に迫るを覚えた。低い山から暗くなり初めて、果然太陽は浅間に近い山に落ちかかった。T氏は別の途から下ろうとして、山一ッ下に小さく見えていた樵夫《きこり》に、ある丈《だけ》の声を出しで途を聞いたが、矢張上って来た途を降《くだ》るのが宣《い》いらしいので、樵夫は又、早く降りないと夜になるぞと励ますように言い足した。

山上の落日は、僅少《わずか》の人間に示す空中の美しさであろう、雲の山に帰る時、日の山に隠るる時、山上の世界は、無言の讃美を夕《ゆうべ》の光線に集めて了った。

われらは冥想する間も、黙契する暇も与えられない、降《くだ》りに降った、歩きに歩いた、既に疲労を感じいる一行は、更に不安に襲われた、就中《なかんずく》M氏は困憊の極に達したかの如く、もう休もうと云っては、処きらわず草原の上に仰向《あおむき》に倒れて了う。日も暮よ、夜も来よと自暴《やけ》の気味であるが私もかなり疲れて居るから励ます言葉も出ない。只どうにかして例の丈なす草に埋《うず》もれた峻坂《しゅんはん》を下る間だけなりと、暗黒《まっくら》にしたくない。彼《か》の草原さえ抜けて了えば何とか方法があるだろうと心ばかり急ぐが、と云って怪我をしてもならぬので夕暮のほの明りに三人とも声を掛合っては草おし分けて無暗《むやみ》に進んだが、毎《つね》に先頭をしているT氏はもう何《ど》うしても暗くて途が分らぬと言いながら佇立《たちどま》った。若《も》し此時T氏が、西洋蠟燭《ろうそく》を用意（鍾乳洞へ入る時にと思って携《たずさ》えて来たもの）していなかったら、吾等三人の一行は殆ど進退谷《きわま》ったであろう。幸にも一挺の用意があったので、氏は之《これ》に点火した。空は殆ど暮切っている。一道の火光《あかり》はあきらかに三人を導《みちび》いた。最もはだか蠟燭だから半紙で囲《かこい》を作って、左手に高く捧げては、此処は曲りだ、大きな石がある、すべるぞ、と絶えず種々《さまざま》な掛声をして先に立つT氏の労は普通《ひととおり》ではない。後殿《しんがり》になっていたM氏は、其辺で太さ湯呑大の蛇が途に横《よこたわ》っていたのを火光《あかり》に透《す》かして見たそうだ。何うしても動かぬので跨《また》いで来たそうだが、吾等二人は其事を後で聞いた、暗中石坂途を命懸《いのちがけ》で降る時には、蛇が居ようが蟇《ひき》が居ようが、何が居ようとそんな事どころではなかった。

　程なく草の深い所を抜けて、例の七曲りの上の方へ出た、今までは草に隠れて居たが、山麓の秩父の街の火の明り、村々の貧しい灯火《ともしび》が、手の達《とど》くような下に見えた。併し此七曲の上までは、登る時に二時間以上もかかっている、仮令《たとえ》途は之から能《よ》く分っても、蠟燭が途中で無くなったら何うしようと、私はそれが心配でならない。するとT氏は何うしたか途を失ったという、さア分からない、迷う許りで一向途が見えぬ、疲れ切ったM氏は此処で露宿しようと言い出して、横になったまま動かない。私は例え夜があけても関《かま》わぬ一歩でも下の方へ降りたいと言う、とは言え、七曲りの尽きた下は又大樹林で、見た所でも闇の帷《とばり》に閉じられた森を、何うして路のわからないのに抜けられよう、之もむだかも知れぬと殆ど途方にくれて、歩く気も出ない、此場合生命から二番目の蠟燭は吹き消して置く。

T氏は降れると云う自信があると云って、又火を点けて一人途を探しに行ったが、訳なく発見したので、吾等二人は蘇生《いきかえ》ったようになって、此度《こんど》は道を失わぬように注意して降ったが、休むと蠟燭を消し歩き出すと又点ける、消えたり、点いたりする山腹の火光を見て、山麓の村人は不思議がった、其中《そのうち》の親切なる人が提灯を持って、七曲りの尽きる所まで迎いに来て居た。

幸い大したけがもせず、不用意に露宿するような憂目《うきめ》も見ず、麓にちかい木立道を提《ちょう》灯《ちん》の明りにみちびかれ、頓《やが》て親切なある農家の広い縁がわに腰を掛け、星を隠して巨人のように屹立している真暗な武甲山を仰ぎながら、ホッと永い息を吐《つ》いたのは、正に夜の十時であった。

■河井酔茗（かわい・すいめい）　明治七（一八七四）年〜昭和四十（一九六五）年

・詩人・河井酔茗は明治三十年代に「文庫」の詩欄を担当し、北原白秋ら多くの詩人を世に出した。『街樹』は、「武甲山に登る」ほか、「富士裾野の湖水」「武蔵野の面影」など十七編を収めた紀行随筆集。このほか、山に関する随筆では、「有名の山と無名の山」「秩父の山を想う」（『生ける風景』大正十五年・アルス）「山の文学」「山脈の美」（『南窓』昭和十年・人文書院）などがある。

**出典**＝初出不詳／『街樹』（大正四年十月・梁江堂書店）

# 島木赤彦　女子霧ヶ峰登山記

余は熱心なる女子登山希望者である。曩《さき》に三河国の某女が、下駄がけを以て富士登山の先駆をなし、野中千代子が雪中一万二千尺の山巓《さんてん》に悲壮なる籠居《ろうきょ》を敢てせし以来、奈良朝の昔、金峰山の女尼が、六尺男児を後へに瞠若《どうじゃく》たらしめた底の女子が追々増加して、三十五六年頃からは、各地女学校の団隊が追々富士登山を試みる様になったのは、寔《まこと》に喜ばしい現象である。余の記憶に存して居る者のみにても、此の二三年に、富士登山を試みたのは余程ある。即ち三十六年には女子美術学校の生徒が登り、三十七年には山梨県師範学校女子部、女子体操音楽学校（二十余人中二人疲労）、神奈川県高等女学校等が登って居る。此の外嘉納氏夫人は三十六年に単独登山を行い、板垣伯、原敬二氏夫人はその翌年に登山を企てられたそうである。特に今年は樺山伯の孫女が、垂髫《すいちょう》のろうろうしさを以て、繊小な足跡を山上の火山灰に印したと聞いては、眉を描き、眼尻を塗り、蘇芳《すおう》に頰を染める女学生すらある今日に、吾党のため実に大なる援助を得たものと思われてうれしい。尤《もっと》も右に述べたのは、皆新聞紙上に表れた者のみであるから、勿論吾人の視聴に触れない、幾多の巾幗《きんかく》登山者があったに相違ない。此の種のものは今の内によく調べて置いて、他日明治女子登山史を編纂する材料とし度く思う。余は三十六年に女子二十余人を率いて、八ヶ岳登山をした事がある。二泊三日の登山中一人の疲労者をも出さず。採集物も随分豊富、先ず成績佳良の方であった。今年八月又々十五人の女子を引連れて霧ヶ峰に登った。以下記する所はその紀行で、それにまま山案内的のものを交えて、諸君子の登山に便せんと思うのである。

霧ヶ峰は、八ヶ岳火山彙《い》中《ちゅう》の北端にある休火山で、地籍の大部分は長野県諏訪郡にあって、一部分は小県郡に跨って居る。高さはやっと二千米突《メートル》内外で、その上に傾斜が極めて緩慢であるから、上諏訪町附近の人が、春から夏秋にかけての登山は、丁度日曜の遠足に、恰適位な程度である。山の面積の極めて広大なるに比して、高さが前記の如くであるから、一寸見には、根からダラシの無い、不恰好な、何処に主峰があるかさえ分らぬ草山で、云わば火山中の老朽者と云う位置であるが、登って見て、何処までも奥行の知れぬ広さが、他の佶屈《きっくつ》な少壮火山（形から見立てて）と異なったよい感じを与える。余は此の山を一日の遠足地として、非常に珍重して居る。去年は四回、今年は五回登って居るが、未だ霧ヶ峰と云う纏った感じが頭に這入らぬ。つまり不得要領の山であるから、何回登っても面白いのだ。それに比べると南隣の立科山などは、形式が誠に単一で只旧火山の饅頭形の上に、新火山の円錐形が坐って居るのみで、甚だ要領を得て居るが、余は一度登ったきり二度登ろうと云う興味が出ない。猶又霧ヶ峰は植物採集地としても、随分価値のある山で、山麓(上諏訪町下諏訪町方面)より山頂にいたるまで、甚だ多方面の植物を分布してある。昨年頂の北端なる鎌ヶ池で、狸藻の一種を採集したが、これは普通の狸藻、姫狸藻と異なった形態を具えて、捕虫嚢の位置が全く輪生葉群の部分から隔離して居る。某植物学者は、多分日本に於ける新発見だろうと云って居られた。猶《なお》此の池の一部ミズゴケ叢生地に、姫石楠花一名日光石楠花なども発見せられたので、本年矢沢師範学校長と河野師範学校教頭と、一日採集して行かれた(八ヶ岳の遭難者大学生十六人を救った帰途)から、余等の如き素人よりも大に得る所があったろうと思う。霧ヶ峰の大体はまずこんなものである。

そこで余は常に女生徒に向って登山熱を鼓吹している。殊に上諏訪町から往復六里で、一日旅行に極ふさわしい此の霧ヶ峰を、第一に推奨した処が、盛に賛成があって、今年長雨期にも係らず、是非連れて貰い度いと云い出したものが二十人許りあった。その内四五人は都合があって、つまり十五人、それに高等師範校の飯河君等三人と、余とを合せて同勢十九人、八月二十日午前七時、上諏訪町を出発した。

一体上諏訪から、霧ヶ峰に登るのは、上諏訪町の新殖民地たる、小県郡オメグラ山村に通ずる星糞峠の山道によるのが順路であるが、上諏訪町から一里の角間新田までは、全く霧ヶ峰から流出する角間川の谷に沿うのであるから、両方の連丘が直ちに頭上を圧して、展望の快に乏しい。そこで其の一方の丘陵たる立石山上の細道を経て、角間新田の上に出る事に決した。此の立石山は東北方人の字山から派出された火山集灰岩の小丘で、極点の断面を上諏訪町の背後に現して、諏訪沖積層との限界をつくって居る。丘上は落葉松の殖林地と、未墾の草原とで中腹以下は痩地の桑畠や、粟畠になって、間に数条の作場道が通じて、それが中腹以上から合して一小径を作って居るのである。今朝は雨後の朝露がことに繁くて道ばたの薄や、ワレモコウ、桔梗、ヤマニンジン、ヒメカンゾウなどの花は何れもうつ俯して、初秋の静粛を瀟洒たる風姿に表して居る。数町の急勾配を登れば最う丘の頂上である。足の下は、直ちに上諏訪市街で、町外れから真碧な諏訪湖が、遠く上伊那境の連山まで拡がって、山襞の凹所から、天竜川の日に輝きつつ流出する遠方まで明瞭に見渡される。女生徒等は盛に草原の中を駆けまわって、コウリンカの濃朱色なのや、女郎花《おみなえし》のひょろひょろしたのやを折り、争って居るので腰から下はもうびしょ濡れに濡れ徹って居る。道は少しずつ爪先上りとなって、次第に落葉松の茂りに這入って行く。ちと生ぬるい南風が出て空は追々怪しい雲脚となったが、木の間から見渡される角間新田の白壁には、未だ鮮かな日が当って居るので、唱歌など謡いつつスタスタと登って行った。何処の谷間だろう、山鳩がほろほろ鳴いて居るので生徒等は首を傾げて立って居る。

立石山で採集した植物は大略左の如し。

ヒキヨモギ　メドハギ　イヌハギ　ネコハギ　マキエハギ　アリノトウグサ　タチフウロソウ　グンナイフウロソウ　コウリンカ　ハナナヅナ　コバノイチヤクソウ　ツリガネニンジン　フシグロセンノウ　トリアシショウマ　ムシャリンドウ

角間新田の上で星糞峠の道に合した。此の辺の湿地は、一面のサワギキョウで濃紫の花が目醒むばかり咲き揃って、猶所々にエンビセンノウの真紅が夜火の如く群落をして居る。サラシナショウマの雪白なる穂状花は、角間川の渓流を挟み咲いて、女郎花、藤袴等と相靡くなど、生徒等の喜びは大したものだ。此処から十町許なる科《しな》の木《き》平までに採集した植物は、

サラシナショウマ　イブキトラノオ　クララ　エンビセンノウ　サワギキョウ　マツムシソウ　マツバニンジン　ニガクサ　アケボノソウ　ウメバチソウ　コトジソウリュウノウギク　ヤマハハコ　ヤマゴボウ　ツルニンジン　アブラガヤ

科の木平の入口で土橋を渡り、角間川に分れて斜めに右に向うのである。この辺からそろそろ霧が襲い始めた。較《やや》広い科の木平の右、前に当って霧ヶ峰の一峰なるアシクラ山の

縦断面が、斧で削った如く突っ立って居る。其の極めて鋭利な断崖が、今天辺から沈降する秋霧の間から見え隠れして居る。草叢を踏み分けてクサボケの純黄色な果実を採集して居るうちに、霧雨と云うのがポツポツやり出した。山上の風も少し劇しくなった。断崖を見れば吹き落ち吹き落ちする濃霧が、已《すで》に其の九分以上を埋了して、僅《わずか》に見える頂すら、もう直ぐに隠れてしまおうとしている。この儘《まま》登った処で空の晴れるかどうかは、近来の天気では先ず疑問である。雨の中を登るもよいがもし病気でもする者があっては、後の女子登山者に対して多少の障礙《しょうがい》ともならぬとは云えない。今日は一旦引返すことにしようと十五人にこの趣を宣告した。処《ところ》が女生徒先生中々承知しない。折角ここまで来て只帰ったでは、他の人に面目ないと云うのである。雨具もなし、おまけに二人は下駄がけと云うのだから、色々勧めて帰らせようとするが、つまり承諾しない。詮方なく、又歩み出したが、これから鎌ヶ池までは（頂を越えて）少くも一里半はある。困った事であるが、ぽつぽつと賽の河原坂にかかった。この坂はアシクラ断崖の北端にあたって、霧ヶ峰登山中第一の急坂であるが、（此の断崖は霧ヶ峰溶岩流冷却の際、板状節理をなしたもので、建築用具の平石と称して、盛に採掘せられる。秋田県からも斯の如きものを産する由、複輝石安山岩だそうな）僅々二三町に過ぎぬのだから、大したものではない。併し今日は雨で道が辷《すべ》って中々困難である。十五人は道ばたの丈長い萩叢や、萓原にその頭までが埋もれて体一面びしょ濡れである。坂の中途に一つの石が横はって居るので、十九人はこの石に、冷たい腰を下ろして弁当をつかい始めた。雨のために握飯がよい加減にしめって居る。時計は今少しで十二時を指そうとして居る。

午後一時頃、余等は賽の河原坂の上に休んで、下界に霽《は》れ行く霧の壮大なる光景を眺めて立った。薄霧の末には遙かに諏訪湖さえ見えている。生徒の喜びは大したものであるが、余はこの晴が一時的のものであると信じて居た。果然一時半頃から大粒の雨がやって来た。もう斯うなっては破れかぶれ、疲れた生徒の手を引いても行ける処まで行こうと決心して、丈長い草を分けて出立した。数町行くと、白檜森が左右に一かたまり茂って、その側に潺々《せんせん》たる小川が流れている。咽を湿して又出掛けた。これから東股川の谷までが霧が峰の尤も雄大を極めて居る処で、広漠たる広原が両方の鈍形峰から斜に裳裾を曳いてその中間に、今飲んだ清流を走らせて居る。晴天ならばこの辺に角間新田から登る草刈が、あちこちと唄いかわして、遙か向うに飼放された馬の群が走るなど、真に悠々たる天上の花野であるが、今日は中々そんな訳でない。やっとの事で通り抜けて東股川の谷に下りた。

採集植物

シモツケソウ　クカイソウ　ルリトラノオ　キンバイソウ　ヤナギラン　ウスユキソウ　ヨブスマソウ　ノブキ　バイケイソウ　シュロソウ　ヒメユリ　シラヤマギク

オタカラコウ　タムラソウ　キオン

谷を上れば、右が霧ヶ峰主峰たる車沢山（？）で、その裾が北方に広がって所謂《いわゆる》御射山原（古歌に詠ずるものは富士見村の御射山原に非ずして、之なりとか伝う）で、道の左側の草深い中に、石の祠が埋れて居る。その直ぐ側には山梨の古樹が一本立って居るが、草寒き山上の風に吹きたわめられて、下枝は同じく草の中に埋れて居る。諏訪大神遊猟の跡というので毎年九月神事があるそうだ。人遠き山上の草を踏んでどんな神事があるのだろうと尊くゆかしく想われる。猶少し行けば、鎌ヶ地である。真円な池の大半がミズ蘚《ごけ》に埋れて水の形が新月形に残って居るから、鎌ヶ池と名づけたと云う人もあるが、昔鴨が沢山棲んで居たから鴨ヶ池と云ったのが訛転したのだとも云う。どちらへでも面白いから賛成する。池中のミズ蘚を踏んで中に入れば、跡が綿の如く中へ凹んで、少しじめじめと水が出て来る。ここで立ち乍《なが》ら第二の握飯を開いたが、中腹からの雨で、手がかがんで風呂敷が開けない。雨は未だ中々止まないが、序《ついで》にすぐ並びの七島八島の池をも見ようと、猶北方へ歩を移した。鎌ヶ池よりも広くて水が深い。岸には沢桔梗が一帯に咲き続いて、その紫が澄み切った水に映ったさまはやや凄寥の気味に打たれる。下諏訪町から登れば東股官林を過ぎて直ちにこの八島の池に出るのである。この辺はキンバイソウの群落で、黄金色の花が、歩に従って咲き続いて居る。霧は捲き去り捲き来って、天上山上渾《すべ》ての有象を一擲《いってき》して、宇宙の永劫に投じ去るかと思わせる。暫くして僅かのひまから鷲ヶ峰の雑木林が、直ぐ目の先に見えたが、倏忽《しゅくこつ》に消え失せた。

採集植物

コタヌキモ（?）　ヒメシャクナゲ　ミツバオウレン　ツルコケモモ　イワゼキショウ　ショウジョウバカマ　ワレモコウ（小形の一種）　ツバメオモト　ヤチスギラン

此の他疑問中にあるもの二種。

山上の雨も雄大ではあるが実に寒くて寒くて堪らない。生徒も最う目的地を究めたのだから、盛に下山の催促をし出した。頭から足まで濡鼠で、唇が白走った紫色を呈している。走る如くして前の道を引返し角間新田まで来た時、天はそろそろ晴れはじめて、それから角間川沿の大道を辿って午後七時上諏訪町に著いた頃は、全くの青天となって八月の夕日が、諏訪湖に反照して居るのであった。霧ヶ峰方面は未だ白雲裡に鎖《とざ》されて居た。一行十九人の健康で、雨中の登山を仕遂げた勇気は、将に女生十五人に向って感嘆の意を表するのである。

附記　十一月十日。散逸せる記憶を喚び起して、急ぎ纏めて紀行を綴る為。零砕《れいさい》体を為さず。慚愧々々。猶余は、この遠足中、特に日本女子服装の不完全なるを切に感じた。常服を改良するか、然らざれば少くも旅行服について、特別の意匠を用いねばならぬ事と思った。旅行家諸君の研究を望む。

■島木赤彦（しまき・あかひこ）　明治九（一八七六）年～大正十五（一九二六）年

・「山岳」での筆名は久保田柿村舎、本名は久保田俊彦。この霧ヶ峰登山の明治三十六年、二十八歳で諏訪郡玉川小学校（現、茅野市立玉川小学校）に勤務。八ヶ岳に一回、霧ヶ峰に四回登った。一方、歌人としては、一月に同人らと歌誌「比牟呂」を創刊し、編集に当たる。また、六月に創刊された根岸短歌会「馬酔木」にも短歌を寄せ、明治三十七年、伊藤左千夫を諏訪に迎えたことが、のちの「アララギ」での活動に繋がっていく。文中に現われる矢沢米三郎（明治元～昭和十七年）は、ライチョウや昆虫の研究者で、当時松本女子師範学校校長。河野齢蔵（元治二～昭和十四年）は高山植物研究で知られ、松本女子師範学校主席教諭。ふたりは長野県尋常師範学校の同級生で、乗鞍岳、白馬岳、八ヶ岳などで山岳研究を行ない、明治三十五年、信濃博物学会、四十四年、信濃山岳研究会創立の中心となる。女子の学校登山の先駆けは、明治三十五年の渡辺敏校長（明治十六年に窪田畔夫らと白馬岳登山）による長野高等女学校の戸隠山登山とされる。「山岳」は、明治三十八年十月創立の山岳会（博物学同志会支会。明治四十二年から日本山岳会）の会誌。

出典＝「山岳」第一年第一号（明治三十九年四月）／『赤彦全集』第六巻（昭和四年・岩波書店）所収

# 窪田空穂　烏帽子岳の頂上

眼が覚めると一しょに、私はテントから這い出した。着ものは夜も昼も一つものである。着がえといえば、靴下を脱いで、甲掛《こうがけ》足袋《たび》と草鞋《わらじ》とを穿くだけであった。

昨日、朝から夕方まで、殆ど四つ這いになり通してこの烏帽子岳の乗越《のっこし》まで登った、その疲れはほぼぬけてしまっていた。寝しなには、「眠れるか知ら……」とあやぶんだが、気を落ちつかせていると、いつか寒さを忘れて眠ってしまったらしく、今は、眠りの足りたあとにだけ感じる一種の快ささえある。

三つのテントの側に、それぞれ焚火をしていた。人夫が朝飯の用意にかかっているのである。私たちの側には、三人の人夫が火を焚いたり、鍋をあつかったりしていた。案内はまだ起きて来ないらしい。「お早う、」といって私は焚火の側へ寄って行った。太い枯木と偃松《はいまつ》との積み重ねは、煙りながらも赤黒い炎を吐き立てている。

「お早うござんす、」と人夫は笑顔で迎えながら、簡単に挨拶をかえした。

「寒いね、」と私は双手《もろて》を火の上に翳して暖まろうとした。

「ええ、でもお天気で何よりです、」と年寄の人夫は、その細い眼に嬉しそうな笑みを浮べながら云った。

「降られちゃ大変だろうね」と、私は昨日の登りを思い出した。

「そりゃ話になりません。全く命懸けですからね。」

そう云って人夫は何か話し出しそうにしたが、眼が鍋の蓋に動くと、慌てて、燃えあがる炎のなかに手を入れた。その手は鍋の蓋を取り上げた。鍋のなかには米が煮え立っていたが、そこには細かい炭がかなりまじって一しょに躍っていた。

私は朝の習慣になっている煙草へ火を移した。そして、

「これから出懸けるまで何をしよう……」と思った。煙草をすいながら次ぎにすることを考える、これは私が、昨日からの経験で覚えさせられた、この旅での楽しみの一つである。

私のような足弱は、案内に歩き出されたが最後、余裕と云うものは全く奪われてしまう。遅れまい、一行の厄介者になるまいと思うと、歩行三昧になって、一歩一歩に、心身の全体を集めて、弛みなく、しかしゆっくりと歩くより外はない。その時には殆ど外界との交渉をもつことはできない。眼をやったら離すに惜しいようなもの、余裕があったらそこに坐り込んでしまうような場所が、限りないまでに続き拡がっていると思いながらも。

それに案内は、朝と夕方と昼飯後とは、ゆっくりと休むものだということを知った。今

ある。

も、これから出懸けるまでには、少くとも二時間くらいの時間はあるはずである。「何をしよう、この自分の自由に楽しめる二時間の時間を。」

しかしそれは、実は考えて見るまでもなくきまっていることであった。昨日の夕方、平地から初めてこの山の乗越に登った時、その快さに乗せられて、私は疲れてはいるが一と思いに烏帽子岩まで行って見ようと思った。そして案内に相談すると、「朝になすったがいいでしょう、」と止められたのであった。今朝はどうでもその烏帽子岩を見なくてはならない。

「ここからは見えないが、見当は付いている。一人で行ける。いや、一人でゆっくり行って来よう。」

私は焚火から離れた。すると仲間の本居君《もとおり》が、すぐ向うの小高い傾斜の上に立って、あちこちと見廻しているのを認めた。私がそちらへ行くと、本居君も歩み寄って来た。

「昨夜《ゆうべ》は眠れたかい?」

「いや、眠れませんでね、」と本居君は、癖の、眼に陰鬱な色を浮べて答えた。

眠るということは、私たちにとっても大事件であるが、私よりも山馴れない、この年下の友だちに取っては一層の大事件に感じられた。

「今朝は早く起きてしまったが、いや、いい月でしたよ。もう頂上の方へも行って来ましたよ。」

九州に育って、山らしい山へは登ったことのない本居君は、大町から見える小高い山を、端から名前を尋ねて困らせた。あれほどの山は名をもっていないというと、不思議なようにしていた。この烏帽子の頂上に対して、今何んな感じを起しているかは、私の思量の外らしい。

「頂上まで行ったのかい？」

「行きましたよ。高山植物が何とも云えませんね。ずっと向うのほうに、槍ヶ岳のような山が見えましたが、あれは何ていうんだろうな……」

「僕も行こうと思っているんだ。」

「何ならもう一度行ってもいい。」

「顔洗った？」

「ええ。」

「僕も顔洗ってにしよう。」

そう云いながらも私は、そこに本居君と一しょに立って、周囲の展望を始めた。

薬師岳、それが第一に目に付く。私たちのこれから縦走しようとしている山脈は、この烏帽子を起りとしているが、薬師のあるのはそれとはちがった山脈で、こちらと平行している。そして深い谿谷を隔てて、その全容の望まれるだけの距離をもっている。

昨日の夕方、初めてここへ来た時、途中から同行することになった大阪の新聞記者で、登山家である小林君が、

「薬師！　何て大きいでしょう！」と感嘆の声を放って見とれていたのが思い出される。その時の薬師には、夕雲のちぎれがまつわり付いていた。今は、一ひらの雲もとどめない、輝きを含んだ青空の前に、その全部をあらわしている。それは茶色をもった岩山である。誠に、大きいといって形容する外、云い方のない山である。限りなく襞をもった、襞毎に雪渓をもった山である。襞と雪渓とは、互に輝き合って、一部一部変化を保ちつつ、全体としては強い落ちつきと安らかさをもった山である。

私の眼は、これから向って進んでゆくべき山脈のほうへ移った。

それは薬師をもった山脈と、燕《つばくろ》、常念などをもった山脈とのあいだに挟まって、一万尺に近い峰の幾つもをもって、遠く南へとうねり伸びている山脈である。私たちの踏んで行くのは、その両側《りょうそく》に何千尺と、千尺を単位にして数えるべき谿谷をもった、高まりつくした頂上を貫いている一線の上である。

「野口五郎は何《ど》れだろう？　赤岳は？」と心のうちで思った。それは二つとも今日越すべき山である。だが私の眼にはいって来るのは、茶いろに輝いている山肌が、そのところど

ころに黒い色を斑《まだ》らにまじえて、高く低くうねっているだけである。そして、それを越したあなたには、さまざまな形をした山の頂上が、その頂上を空の上に浮べているだけである。その頂上の、輝きの強いのは近く、弱いのは遠いと思われるだけで、そこに何《ど》れだけの距離があるかの見当もつかない。

「あの山がみんな、この自分の草鞋の底に続いているのだ。これからあの上を通るのだ。」

そう思うと私は、心が張って来るのを覚えた。それに対して軽い心を動かすのは、憚《はばか》るべきことのような気がした。

私は振り返って、眼に近い露営地のほうを見た。テントはまだ手が着けられずに、昨夜《ゆうべ》のままになっている。焚火は燃えている。人夫と一行の者とは、それぞれのことをしている。二三の人夫は、テントの向うの、やや低くなったところの雪渓のところへ行って屈んでいる。一人の人夫は、薬罐に水を汲んで、それをこぼすまいとするらしい恰好をして上って来る……。そうした光景が全体となってすっきりと見えている。

それを見ていると、私は一種の気分に捉えられて来た。それは、からだのひどく疲れた時に、ともすれば起る、人を厭わしいものに感じて来るのと似ていた。しかし、そういう時には、こちらから人を避けたくなるのであるが、今は、それとはちがって、そこに見えている人も、見ている自分も、云うべくもない醜い、値いのない、ここにこうしているのが不適当なものに感じられて来たのであった。私はこの思い懸けない気分に捉われて、暫くその光景を眺めつづけていた。

「とにかく、顔を洗おう。」

私はそこを離れた。そして焚火の側を過《よ》ぎって、雪渓のほうへ行った。

雪渓は、縁《へり》のところだけ雪が溶けて、浅い池のようになっていた。生えたまま枯れている草の葉や、こぼれた米などが底に見えた。手をひたすと冷たくて、まさしく冬の水だった。

焚火のところへ帰って来ると、案内は起きて、火にあたって煙草をすっていた。

「頂上へ行って来ますよ。」

「飯をしまってから入らしたほうがいいでしょう。」

案内はおだやかには云ったが、私を見上げた眼には、明らかに命令する色があった。私は黙って随わざるを得なかった。

山の食事が始まった。焚火をめぐって、土の上へ胡座《あぐら》をかいてする食事である。本居君と私とは適当な食器を用意することを知らなかった。二人はいつも、アルミニュームの小さな水飲で、飯も食べ味噌汁も吸うのであった。

飯が済むと、私はすぐに頂上へ行こうとした。

「行かない?」と私は横山君に勧めた。横山君はそろそろ登山家のうちへ数えられようとする人で、私たちを連れ出した人である。

「僕は……」と、横山君は若い顔に極り悪るそうな笑みを漲《みなぎ》らして、拒絶の意を示した。

本居君はと見ると、何所へ行ったかもう見えなくなっていた。

私は一人で出懸けた。

露営地とそちらとのあいだには、岳樺《たけかんば》の低い林があった。そのほうの傾斜の急な細路は、露にぬれた草で蔽われていた。林の下生えの草は、雨のあとのようだ。林を抜けると、すぐに山の脊梁《せきりょう》である。おぼろげな、しかし間違わせない一すじの線が、眼をとめて見ると認められる。

脊梁のあちら側には、高山植物の密生した一区画がある。それは昨日見て、立ちどまって見たものである。丈の一二寸ほどの、檜葉《ひば》のような葉をした木に、薄黄な花が、蕾は大きな雫のような、開いたのは桜のような形をした花が、一面に群らがって、そして露に濡れそぼっている。

その下には、昨日その一角を掠めて登って来た大崩れが、山腹が崩れて、山の腸ともいうべき岩の積み重ねの、乱雑に露出しているのが、真っ直というよりもむしろ、刳《えぐ》り込んだようになっているのが見おろされる。白い、茶の岩肌は、静かな、しかしそれぞれの光をあらわして、三百尺、五百尺と続いて、下は一つの色に煙っている。その谷を隔てて、唐沢山と餓鬼岳とは、一つは高い峰を、一つは長い、ひだの多い峰を捧げている。緑の山は、今、薄い靄を帯びて、濃い、しかし柔かな色をしている。

昨日見たこれらのものの、今重ねて見て、ちがった美しさをあらわしていることが、妙に親しい感じを起させた。

「あの大きな白樺は？」

そう思って私は、歩みを移してそちらを見た。乗越の目じるしだというその白樺は、二た抱えくらいもある珍らしい老木であった。それは岩の上に根をおいていた。昨日の夕方その木を見た時の嬉しさが胸にかえって来て、もう一度見たくなったのである。

その白樺は、ここからは一部が見えるだけで、木下《こした》から仰いで見た感じとは遠いものであった。

「見ない方へ、」と思って、私は脊梁の線を、まだ見ない、烏帽子岩のある方へと、辿って行った。

辿って行く脊梁は、次第に崖《がけ》の縁《ふち》となった。脊梁を境に、半分は崩れ落ちてしまったのである。崩れは、次第に深く、次第に広くなった。そしてそちらを見おろすと、岩のもつ光りで眩《まぶ》しさを感じる。こちらの半面は偃松に蔽われていて、渡るには、幹から幹へと足を移さなければならない。

一つづきの偃松は、緩やかにうねりくだって、又うねり上って、その果てに小高い岩山をもっている。

「あれが頂上だろう」

私はそう思って、静かに歩みを移して行った。

岩を伝って下ると、そこには偃松が絶えて、低い草と花の咲いている高山植物の生えつづいたところとなった。そして、崖と反対の側には、この峰の瘤《こぶ》とも見えるような小さな丘が並んでいた。

その丘のほうを見た私は、見た一点を見詰めさせられた。

私の脚もとから、細い、一本の竿の曳く影とも見える影が、草生《くさふ》の上を伸び伸びして、四五間、六七間も伸びて、その丘の斜面を這い上っている。そしてそこに一つの円を映して尽きている。その円を中心に、径一間もあろうかと思われる虹が立っている。空に見るような色彩の多種なものではなく、僅かに青と赤ぐらいではあるが、それは丘の斜面の青い、幾分の靄を含んだ上に、持って行って置いたかのように、じっと、にじみ加減になって映っているのである。

「何だろう?」と私は一と目見た時には怪しんだが、すぐに、自分の影の外の何物でもないと心付いた。しかし、そうした影を眼にしたことのない私には、珍しいというよりは不思議なものであった。

私はその影を眺めていた。薄れもせず、消えもせず、いつまでも映っている。

「仏像の光背は、多分これを取ったのだらう」

私はそう思ってそこを離れた。少し歩みを移して、又そちらを見ると、そこにも同じものが映っている。又行って見ると又映っている。

離れまいとするように見える、虹を負った自分の影を、私は何回見たことであろう。

遠く望んだ岩山へ、私は一人で登って行った。赤い岩の積み重ねであった。ところどころに偃松があり、高山植物が咲いていた。

登りつくして見ると、私はその先に、今一つ、前よりもやや深い偃松の下りがあって、俄に高まっているその高まりの頂点に、一つの大きな岩の立っているのを発見した。それはここへ来るまで、全く見なかったものである。

「あれが烏帽子岩だ、」と心付いた。「行って見たい、」と思うと共に、それに要する時間が、この場合私に許されるものか何うかを考えなければならなくなった。

私は暫く岩山の頂に立っていた。

「あ！」と私は声を立てた。思い懸けなくも雷鳥《らいちょう》が一羽、私の直ぐ前のところにあらわれた。茶色の、鳩ほどの、丸い形をした、今は飛ぶことを忘れた鳥は、偃松の実を啄《ついば》んでいたが、啄み飽きて遊んでいるところと見える。

雷鳥は私を見たようだ。だが、逃げようとはしない。高山の偃松のなかにばかり住んでいる鳥は、人間という生物の、どういう感情をもっているものかを知らないようだ。その鳥は、偃松に沿った岩のあいだを、無器用な恰好をして、歩きながら、下のほうへ、ほうへと、見えなくなって行った。

立ちつくしている私の眼の前に、今度は小さな獣があらわれて来た。それは二銭銅貨ほどの大きさの顔をもった、茶色の毛をもったものであった。その獣は、偃松の下から走り出ると共に、その顔をまともに私に向けた。痩せた、眼ばかりの顔のように私には見えた。見えると直ぐに隠れてしまった。

「栗鼠《りす》のようだった、」と思ったが、しかしからだは見えなんでしまった。

この二つの小さい生物《いきもの》のあらわれは、私を微笑させた。私は消え去った形を眼の前に保って、一人で微笑していた。

後ろから人が声を懸けた。それは堀君という、東京の学生であった。小林君と同じく、案内を共通にしているところから同行している人である。堀君も烏帽子岩へ登ろうとして来たらしかった。

無口な、それが似合わしいような表情をもった堀君は、今も微笑をたたえながら後ろを振り返った。私もそちらを見ると、小林君と案内と一しょに、偃松の上を渡ってこちらへ来る姿がかっきりと見えた。

堀君も、小林君と同じように立派な登山家であった。私はさっき見た影のことを堀君に話した。

「それが本当の御来迎《ごらいごう》ってものだそうです。めいめい自分の影を見るだけで、側にいても人の影は見えないんですってね。」

堀君はそう云って説明してくれた。

躊躇していた私は、この人たちが来たので、烏帽子岩へと向った。

岩の肩までの登りが困難であった。木立にさえぎられている岩の面は、殆ど直立していた。怪我をしないように注意して登ってゆくと、私は最後になってしまって、堀君の姿は見えなくなった。

肩まで這い上ると、岩のそちらの面は、崩れになって、深さはすぐには測り難いものに見えた。烏帽子形の一つ岩は、その肩の上に、かなりな高さをもって立っているのである。

「あちら側から見ると、この岩が『槍の穂』のように見えます。」

案内はそう云って、四つ這いになって、攀じ登ってゆく。

小林君は、這うことは出来なかった。鞍に跨《またが》った形になって、手と尻でいざりながら進んだ。

私は小林君のするようにする外はなかった。

案内は或点に立ちあがって、私たちのいざるのを見ていた。いざりながら案内を見あげると、その赤黒い顔は、真っ青な空のなかに浮んでいた。

そこをいざり尽すと、私たちは崩れの上に直立している、滑《なめ》らかな花崗岩の面を伝わらなければならなくなった。

「ここをどうして伝うだろう？」と私は怪しんだ。

先に立った案内は、岩の面にからだを擦りつけて、両手を一ぱいに拡げて岩に抱きつくようにした。岩の面は広くて、拡げた手も向うへは廻らない。又、岩の面は滑らかで、指の懸かるほどの突起も窪みもない。足はと見ると、そこには、岩の面に一と筋の筋がついている。その筋の上へ、屈めた足の指を吸いつかせつついざらせつつ進むのであった。案内のからだの下には、足の下には、深い深い崖が空に向って拡がっている。

案内が伝わってしまうと、小林君が伝わって行った。

私も伝わらなくてはならなくなった。私は、今眼に見た光景と、心に感じた不安から離れようと思った。草鞋をその筋の上に踏みかけ、両手を拡げて岩の面に抱きついた時、私は眼を、その向った一点に注いで、それより外は何もない場所と思おうとした。私の下腹《したばら》には力がはいって来た。私の足の爪先は、静かに、伸び屈みしつつ進んで行った。それと共に、岩に擦りつけていた腹もいざって行った。

手の指が岩の曲り目を捉えた。

堀君は、岩の絶頂の、僅かに尻を据えうるような所に馬乗りになって、例の微笑をたたえていた。

私たちは、下りはちがった面を取った。上るとしては、前の面よりも困難に見えた。

露営地へ帰って来ると、一切の荷造りは出来て、人夫は待ちくたびれたような顔をしていた。今一つのテントを使っている学生の一組は、学生も人夫ももう見えなかった。

案内は腹掛から時計を出して見た。

「ちょうど一時間半かかりました。」そう云って、案外時間のかかったのがおかしいように微笑した。

「よかったよ、」と私は横山君と本居君とに、一しょに行かなかったのを惜しむ心で云った。そして本居君に、「君の槍が岳のようだって云った、あれが烏帽子岩なんだ。」

荷を背負いながら、それを聞いた案内は、

「知らない方は、大抵あの前の山で帰ってしまいます。――この人夫だって、行った者はないでしょう、」と云った。

一行は一列になって歩み出した。向って行く山の、朝の光に輝いているのを見ると、心のすべてがそちらへ流れ出すのであった。

■窪田空穂（くぼた・うつぼ）明治十（一八七七）年〜昭和四十二（一九六七）年

・窪田空穂は紀行当時、早稲田大学国文科教授、朝日歌壇選者。大正二年、友人の谷江風、妻・藤野の父とともに徳本峠を越えて上高地に入り、中尾の中島作次郎を案内人として槍ヶ岳を目指す。強風のため槍の穂先へは登れなかったが、上高地から焼岳に登った。この時の登山紀行が『日本アルプスへ』（大正五年・天弦堂書房）で、「上高地の谿谷」「明神の池」には、上高地温泉の清水屋に同宿の茨木猪之吉、高村光太郎、W・ウェストン夫妻（三度目の来日中）のことが書かれている。この時、上高地で詠んだ歌は『濁れる川』（大正四年）に、日本アルプスの歌は『鳥聲集』（大正五年）に収めた。『日本アルプス縦走記』は、大正十一年、横山光太郎、本居亮一とともに、大町から濁沢、烏帽子岳、野口五郎岳、赤岳（水晶岳の南、現在水晶小屋の建つ峰）、三俣蓮華岳、双六岳を縦走して西鎌尾根から槍ヶ岳に登頂した紀行。「烏帽子岳の頂上」「槍ヶ岳西の鎌尾根」は、大正十一年に「早稲田文学」に発表し、そのほか九篇と合わせて大正十二年に刊行された。この時の歌は『鏡葉』（大正十五年）に収めた。

出典＝「早稲田文学」大正十一年／『日本アルプス縦走記』（大正十二年・摩雲巓書房）所収

## 与謝野晶子　高きへ憧れる心

人間は大抵平地に住んでいる。それで天とか山とかを仰いで高い所へあこがれる心を、悠久な大昔の野蛮人が既に持っている。高い所に在るものは太陽でも、雲でも、月や星でもすべて美くしいものに感ぜられる。美くしいばかりでなく、気高いもの、偉いもの、神秘なものにさえ感ぜられる。神が天に住んで人間を司配すると考えて宗教が発生したのも、もとは此の高きにあこがれる心からであった。

美くしいものは地上にも沢山にある。園や野の花も美に富んでいる。人工で作った色色の物も美くしい。夜間のネオン・サインのような灯火も美くしく、第一に人間の美男美女が美くしい。それに関らず我我が彼の青空の色に心を引かれたり、秀でた山岳を望んで夏期に登山欲をそそられたりするのは、手近なものよりも、我身に遠い「美」が気高く偉いものとして感ぜられるからである。

実際、高い山などへ登って見ると、空気一つでも新鮮清涼で、地上の生活の俗気と炎熱とが急に一掃されるのを覚える。山上から俯瞰した大地の闊《ひろ》い景色も心を爽快にする。人間が高きに憧れる心を幾分でも満足させることの出来るのは、唯だ高い山に登る以外に方法がない。それだけ登山は楽しいものである。

併しどんなに高い山へ登っても、天は地上で望んだのと同じに依然として彼方に蒼蒼として高く、殊に山頂の澄徹した空気を透して見る日中の青空、夜間の星空は、地上で仰いだよりも幾倍か美くしく、山頂で観る者の心には天然の天文台に立っているような喜びが感ぜられる。近世の学問が人間を理智的にしたと云い、近世の文化が人間を物質的にしたと云うけれども、こう云う山頂の大観に触れると、人の心は地上生活の束縛から脱して、小さな事や、さもしい欲望などに拘泥せぬ、本然の玲瓏たる心が目を明き、誰れも一種崇高な霊感に打たれずにはいない。昔から釈迦を初め多くの聖者や修道士が山に入って悟る所があったと言うことも首肯される。実際に我我のような平凡人でも、山頂に宿って燦爛《さんらん》として且つ静粛な夜天の星群を望むと、心も身も共に浄まる気がする。私は心臓の痼疾があるので余り高い山へは登らないが、赤城山、高野山、満洲の千山などに登って此の霊感を経験した。

夏期に登山する人人は、涼を納《い》れ暑を避ける目的の人もある。植物採集の人もある。地理の探険、気象の研究を志す人もある。また私のように歌を詠むのを目的とする人もあり、また多くの人の容易に踏まない所へ足跡を印して優越感を満足させようとする人もある。

併し意識すると否とに関らず、誰れも「高きにあこがれる」と云う心もちが其中に強く働いているのである。

と云って山は如何に爽快でも其処に久しくは留まれない。人間はやはり人間が自然よりも余計に恋しい。或る日数以上、山に滞在すると寂しくてならない。山上の視野が闊《ひろ》いのに対して、人間の余りに孤小なことさえ感ぜられて寂しくなる。山には早く秋が来るので、八月の末頃まで山にいると、夜など泣きたいような心もちを覚える。高野山や吉野山に住んだ西行がしばしば京に帰って来たのも、こう云う人間思慕の心からではなかったか。

山から帰る心は浄められている。謂ゆる六根清浄である。この清く健《すこや》かになった心を持って、新しく地上の生活に参加し活動する。そうして又彼の天の高きにあこがれ、登山の楽みを今年も試みようとする。

私はこのような考えから、毎年夏の半ばに幾日かを山の旅行で費している。今年は幸い九州の友人達から招かれているので別府の奥の由布岳、豊後の久住山、肥後の阿蘇山などを歴訪する予定である。

私が山へ行く心もちは、いつでも天の一部へ引上げられる快さである。

（昭和七・六・一〇）

■与謝野晶子（よさの・あきこ）　明治十一（一八七八）年〜昭和十七（一九四二）年

・与謝野晶子五十四歳（昭和七年）の作で、最後の評論集『優勝者となれ』に収録。与謝野晶子は大正十年に西村伊作の創設した日本初の男女共学校・文化学院に夫・寛（鉄幹）とともに尽力。同年、鉄幹主宰の第二次「明星」創刊（昭和二年廃刊）。昭和三年から七年は、満蒙、九州、山陰、八丈島、北海道、高野山、四国、九州と、講演、短歌会、吟行に精力的に活動した。昭和三年に歌集『心の遠景』、評論集『光る雲』、昭和四年に寛と共著の歌集『霧島の歌』、昭和五年に共著の歌集『満蒙遊記』、昭和六年に評論集『街道に送る』、昭和八年には『与謝野晶子全集』を刊行している。与謝野晶子の山に関する文章には、大雨の中、子連れで赤城山に向かった「夏の旅」（『雑記帳』大正四年・金尾文淵堂）、寛との冬の旅「筑波山と潮来」（『優勝者となれ』）がある。

出典＝初出不詳／『優勝者となれ』（昭和九年・天来書房）所収

# 正宗白鳥　登山趣味

日本は四面海に囲まれていながら、海洋の文学が乏しい。海上生活を描いた傑《すぐ》れた文章が無い。しかし、山岳に関する文章は、明治以後にも可成り現れているようである。

私は山を好む。それは山の空気は下界とは異り、爽やかであるためである。山を好むと云っても、身体羸弱《るいじゃく》であるため、実際、高山へ登ったことは殆んど無いのだ。最もよく登った山は故郷の後ろの山で、年少の頃から老年の今日にいたるまで、故郷に住む間は、殆んど毎日のように登っている。卅分位で頂上に達せられる程の小さな山で、中央山脈やヒマラヤ山を踏み破る豪傑的登山には比ぶべくもないが、それでも私だけの登山趣味はあるのだ。浅間と阿蘇とヴェスヴィアスの三噴火山には登っているが、私の心に感銘されているのは、下界とちがって空気の爽やかなことである。もっと高い山だと空気が稀薄で呼吸が困難であるか知らないが、目に映る世界は美麗を極めているに違いない。二万尺にも達するチベット高原の、宏大なる眺望と豊麗なる色彩はこの世のものとは思われない。という気持を、私はよく想望する。砂礫ばかりの樹木のない荒寥たるべき景色も、空気の清澄なために、この世の楽園の光景を呈するのであろう。

登山家の深田久彌氏が云っている。「僕などはただの山好きで、降りたり登ったり景色に見惚れたりするだけで満足している男であった。功利的な収穫は何一つないが、ただ漫然と山を歩いていることがきっと眼に見えぬ生命の大きな貯えになっているに違いない。」

この態度がいいと私は思う。そこが深田氏の『わが山々』という近刊の登山記録集が、清新で面白い所以である。あまり玄人染みた登山家のは、我々には案外面白くない。氏はまた「風景鑑賞の玄人は、次第に渋みがかった落ちついた景色が好きになる。」と云い、ニイチェの文句を引用し、「ジュネーヴからモンブランを見た景色はつまらない。ただ観念的な知識の慰めがあるばかりだ。」と云ったニイチェの感想に同感しているが、私自身に取っては、ジュネーヴから見たモンブランの景色は天下の絶勝のように感銘されている。

スイスの湖水、アルプスの山々は、近年はむしろ平凡視され、登山者はヒマラヤの連峰などに熱意を注ぐようになったそうだが、我々には登山記のうちでは、今なおスイス物が最も趣味豊かである。日本人の筆に成ったものでは、辻村伊助という人の『スイス日記』が最も傑れている。これは登山紀行中の神品である。アルプスの雪崩の中に巻き込まれ生死の境を体験してようやく助ったこの著者は、十余年後の大地震の際、箱根の山崩れに会って、家とともに埋没されたそうである。

■正宗白鳥（まさむね・はくちょう）　明治十二（一八七九）年～昭和三十七（一九六二）年
・正宗白鳥は岡山県備前市生まれで、生家は小山を背に瀬戸内海に臨む。登山に関する紀行は「浅間登山記」（「人間」大正九年九月／『光と影』大正十二年・摩雲巓書房）、「大山詣り」（「文藝春秋」大正十五年一月／『正宗白鳥全集』昭和五十九年・福武書店刊）がある。「浅間山登山記」には「僕は歩くことはよく歩きますが、苦しい思いをして山登りなんかしようとは思いませんね。熊野神社か離山くらいまでなら手頃な運動だからいいが、高山は富士でもアルプスでも御免ですね」と書くが、一方「軽井沢にて」（『旅人の心』昭和十七年・青磁社刊）では、長谷川伝次郎の『ヒマラヤの旅』に触れ、「私にも、その光景が微かに空想されないことはない。海抜三千尺に過ぎない軽井沢にいてさえ、快く晴れた朝など、ふと、下界に居る時とは生き心地の異った恍惚境にいるような感じに打たれることがある。（略）私は、軽井沢の大路小路を、当てもなく、あちらこちらと歩きながら、未知のヒマラヤの高原を空想し、一瞥したことのあるスコットランドの高原や、スイスの山地を追想している。いずれも小説離れのした世界である。」と高所や山岳に憧れる心情も記している。昭和二十五年、文化勲章受章。辻村伊助『スウィス日記』（大正十一年・横山書店／昭和五年・梓書房）は平成十年に平凡社ライブラリーに収められたが現在絶版。
出典＝「一日一題」「読売新聞」昭和十年二月二日夕刊／『予が一日一題』（昭和十三年・人文書院）所収

## 永井荷風 夕陽 附 富士眺望（『日和下駄』第十一）

東都の西郊目黒に夕日ヶ岡と云《い》うがあり、大久保に西向天神《にしむきてんじん》というがある。倶《とも》に夕日の美しきを見るがために人の知る所となった。これ元より江戸時代の事にして、今日わざわざかかる辺鄙《へんぴ》の岡に杖を留《とど》めて夕陽を見るが如き愚をなすものはあるまい。然し私は日頃頻《しきり》に東京の風景をさぐり歩くに当って、この都会の美観と夕陽《せきよう》との関係甚《はなは》だ浅からざる事を知った。

立派な二重橋の眺望も城壁の上なる松の木立を越えて、西の空一帯に夕日の燃立つ時最も偉大なる壮観を呈する。暗緑色の松と、晩霞《ばんか》の濃い紫と、この夕日の空の紅色《こうしょく》とは独り東京のみならず日本の風土特有の色彩である。

夕焼の空は堀割に臨む白い土蔵の壁に反射し、或いは夕風《ゆうかぜ》を孕《はら》んで進む荷船の帆を染めて、ここにも亦《また》意外なる美観をつくる。けれども夕日と東京の美的関係を論ぜんには、四谷麹町《こうじまち》青山白金の大通《おおどおり》の如く、西向きになっている一本筋の長い街路について見るのが一番便宜《べんぎ》である。神田川や八丁堀なぞいう川筋、また隅田川沿岸の如きは夕陽の美を俟《ま》たざるも、それぞれ他の趣味によって、それ相応の特徴を附する事が出来る。これに反して麹町から四谷を過ぎて新宿に及ぶ大通、芝白金から目黒行人坂に至る街路の如きは、以前からいやに駄々広《だだっぴろ》いばかりで、何一ツ人の目を惹くに足るべきものもなく全く場末の汚い往来に過ぎない。雪にも月にも何の風情を増しはせぬ。風が吹けば砂烟《すなけむり》に行手は見えず、雨が降れば泥濘《でいねい》人の踵《きびす》を没せんばかりとなる。かかる無味殺風景の山の手の大通をば幾分たりとも美しいとか何とか思わせるのは、全く夕陽《ゆうひ》の関係あるが為めのみである。

此等《これら》の大通は四谷青山白金巣鴨なぞと処《ところ》は変れど、街の様子は何となく似通っている。昔四谷通は新宿より甲州街道また青梅街道となり、青山は大山街道、巣鴨は板橋を経て中仙道につづく事江戸絵図を見るまでもなく人の知る所である。それが為めか、電車開通して街路の面目一新したに係らず、今以《もっ》て何処《どこ》となく駅路の臭味《しゅうみ》が去りやらぬような心持がする。殊《こと》に広い一本道のはずれに淋しい冬の落日を望み、西北の寒風に吹付けられながら歩いて行くと、何ともなく遠い行先の急がれるような心持がして、電車自転車のベルの音をば駅路の鈴に見立てたくなるのも満更無理ではあるまい。

東京における夕陽《せきよう》の美は若葉の五、六月と、晩秋の十月十一月の間を以て第一とする。山の手は庭に垣根に到る処新樹の緑滴《したた》らんとするその木立の間より夕陽の空紅《くれない》に染出《そめいだ》されたる美しさは、下町の河添《かわぞい》には見られぬ景色である。山の手のその中でも殊に木立深く鬱蒼とした処といえば、自《おのずか》ら神社仏閣の境内を択《えら》ばなければならぬ。雑司《ぞうし》ヶ谷《や》の鬼子母神《きしもじん》、高田の馬場の雑木林、目黒の不動、角筈《つのはず》の十二社《そう》なぞ、かかる処は空を蔽う若葉の間より夕陽を見るによいと同時に、また晩秋の黄葉を賞するに適している。夕陽影裏落葉《せきようえいりらくよう》を踏んで歩めば、江湖淪落《こうこりんらく》の詩人ならざるもまた多少の感慨なきを得まい。

ここに夕陽の美と共に合せて語るべきは、市中より見る富士山の遠景である。夕日に対する西向きの街からは大抵富士山のみならずその麓に連《つら》なる箱根大山《おおやま》秩父の山脈までを望み得る。青山一帯の街は今猶《なお》最もよくこの眺望に適した処で、其《その》の他《た》九段坂上の富士見町通、神田駿河台、牛込寺町辺も同様である。

関西の都会からは見たくも富士は見えない。ここに於いて江戸児《えどっこ》は水道の水と合せて富士の眺望を東都の誇となした。西に富士ヶ根東に筑波の一語は誠によく武蔵野の風景を云《い》い儘《つく》したものである。文政年間葛飾北斎富嶽三十六景の錦絵を描くや、其の中江戸市中より富士を望み得る処の景色凡《けいしょくおよ》そ十数個所を択んだ。曰《いわ》く佃島《つくだじま》、深川万年橋、本所竪川《たてかわ》、同じく本所五ツ目羅漢寺《らかんじ》、千住、目黒、青山龍巌寺、青山穏田《おんでん》水車、神田駿河台、日本橋々上《きょうじょう》、駿河町越後屋店頭、浅草本願寺、品川御殿山、及び小石川の雪中《せっちゅう》である。私はまだ此等の錦絵をば一々実景に照し合した事はない。それ故例えば深川万年橋あるいは本所竪川辺より江戸時代においても果して富士を望み得たか否かを知る事が出来ない。然し北斎及びその門人昇亭北寿また一立斎広重等の古版画は今日猶東京と富士山との絵画的関係を尋ぬるものに取っては絶好の案内たるや云うを俟《ま》たない。北寿が和蘭陀《オランダ》風の遠近法を用いて描いたお茶の水の錦絵はわれ等今日目のあたり見る景色と変りはない。神田聖堂の門前を過ぎてお茶の水に臨む往来の最も高き処に佇《たたず》んで西の方を望めば、左には対岸の土手を越して九段の高台、右には造兵廠《ぞうへいしょう》の樹木と並んで牛込市ヶ谷辺の木立を見る。其の間を流れる神田川は水道橋より牛込揚場《あげば》辺の河岸まで、遠いその眺望のはずれに、吾《われ》等《ら》は常に富嶽とその麓の連山を見る光景、全く名所絵と異る所がない。而《しか》して富嶽の眺望の最も美しきはやはり浮世絵の色彩に似て、初夏晩秋の夕陽に照されて雲と霞は五色に輝き山は紫に空は紅に染め尽される折である。

当世人の趣味は大抵日比谷公園の老樹に電気灯を点じて奇麗奇麗と叫ぶ類のもので、清夜に月光を賞し、春風に梅花を愛するが如く、風土固有の自然美を敬愛する風雅の習慣今は全く地を払ってしまった。されば東京の都市に夕日が射そうが射すまいが、富士の山が見えようが見えまいがそんな事に頓着するものは一人もない。もしわれ等の如き文学者にして此《かく》の如き事を口にせば文壇は挙《こぞ》って気障《きざ》な宗匠か何ぞのように手厳《てひど》く擯斥《ひんせき》するにちがいない。しかしつらつら思えば伊太利亜《イタリヤ》ミラノの都はアルプの山影《さんえい》あって更に美しく、ナポリの都はヴェズウブ火山の烟《けむり》あるが為に一際《ひときわ》旅するものの心に記憶されるのではないか。東京の東京らしきは富士を望み得る所にある。われ等は徒《いたずら》に議員選挙に奔走する事を以てのみ国民の義務とは思わない。われ等の意味する愛国主義は、郷土の美を永遠に保護し、国語の純化洗練に力《つと》むる事を以て第一の義務なりと考うるのである。今や東京市の風景全く破壊せられんとしつつあるの時、吾等は世人のこの首都と富嶽との関係を軽視せざらん事を希《こいねご》うて止まない。安永頃の俳書名所方角集に富士眺望と題して

名月や富士見ゆるかと駿河町　　素竜

半分は江戸のものなり不尽《ふじ》の雪　　立志

富士を見て忘れんとしたり大晦日《おおみそか》　　宝馬

十余年前楽天居小波山人《さざなみさんじん》の許に集まるわれ等木曜会の会員に羅臥雲《らがうん》と呼ぶ眉目秀麗なる清客があった。日本語を善くする事邦人に異らず、蘇山人と戯号して俳句を吟じ小説をつづりては常に吾等を後に瞠若《しりえどうじやく》たらしめた才人である。故山に還る時一句を残して曰く

行春《ゆくはる》の富士も拝まんわかれかな

蘇山人湖南の官衙《かんが》にあること歳余病《さいよやまい》を得て再び日本に来遊し幾何《いくばく》もなくして赤坂一ツ木の寓居に歿した。わたしは富士の眺望よりしてたまたま蘇山人が留別の一句を想い惆悵《ちようよう》として其人を憶うて止《や》まない。

君は今鶴にや乗らん富士の雪　　荷風

（大正四年四月）

■永井荷風（ながい・かふう）　明治十二（一八七九）年～昭和三十四（一九五九）年
・永井荷風は、大正元年、離婚再婚を巡り実家と断絶。大正五年には慶應義塾を辞職し、大久保余丁町の本邸の一室「断腸亭」に起居するようになった。『日和下駄』は「序」に「東京市中散歩の記事を集めて『日和下駄』と題す。（略）ここにかく起稿の年月を明にしたるはこの書板成りて世に出づる頃には、篇中記する所の市内の勝景にして、既に破壊せられて跡方もなきところ尠（すくな）からざらん事を思へばなり。見ずや木造の今戸橋は蚤（はや）くも変じて鉄の釣橋となり、江戸川の岸はせめんとにかためられて再び露草の花を見ず。桜田御門外また芝赤羽橋向の閑地には土木の工事今まさに興らんとするにあらずや。昨日の淵今日の瀬となる夢の世の形見を伝へて、拙きこの小著、幸に後の日のかたり草の種ともならばなれかし。」と記す。「第一　日和下駄」は「人並はずれて丈が高い上にわたしはいつも日和下駄をはき蝙蝠傘を持って歩く。いかに好く晴れた日でも日和下駄に蝙蝠傘でなければ安心がならぬ。これは年中湿気の多い東京の天気に対して全然信用を置かぬからである。（略）日和下駄の効能といわば何ぞそれ不意の雨のみに限らんや。天気つづきの冬の日といえども山の手一面赤土を捏返す霜解も何のその。アスファルト敷きつめた銀座日本橋の大通、やたらに溝の水を撒きちらす泥濘とて一向驚くには及ぶまい。」と始まり、「第二　淫祠」「第三　樹」「第四　地図」「第五　寺」「第六　水　附渡船」「第七　路地」「第八　閑地」「第九　崖」「第十　坂」「第十一　夕陽　附富士眺望」と失われつつあった江戸東京の風物を描いた。昭和二十七年、文化勲章受章。
出典＝「日和下駄」「三田文学」大正三年八月～四年六月連載／『日和下駄』（大正四年・籾山書店）

## 斎藤茂吉　蔵王山／故郷。瀬上。吾妻山

### 蔵王山

蔵王《ざわう》をのぼりてゆけばみんなみの吾妻《あづま》の山に雲のゐる見ゆ

たち上《のぼ》る白雲のなかにあはれなる山鳩啼けり白くものなかに

ま夏日の日のかがやきに桜実《さくらご》は熟《う》みて黒しもわれは食《は》みたり

あまつ日に目蔭《まかげ》をすれば乳いろの湛《たたえ》かなしきみづうみの見ゆ

死にしづむ火山《くわざん》のうへにわが母の乳汁《ちしる》のいろのみづ見ゆるかな

秋づけばはらみてあゆむけだものも酸《さん》のみづなれば舌触りかねつ

赤蜻蛉《あきつ》むらがり飛べどこのみづに卵うまねばかなしかりけり

ひんがしの遠空《とほぞら》にして一すぢのひかりは悲し荒磯《ありそ》しらなみ

（明治四十四年八月作）

陸奥《みちのく》をふたわけざまに聳えたまふ蔵王の山の雲の中に立つ

（「蔵王山上歌碑」昭和九年）

## 故郷。瀬上。吾妻山

ふる郷《さと》に入《い》らむとしつつあかときの板谷峠《いたやたうげ》にみづをのむかな

みちのくの父《ちち》にささげむと遥々《はるばる》と薬《くすり》まもりて我《われ》は来《き》にけり

老《お》いたまふ父《ちち》のかたはらにめざめたり朝 蜩《あさひぐらし》のむらがれるころ

けふ一日《ひとひ》我《わ》をたより来《こ》し村《むら》びとの病癒《やまひい》ゆがに薬《くすり》もりたり

額《ひたひ》よりながれし汗《あせ》に日《ひ》に焼《や》けし結城哀草果《ゆふきあいそうくわ》はわが側《そば》に居《お》り

うらがなしき朝蟬《あさぜみ》のこゑの透《とほ》れるをわぎへのさとに聞《き》きにけるかも

ふるさとの蔵《くら》の白《しら》かべに鳴《な》きそめし蟬《せみ》も身《み》に沁《し》む晩夏《ばんか》のひかり

朝《あさ》じめる瀬上《せのうへ》の道《みち》をあるき来《き》てあやめの花《はな》をかなしみにけり

山《やま》こえて二夜《ふたよ》ねむりし瀬上《せのうへ》の合歓《ねむ》花のあはれをこの朝《あさ》つげむ

霧《きり》こむる吾妻《あづま》やまはらの硫黄湯《いわうゆ》に門間春雄《もんまはるお》とこもりゐにけり

あまつかぜ吹《ふ》きのまにまに山上《さんじやう》の薄《すすき》なびきて雨《あめ》はれんとす

五日《いつか》ふりし雨《あめ》はるるらし山腹《やまはら》に迫《せま》りながるる吾妻《あづま》のさ霧《ぎり》

現身《うつしみ》の声《こゑ》あぐるときたたなはる岩代《いはしろ》のかたに山反響《やまこだま》すも

山《やま》がひにおきな一人《ひとり》ゐ山刀《なた》おひて吾妻《あづま》の山《やま》をみちびきのぼる

吾妻峰《あづまね》を狭霧《さぎり》にぬれて登《のぼ》るときつがの木立《こだち》の枯《か》れしを見《み》たり

梅干《うめぼし》をふふみて見居《みを》り山腹《やまはら》におしてせまれる白雲《しらくも》ぞ疾《と》き

うごくるさ霧《ぎり》のひまにあしびきの深《ふか》やま鴉《がらす》なづみて飛《と》ばず
おきふせる目下《ました》むらやま天《あま》つ日《ひ》の照《て》りてかげろふ時《とき》のまを見《み》つ
あづまねのみねの石《いし》はら真日《まひ》てれるけだもの糞《ぐそ》に蠅《はへ》ひとつをり
あづまやまの谿《たに》あひくだる硫黄《いわう》ふく南疾風《みなみはやち》にむかひてくだる
いましめて峡《かひ》をめぐれりまながひのあかはだかなる山《やま》に陽《ひ》の照《て》る
くたびれて息《いき》づき居《を》ればはるばると硫黄《いわう》を負《お》ひて馬《うま》くだるなり
火口《くわこう》よりとほぞきしときあかあかと鋭《するど》き山《やま》はあらはれにけり
山《やま》をおほひて湧《わ》き立《た》つさ霧《ぎり》にわが眼鏡《めがね》しばしば曇《くも》るをぬぐひつつゆく
吾妻山《あづまやま》くだりくだりて聞《き》きつるはふもとの森《もり》のひぐらしのこゑ
雨《あめ》はげしきに山《やま》をくだれり虻《あぶ》が来《き》て我《わ》が傘《かさ》に幾《いく》つもひそむなり

（大正五年）

■斎藤茂吉（さいとう・もきち）　明治十五（一八八二）年〜昭和二十八（一九五三）年
・斎藤茂吉は蔵王西麓の山形県南村山郡堀田村（現上山市）生まれ。明治二十九年、十四歳で東京浅草の医師斎藤紀一の元に寄寓。明治三十八年、東京帝国大学医科大学に入学。一高時代から正岡子規の歌に親しみ、明治三十九年、伊藤左千夫門下となり、「アララギ」に短歌を発表するようになる。明治四十三年、東京帝大卒業、東大医科大学付属病院、巣鴨病院勤務。「アララギ」の編集を担当する。大正二年十月、処女歌集『赤光』刊行。明治三十八年（二十三歳）から大正二年八月（三十一歳）の作品八百三十四首を逆年順に収載。刊行の大正二年五月に、生母いくが死去――「みちのくの母のいのちを一目見ん一目みんとぞいそぐなりけり／吾妻やまに雪かがやけばみちのくの我が母の国に汽車入りにけり／死に近き母が目に寄りをだまきの花咲きたりといひにけるかな／我が母よ死にたまひゆく我が母よ我を生まし乳足らひし母よ」（「死にたまふ母」）。七月には伊藤左千夫死去――「ひた走るわが道暗ししんしんと堪へかねたるわが道暗し」。挽歌「悲報来」は『赤光』巻頭に収められた。大正十年、第二歌集『あらたま』刊行。大正二年（三十一歳）から大正六年（三十五歳）までの作品七百四十六首を収める。昭和二十六年、文化勲章受章。
出典＝「蔵王山」『赤光』アララギ叢書第二篇（大正二年・東雲堂書店）／「陸奥をふたわけざまに――」の一首は『白桃』（昭和十七年・岩波書店）／「故郷。瀬上。吾妻山」『あらたま』アララギ叢書第十篇（大正十年・春陽堂）　いずれも『斎藤茂吉全集』（昭和四十八年・岩波書店）所収

# 志賀直哉　赤城にて或日

赤城の外輪山の外に「鈴《すず》」と云う孤立した山がある。一度其処《そこ》に野宿に行こうと云《い》う事を自分達は前から話し合って居た。

全体、赤城には三種の躑躅《つつじ》があって、最初に咲くのがよく赤城躑躅と云って東京の縁日などで堅い蕾《つぼみ》のまま枝を売って居る、あの躑躅である。あれには随分大きな木があって、灌木ではなく、他の木と一緒に切っ立ての岩の間などから二丈も三丈も幹を延して居る。それから其次に咲くのが此辺にある躑躅に近いもので、色も種々《いろいろ》で随分美しい。これにも可成りの大木があって、二間位の高さに延びたのがたっぷりと、枝を傘のように展《ひろ》げたのを見かける事がある。それから最後に咲くのが殆《ほとん》ど山一杯、何処《どこ》にもある小さい灌木の躑躅で、然しこれの盛りは丁度山を下りて居た時で、自分は見なかった。

所で、其二番目の躑躅の盛りの時であった。或晴れた日の午後から「鈴」行きと云うので、自分達は食料毛布其他必要な品々を用意して、三時頃大洞《だいどう》の宿を出た。妻も一緒だった。洋画家の小林真二君、それから宿の主《あるじ》の六合《くに》さん、丁度二三日前から来て居る柳や英吉利人《イギリス》のスコットなども途中まで来た。沼尻《ぬじり》まで湖水を舟で行って、それから流れについて五六町を下り、いい所から、谷から右へ、上の原に出た。あとは峠を一つ越すと、「鈴」の麓へ出るわけだ。柳達とは此処で別れることにして若葉の出たばかりの水楢《みずなら》の木の下で暫く休んだ。

峠へかかる自分達と原を帰って行く柳達とは時々立ち止っては手を振り合った。やがて、二人の姿が見えなくなると、今度は暫くして谷を越した彼方の原に小さく姿を現した。「オーイ」と云う。此方《こっち》でも「オーイ」と云って、両方で帽子を振り合う。

それ程の路ではないが、荷で相当に苦しい。六合さんが一番背負って居る。小林君が谷川の水を一杯に汲んで来た大きな薬缶《やかん》を下げて居る。自分は大きい方の背負籠《しょいご》、妻は極く小さい背負籠を背負って居る。遠くの方で「オーイ」と柳の声がすると、自分達は直ぐ休んで、「オーイ」と応ずる。そして、額の汗を拭いて居たハンケチを振る。先方《むこう》が見えなくなるまで二三度呼び交してそして別れた。

峠を登りきると、日頃外輪山の上に頭だけを見せて居た「鈴」が、直ぐ前に、麓から頂まで真黒に立って居た。これからは下りになる。今まで登った以上に下って、下った以上に又登るのだから、下るのが勿体《もったい》ない気がした。然し山登りには大分自信が出来て居た。十日程前にも此四人で日暮から故《わざ》と路でない所から黒檜《くろび》に登り、帰りも異《ちが》う路のない所を身丈《みたけ》程ある熊笹を分け分け猫岩という急な方へ、月が落ちてから下りて来た事がある。勿体ない気はしても大して苦にはならなかった。

「鈴」は相当に高い山だ。海抜五千六百尺程である。左《さ》に岩沢正作氏著の案内記を写す事にする。

鈴ヶ岳。地蔵岳の西方、鍬柄《くわがら》峠の西北にあり。海抜千六百六十米、山形円錐形をなし、外輪山外に聳《そび》ゆる様、頗《すこぶ》る秀麗の観を呈す。是亦《これまた》、寄生火山の如く思はるれど、事実は其周囲に存在せし軟弱なる集塊岩は雨水の浸蝕作用を受けて洗滌し去られ、其内部に埋存せる堅硬なる熔岩の彫り出されしものの嶄然《ざんぜん》として屹立《きつりつ》せるものたるに過ぎず。されば巉《ざん》巌峨々《がんがが》として攀登甚だ嶮岨を極め、鉄鎖によりて纔《わずか》に攀登し得る所あり。

大洞《いいいい》よりの前橋路に分れ、渋川路をたどり、約十五町鍬柄峠の下より右折して外輪山の内壁を進み、是を越えて、鈴ヶ岳の東南麓に至る。是より攀登約十町にして頂上に達す。

山頂は大洞より約一里、其位置外輪山外に屹立するを以て、近くは小野子、子持、榛名、浅間、妙義、荒船等、西毛《せいもう》の諸山を初めとして、遠く信甲駿武相諸州の峰巒《ほうらん》、沃野を隔てて波濤の如く起伏するを望み、脚下又、利根、烏の二川、銀蛇の如く蜿蜿《えんえん》として走るを見る。云々。こう書いてある。

峠を下りきると、外輪山の中腹から「鈴」の中腹にかけ、馬の背のような——と云って、可成り幅はあるが、山橋《さんきょう》がある。それを渡って行く。いぢけた鈴蘭が其辺に沢山咲いて居た。

それから自分達は「巉巌峨々たる約十四町」を登って行ったのだが矢張り却々《なかなか》つらかったように覚えて居る。「鈴」の南側は切っ立ての絶壁で、木なども殆どないが、北側は鬱蒼とした森で、その中に種々の色の躑躅が今を盛りと咲き乱れて居た。途中遊び遊び来た為に日は既に入って居たが、其夕闇の中に種々の色が今は余り鮮《あざや》明かでなく、反《かえ》って何となく深い美しい感じを与えた。

然し自分達は早く着いて、急いで、夜泊りの支度をしなければならなかった。そして漸《ようや》く頂上に着くと、泊るべき岩穴を決め、何を措《お》いても、物の見える間に焚木《たきぎ》を集めねばならなかった。妻だけ其処へ残して、三人は再び夕闇の路を一町程下って行った。山風に吹き縮められた山頂の灌木では焚木として心細かったからである。

六合さんが鉈《なた》で切る枯枝を二人が路まで曳き出す。段々暗くなって来た。東南の風に運ばれて来た大きな霧雲が断崖に吹きつけられると急に進路を変えて岩を伝って登って行く。見る見る頂上がそれに被《おお》われる。上では独りで嘸《さぞ》淋しがって居るだろうと思う。けれども実にいい景色だ。自分はぼんやり眺めて居る。と、自分まで薄暮の中に吸い込まれそうになる。

又小林君と大きな枯枝を森から曳き出す。小枝を展げて居て、却々出ない。そういうのは傍《わき》から六合さんが鉈で打ち折って呉《く》れる。

いよいよ暗くなったので、それらを上へ運ぶ事にする。皆《みんな》で二三度往復して漸く運び揚げた。

岩穴は幾つかあると云う事だったが、それらを選んで居られなかったので、手近な割に小さい一つに落ちつく事にした。そして先《ま》ず焚火から始めた。ボウボウ燃えさかる赤い火を見て居ると、皆の気持は段々楽しくなった。晩飯の支度にかかる。三つ叉にした枝から鍋を下げ、用意して来た品々を入れて、雑炊《ぞうすい》を作った。薬缶はいつも注意深く扱われた。何しろ、それをこぼして了《しま》うと二十町も夜の山路《やまみち》を帰らねば再び得られぬからである。

食後、焚火を囲んで、菓子など食いながら話して居ると、自分達は焚火の照す岩穴の内部だけを周囲として高い山の頂上に此四人だけで小さく居る事などは何時か忘れて居た。十、廿、と云ってやる拳《けん》で、自分達は代る代る大きな声をした。そしてよく笑った。

自分は蚤《のみ》に攻められた。皆も攻められたが、自分が一番閉口した。ひねるとたわいなくつぶれる蚤だが、却々《なかなか》沢山居る。小さい野獣が寝に来るからだろうと六合さんの説だった。

寝る事にする。十一時頃だった。自分は穴の奥の方に膝掛を敷いて外套《がいとう》を被った。六合さんは焚火の掛りで、口の方に大きな身体を窮屈そうにして寝た。疲れて居るので睡《ね》むかった。然し眠ったかと思うと蚤で眼が覚める。それに明け方は段々寒くなった。

夜が明けると間もなく皆起きて了った。皆もよく眠れなかったと見えて、睡むそうな顔をして居た。寐不足《ねぶそく》と焚火とで皆の顔はきたなくなった。それでも外へ出て、灌木の葉に降りた朝露の陽にキラキラして居るのを見ると、いい気持がした。山の上はもう明けきって居たが、陰になった麓の村は未だ静かに朝もやの底に眠って居た。

それぞれの場所を探して、はばかりをすると、水が使えないので木の葉に溜った露に手をこすりこすり帰って来る。

前夜、小さい野獣が穴を覗きに来たが、貂《てん》らしかったと六合さんが話した。貂の蚤に食われたのかと思うといい気がしなかった。

朝の食事は前夜の雑炊に水をさして煮た。

食後は又皆で頂上の岩の上で寝た。寐不足の疲れた身体を陽の当る岩の上に延して居ると何とも云えずポカポカと長閑《のどか》ないい気持がした。仰向けに寝て居る顔の上を虻《あぶ》が五六疋《ぴき》縦横無尽に飛び廻って居た。自分達は其羽《は》うなりを聴きながら引き込まれるように寐入って了った。

頂上に小さな祠《ほこら》がある。賭博《ばくち》打ちの信心する祠だと云う。其処には絵馬のように請願成就、何歳の男と云うような事を書いた木太刀が沢山あげてあった。案内記に依るに「天狗を祭祀《さいし》す」とあるが、昔国定忠次と云う賭博打ちが赤城に立て籠ったと云うのは此「鈴」だと云うから、憶《おも》うに天狗は国定忠次で、木太刀は其長脇差かも知れない。

十時頃皆起きた。寐足りたので皆元気になった。支度をして間もなく其処を出発した。前日夕闇に見た躑躅を今日は午前の陽に見た。矢張り美しかった。庭の躑躅では見られない、いい色のものがあった。

前日の路を其儘《そのまま》帰って来た。谷川へ降りると流れ伝いに来、いい場所で昼の食事にした。流れの石を揚げて手頃な竈《かまど》を作る。丁度二尺四方位の上の平らな石があって、それを綺麗に洗って食卓にした。摘んで来た草花をコップに生けて其上に置く。工合よく石で低い腰掛けを作る。両岸からの高い木が谷を被うている。其新緑を貫《とお》して来る和《やわら》かい日射しが清い流れに落ちて居る。小鳥の声。自分達は至極《しごく》満足した。其辺にある水菜という野生の草と缶詰の牛肉とを煮た。

食後、側《わき》の榛木《はんのき》に登って居た六合さんが小鳥の巣がある、と云うので、小林君と登って見た。朽ち腐れた小枝の跡が五寸程の穴になっていて、其奥に巣がある。未だ毛の生えて居ない淡紅《たんこう》色の小鳥の児《こ》が四五疋不安そうに互に寄り添って居た。自分達が覗くので親鳥が心配して頻《しき》りにけたたましい鳴声をあげて、直ぐ上の枝を彼方此方《あっちこっち》と飛び廻って居た。

暫く休んでから出かける。谷を出て森に添うて行く時足許から烈しい羽音をたてて山鳥が飛び立った。

牛や馬が其処此処に三々五々萌え出しの若葉を食《は》んで居た。そして自分達の姿を見ると首をあげて、不思議そうに此方《こっち》を見て居る。自分はそう云う時のあの無邪気な眼つきが好きだった。それでも、よく悪戯《いたづら》に驚かしてやると、馬は正直に遠くまで逃げて行くが、牛の方は五六間逃げると、吃度《きっと》立ち止まって又振り返っている。小林君は其頃大きな油絵を楢林の中で描いて居たが、牛が集って来て背後で鼻を揃えて見物するには閉口だと云う話をした。追っても却々逃げず、段々寄って来て、襟首に臭い鼻息をかけられるには閉口だと云って居た。

自分も三四日前、近く住む為に六合さんに作って貰って居る小屋に根太板《ねだいた》を張ると、其晩牛に入られて何枚か板を踏み破《わ》られた。然し兎に角牛は何となく可愛い動物である。

自分達は尚《なお》、所々に休んで、三時頃漸く大洞の宿へ帰った。

以上は大正四年六月十三日十四日の、今日憶い出して書いた日記である。

■志賀直哉（しが・なおや）　明治十六（一八八三）年～昭和四十六（一九七一）年
・志賀直哉は大正四年五～九月、赤城山大洞の猪谷旅館に滞在し、そこでの生活をもとに生まれた作品が「焚火」（「改造」大正九年四月）である。猪谷旅館の主人は、日本の近代スキーの先駆者として知られる猪谷六合雄（いがや・くにお）。著書に『定本　雪に生きる』（昭和四十六年・実業之日本社）ほか。猪谷旅館は与謝野鉄幹、高村光太郎など文人に好まれた宿で、大正四年夏には、ここに書かれているように、小林真二、柳宗悦、英国人ジャーナリストのロバートソン・スコットが滞在、また、「赤城山にて」（服部他之助『自然と生活　附　追想録』昭和十五年に発表、『志賀直哉全集』に収録）によれば、学習院高等科の犬養健（のちに法務大臣）、同中等科の松方三郎らが訪れていた。志賀直哉の作品に登場する山は『暗夜行路』の伯耆大山が有名だが、志賀直哉は三十一歳の大正三年夏、大山夏山登山道登山口の近くの宿坊・蓮浄院の離れに滞在した。昭和二十四年、文化勲章受章。
出典＝「新家庭」夏季臨時増刊「山水巡礼」（大正九年・玄文社）／『志賀直哉全集』第三巻（平成十一年・岩波書店）所収

# 山／狂奔する牛／岩手山の肩

高村光太郎

## 山

山の重さが私を攻め囲んだ
私は大地のそそり立つ力をこころに握りしめて
山に向つた
山はみじろぎもしない
山は四方から森厳な静寂をこんこんと噴き出した

たまらない恐怖に
私の魂は満ちた
ととつ、ととつ、ととつ、とつ、と
底の方から脈うち始めた私の全意識は

忽ちまつぱだかの山脈に押し返した

「無窮」の力をたたへろ
「無窮」の生命をたたへろ
私は山だ
私は空だ
又あの狂つた種牛だ
又あの流れる水だ
私の心は山脈のあらゆる隅隅をひたして
其処に満ちた
みちはじけた

山はからだをのして波うち
際限のない虚空の中へはるかに
又ほがらかに
ひびき渡つた

秋の日光は一ぱいにかがやき
私は耳に天空の勝鬨をきいた

山にあふれた血と肉のよろこび！
底にほほゑむ自然の慈愛！
私はすべてを抱《だ》いた
涙がながれた

（大正二年十一月四日）

## 狂奔する牛

ああ、あなたがそんなにおびえるのは
今のあれを見たのですね。
まるで通り魔のやうに、
この深山のまきの林をとどろかして、
この深い寂寞の境にあんな雪崩《なだれ》をまき起して、

今はもうどこかへ往つてしまつた
あの狂奔する牛の群を。

今日はもう止しませう、
画きかけてゐたあの穂高の三角の尾根に
もうテル　ヴェルトの雲が出ました。
槍の氷を溶かして来る
あのセルリヤンの梓川《あづさがは》に
もう山山がかぶさりました。
谷の白楊《はくよう》が遠く風になびいてゐます。
今日はもう画くのを止して
この人跡たえた神苑をけがさぬほどに
又好きな焚火《たきび》をしませう。
天然がきれいに掃き清めたこの苔《こけ》の上に
あなたもしづかにおすわりなさい。

あなたがそんなにおびえるのは
どつと逃げる牝牛の群を追ひかけて
ものおそろしくも息せき切つた、
血まみれの、若い、あの変貌した牡牛をみたからですね。
けれどこの神神しい山上に見たあの露骨な獣性を
いつかはあなたもあはれと思ふ時が来るでせう。
もつと多くの事をこの身に知つて、
いつかは静かな愛にほほゑみながら――

（大正一四・六）

## 岩手山の肩

雲をかぶつた岩手山の肩が見える。
少し斜めに分厚くかしいで
これはまるで南部人種の胴体《トルソオ》だ。
君らの魂君らの肉体君らの性根が、

男でもあり女でもあり、
雪をかぶってあそこに居る。
あれこそ君らの実体だ。
あの天空をまともにうけた肩のうねりに
まつたくきれいな朝日があたる。
下界はまだ暗くてみじめでうす汚いが、
おれははつきりこの眼でみる。
岩手県といふものの大きな図態が
のろいやうだが変に確かに
下の方から立ち直って来てゐるのを。
岩手山があるかぎり、
南部人種は腐れない。
新年はチヤンスだ。
あの山のやうに君らはも一度天地に立て。

（昭和二十二年十二月二十八日）

■高村光太郎（たかむら・こうたろう）　明治十六（一八八三）年〜昭和三十一（一九五六）年
・高村光太郎は東京美術学校彫刻科卒業後、西洋画科を経て明治三十九〜四十二年、ニューヨーク、ロンドン、パリ遊学。大正三年、詩集『道程』を刊行。同年、長沼智恵子と結婚。昭和十三年智恵子死去。昭和十六年、『智恵子抄』刊行。昭和二十年、岩手県花巻町に疎開し、戦後は七年間岩手県稗貫郡大田村山口（現、花巻市）の小屋で独居した。「山」「狂奔する牛」は大正二年八〜九月、智恵子とともに上高地に滞在した時の経験がもとになっている。「智恵子の半生」（「婦人公論」昭和十五年十二月／『智恵子抄』）から関連部分を抜粋する。「大正二年八月九月の二箇月間私は信州上高地の清水屋に滞在（略）その夏同宿には窪田空穂氏や、茨木猪之吉氏も居られ、又丁度穂高登山に来られたウエストン夫妻も居られた。九月に入ってから彼女が画の道具を持って私を訪ねて来た。その知らせをうけた日、私は徳本峠を越えて岩魚止まで彼女を迎えに行った。（略）上高地の風光に接した彼女の喜は実に大きかった。（略）当時東京の或新聞に『山上の恋』という見出しで上高地に於ける二人の事が誇張されて書かれた。（略）。それが又家族の人達の神経を痛めさせた。」
出典＝「山」「文章世界」大正二年十二月・『道程』（大正三年・叙情詩社）所収／「狂奔する牛」「朝」大正十四年十月・『智恵子抄』（昭和十六年・龍星閣）所収／「岩手山の肩」「新岩手日報」昭和二十三年一月一日付・『高村光太郎全集』第三巻（昭和三十二年・筑摩書房）所収。

# 竹久夢二　山の話

登山会という会はどういうことをするのか私は知らないが、多分、人跡未踏の深山幽谷を踏破する人達の会であろう。自分も山へ登る事は非常に好きだが、敢《あえ》て、高い山でなくとも、岡でも好い。気に入ったとなると富士山へ一夏に三度、筑波、那須へも二度ずつ登ったが、いつも東京の街を歩くよりも労《つか》れもせず、靴のままで散歩する気持で登れた。その位な登山の経験で山を語る資格はないのかも知れないが、山は必ずしも登らないでも眺めても、好いものではないだろうか。九州の温泉岳《うんぜん》は就中好きな山だったが、島原町の船の中から望み見た山のたたずまいは、石濤の画いた絵そのままの、近づきがたい容威と、抱きよせるようなシャルムを持っている。誰が名づけたか島原では眉山《まゆやま》と呼んでいる。島原の港を前景にして九十九島の島影に船を浮べて見る眉山は、仰ぐというほど近くなく、望むというほど遠くなく、実に程好い麗しさと険しさを持っている。この土地で盆祭りや精霊流しのことも書きたいが山の話に返ろう。

海から見る山では、讃岐の象頭山《ぞうずさん》と神戸の摩耶山を思い出す、象頭山は十六歳の私、郷里を落ちて九州へゆく時祖父と二人酒船の中から見たのと、神戸の中学へ入学した年、船の中から見た摩耶山は今も忘れないが、今見たらつまらない山かも知れない。しかし紀州灘で見た熊野の連峰や、鳥海山や、弥彦山は今見ても好かろうと思われる。

山は成長するものか、衰退するものか知らないが、文晁の名山画譜を携えてあの山々を見較べて歩いたら面白かろうと思った事がある。文晁画譜は彼が初期の作であろうか、非常に写実に画いているから、日本画の弊として筆勢らしいものがいくらか山の特性を失っているかも知れないとしても、克明に写生して後世に残したものは有難いと思う。

いつの夏であったか、加賀の白山つづきの薬王山の麓にある、湯涌《ゆわく》という温泉にいたことがある。ある日曜日に金沢から見舞に来て呉れたN君と、昼飯をすまして宿の二階で、参謀本部の地図を展げて見ていると、湯涌村から地図の上で二三寸山の方へ入るともう路が尽きている。参謀本部の地図に描いてない位だから人跡未到の地だ。

「一つ探険に出かけましょうか」

そんなことを言って出かけた。

地図を見ながら、二里――或は三里ともまだ上がらないうちに果して路は尽きている。地図によると左右に二つばかりの峰を越えて薬王山があるわけだった。左手の方は白山まで地図の上で七八寸ある。

「どちらへ行ったものだろう」

独歩は「武蔵野」の中に「路がわからなかったらステッキを立ててそれの倒れた方へゆけ」と書いていたが、吾々は白山の方へ向って歩いた。そう書くといよいよ探険らしいが、登山らしい何の用意もなかったことだし、実は、自分達は湯涌へ流れ落ちている川が、今自分達の歩いている峰の左手の谷にある筈だから、どんなに間違っても川の方へさえ辿りつけば路を迷う気遣はあるまいという、用意周到な冒険であった。

それがN君は、親譲りの時計についた磁石を取出して方向を見たりして、ひとかどの冒険らしく振舞ったことが、その時は、さほどおかしくも不自然だとも思わなかった。

昨夜からひどく降った雨も、今朝からすっかり上ったけれど、雨の多い山国の初秋のことで、鼠色の雲が空を閉ざし、白い雨雲が国境の方の峰から走って来ては、足もとをかすめては谷を越えて、向うの峰へ飛んでゆくのが、冒険家に一入《ひとしお》の風情を添えたのだった。

一つの峰を越えて次の谷へかかった時には、足許がかなり危かった。雨上りの岩角は滑るし、土の肌の見えないまで落ち積った枯葉は、ねとねとと靴を没して、歩き辛いこと夥しい。はじめのうちは、珍らしい蕈《きのこ》や、見たこともないような草花を写生したり、採集したりしたが、今はもう、口をきくのさえ臆劫になって来た。この場合もしどちらかが口をきくとすれば、「よわりましたね」とか「草臥《くたび》れませんか」と言う外なかったのだから、二人は弱気をかくして、黙って労《いたわ》り合いながら次の峰を登っていった。漸くのことで、峰の頂まで登りきると、申合せたように、そこへ——濡れた草の上へ、べったり腰を卸した。

行くみちはあまりに遙かだった。

私達は、来た方を見返えった。だが今越えて来たばかりの峰さえも見えなかった。

眼で見えない時は、耳で見る。

白い雲の底に、かすかに瀬の音を、二人は聞いた。そして稍《やや》安堵の思いをなした。

マッチを五六本費して辛うじて、煙草に火をつけた。先年、金沢の高等学校の学生が白山で行衛不明になったことを思出したが、それを話題にするには、あまりに実感が恐かった。

「さあ、また歩きますかな」

二人は立上ったが、歩き出しはしなかった。もっと先へ行くか、バックすべきかと言出しかねて立った。おなじ道を引返すことは、どんなに窮しても興味のないことだし、やはり、白山の方角へ向いて谷の方を見ていた。

「あれは何でしょう」

自分は、土肌を露した山の中腹に小屋のようなものがあるのを指した。

「炭焼小屋でしょう」

「兎に角、あの方向へいって見ましょう」

そう言ってまた峠を下っていった。ここで二人はかなり元気を回復していた。果してこれは炭焼小屋であった、人がいるとも見えなかった。

「ここからなら川の方へきっと道がありますね」

二人は路を見つけて、その路を歩き出した。路は次第によくなった。そして川の方へ向いてゆくのだった。言わず語らず、二人はもう帰途に就いたのであった。川瀬の音がはっきり身近かに聞かれるようになると、路は急な坂になった。二人はもう、別な冒険をやりながらどんどん走っていた。

「来た来た」

幹の間に、白い小川がちらちらと見えるのだった。瞬く間に私達は、川の淵まで降りて来た。そして路は川の向うについている。上から見た時には、一間にも足りないまでの川だと思ったのに、淵へ来て見ると、夜来の雨で水嵩が増して二間位ある。その黄ろい水が渦を巻いている。幅二間半とは、後で考えたことで、その時には音にきく富士川の激流のように思えたのだった。だから、勢よく先きに歩いて来た、N君はいきなり飛越える姿勢《ポーズ》をとった瞬間、自分は抱きとめてしまった。ほんとうは、たとえいくらかは水に濡れるにしても、坂を走って来た勢を止めずにいっそ飛こんだ方がよかったのかも知れない、と後で思ったことだが。

さて、抱きとめられたN君も、淵に立って水の勢いを見るとさすがに二の足をふんだものか、当惑した顔を見合した。水の浅い時は、山の人たちは、徒渉るのと見えて大きな岩が川の中に並んでいる。向岸の水際に破れた檜笠と草鞋《わらじ》が半足ある、そいつが馬鹿に陰気に見えるのだった。ここを渉ろうとして溺死した人間を想像させる哀れな姿《ポーズ》をしているのだったから。

「どうしょう」

「まずぼくが瀬ぶみに飛んで見よう」

「ちょっと待ちたまえ」

自分はそう言ってN君を制して、二三間川下の岸に立っているねむの木を見つけた。昔、読本でよんだ古智に倣って、その木へ登っていった。ところが靴だもので、うまく登れない上に、その木がまたひどく細いので五六尺登った所で、川の上へしなってしまった。今一尺先へ進んだら、多分川の中へ落ちそうに、ぶらっとしなったのだ。

往来で転んだ人が見られはしなかったかと気兼するように、N君の方へ見返ると、N君は笑っている。

川のまん中で考えて見ると、たかが、丈のたたないほどの川でもあるまいし、一里や二里から泳いだことのある自分だし、何を恐れているんだろう。これも後で考えたことなのだが、この場合、ただ濡れることを恐れたに過ぎなかったのだ。

時計と、紙入と、写真機をポケットから取出して、向う岸へ投げておいて、身体を二三度揺って反動をつけておいて、向う岸へ飛んだ。左の足は水へ落ちたが右の足は辛じて岸へかかった、

N君はやっぱり、はじめの所から飛ぶことにした。思ったよりも楽に、足を少し濡らしただけでN君も無事だった。

人間はどれだけ物を誇張して考えるものだか。

こう底が分って見れば平気なもので、それからも路はこの川を左岸へ渡ったり右岸へ越えたりしていたが、ざぶざぶ腰の辺まで水につけて、杖で飛石を探りながら浸って来た。日はいつの間にか暮れて、雨さえ降って来たが、路がだんだんよくなったので元気づいた。どの位歩いたか知らなかった。五時間あまり山を歩いたのだからまだ湯涌までは、よほど遠いと覚悟して、ある村へ着いたので、温泉場の路を聞こうとある家の戸口へ立つと、そこが宿だった。

■竹久夢二（たけひさ・ゆめじ）　明治十七（一八八四）年〜昭和九（一九三四）年

・竹久夢二が笠井彦乃とともに湯涌温泉に滞在したのは大正六年秋。同行のN君は石川県出身の歌人・西出朝風。当時「北國新聞」記者で、金沢で「夢二叙情小品展覧会」を開催していた。竹久夢二の富士登山記は、明治四十二年、妻たまき（戸籍上離婚）と登った「富士へ—千九百〇九年八月」（『夢二画集　旅の巻』明治四十三年・洛陽堂）がある。画家・詩人。岡山県生まれ。本名・茂次郎。夢二の描く美人画は甘く、切なく、一世を風靡した。その詩「宵待草」は広く知られる。

出典＝「青い窓から」『砂がき』（昭和十五年・時代社）

# 飯田蛇笏　山岳と俳句（抄）

## 山岳俳句の二つの詠法

ひとくちに山岳俳句というけれども、これには二つの詠法がとられている。その一つは誰もが山岳に対して眺望をほしいままにその儘《まま》に諷詠をこころみる態度と、もう一つは山岳に登攀し山岳に親しく近接してその直接体験を諷詠するものである。前者の作品はいたるところに見られるし誰人でも諷詠を可能とする。世上に見られる山岳俳句なるものの最も多い数を占めているものではなかろうかと思う。

茅枯れて瑞牆山は蒼天《そら》に入る　　普羅
霜つよし蓮華とひらく八ヶ岳
駒ヶ岳凍てゝ巌《いはほ》を落しけり
茅ヶ岳霜とけ径を糸のごと
奥白根かの世の雪をかゞやかす

これ等は前田普羅の山岳作品であるが、甲斐の連峰を眺めわたして詠み上げた諸作である。これに属するものは頗る多い。

伊吹岳残雪天に離れ去る　誓子
天霧《あまぎ》らひ雄峰は立てり望の夜を　秋桜子
山眠るや山彦凍てし巌一つ　東洋城
年越や月の出てゐる水間山　青々
峰のあたり尚しぐるらん吉野山　露月
冬帝まづ日をなげかけて駒ヶ岳　虚子

等を挙げることが出来るが、又実際登攀者としての実作とすれば、

夜の嶺に馬柵の見ゆなりほとゝぎす　秋桜子
巓近し雲匂ふところお駒草　晩霞
雲海や眼にもとまらぬ岩つばめ　煤六
なだれ木の辛夷くぐりて白馬道　塵外
雷鳥や風に吹かるゝ猿麻桛《さるをがせ》　笑月
巌に寄ればながるゝ霧の音すなり　呑州
霧流れ流れてはやし石楠花　紫人

石楠花や雲を瞰《み》下す行者堂　風柳
明け易き雲の中より鈴の音　素耕
雷鳴るや瞰下す谷の雲の中　蹴月
雲の海雷鳥鳴いて鎮まれる　晩霞

この内第三句の知きは、作品価値として特にすぐれたものではないけれども、雲海を脚下に見て、その雲海に岩燕が翔んでいるというところを詠んでいる。これは山岳登攀者として実際に嘱目したものであることを誰人でもしるであろう。又素耕という人の作品で、

明け易き雲の中より鈴の音　素耕

というのがある。これなども登攀者にあらざれば詠みがたい作品で、特に作品として優秀なものではないけれども、登高の際目撃する場面が割合よく捉えられている。

山岳風景に対するこの二つの詠法は、いずれを勝れりとしいずれを劣れりとすることは出来難い。共に山岳諷詠として往昔から今日に至り今日から又将来へと続いて行くべきものであろう。

## 山岳美としての雲

古来幾多の人々に詠まれている山岳の雲はおびただしい数に上るであろう。雲は山岳の

附物であるからである。

淋しさや春山を描き雲を添ふ　普羅
雲の影落ちて夏山を深くしぬ　秋桜子
富士見えず裾野の花菜雲にふれ　爽雨
巨き氷河下りくる雲の中に消ゆ　青邨
雲の嶺の霞に消えて光りけり　花蓑

（略）

等をその作例とする。

（略）

斯うした雲をとらえて詠いこなそうとするのは容易なことだと一がいには言えない。ただ併しこの雲を詠むことに成功するとすれば、重畳たる若しくは囲繞するところの山岳の美は、おのずからえがかれ得ることになるのである、揺曳する白雲のみが描出されて山岳があらわれないということはあり得ない。

深山幽谷を対象とする俳句は常に見られるところであるが必ずしも雲にかぎらず日、月、星、流、鳥獣、石木の何たるかをとわず清浄なる瓢逸の味が甚だ面白い。

拙作が果してそうした責任ある場合に耐え得るものであるかどうか、寧《む》しろ忸怩《じくじ》たらざるを得ない点を多分に感ずるのであるが、二三をこころみにとり上げてみる。

渓の樹に凍み透る日の昇るなり
木原の日くらげのごとく凍の空
風烈し日を全貌に秋の岳
深山の日のたはむるゝ秋の空
深山の風にうつろふ既望かな

蛇笏

## 山岳と人寰《じんかん》関係

山岳と人間生活の環境と密接なる関係をもつところは到るところに存在するわけであるが、わけても多く見られるのは温泉地である。温泉地といえば、北海道のそれにしても、東北各地の温泉、箱根七湯、長野県の各地、中国筋、九州等のそれ等にしたところで何れもその関係をもたざるなしである。朝夕に行雲流水を送迎して山岳の親しさにある温泉地は、巓辺をうつろう白雲を見るにつけ、渓流に綸《いと》を垂れる山女魚釣りを眺めるにつけ、乃至は蟬の鳴く山腹の樹林を望むにつけおおよそ直ちに素材としてこよない対象となるものである。

深山の樹梢の蟬は街路樹などにいて鳴くのとちがって、まことに趣深いものがある。薄雲が流れて枝々が交わされた樹々のさまは、さながら水墨を感ぜしめるように淡々しくぼけてえがかれている。その中にとまっていて発せられる蟬声であるから、すこし大袈裟の形容だけれども、この世のものともおぼえがたい微妙なもので、若しもやわらかく天風でも吹きわたったものなら、天女の奏楽を偲ばしめるような幽音となるのである。若し又温泉宿の窓によって渓流に山女魚を釣る漁人のそれを眺めるとしたならば、これ又ひとしおの面白さである。峡底におどる渓流は白泡をもんで勢はげしく流れるかとおもえば、忽ち潭《ふち》となり美しい水を湛えて巖と巖との間に瑠璃を溶かしている。それが見る見る流れ出して奔流となりしぶきをあげながら流れてゆく、其処へ忽然とたちあらわれた漁人は、釣竿を振って綸をながしかけるかと思うと、たちまち鈎にかかって銀鱗のおどるのが認められる。と、眼を転じて山巓近くを見ると白雲の一とかたまり、梢を縫ってあざやかに悠々と流れている。見た場合の何時をとわずその誰人たるをとわず、名句を吐かせんがために悠々と行く奥のすがたであるようである。又私は次のような場合を逆に山腹から麓路の横たわる中に人馬の来往するのを見たことがある。駄馬は臀《しり》のあたりに鈴をつけているとおぼしく、それの歩くたびに鳴り響いてこちらまできこえてきた。駄馬と可成り遠く離れて馬方は道草を食いながら遅れて行った。旅人らしい人影が其処にあらわれて馬方と何か話をする容子である。見ていると話は終ったらしく、馬方は旅人を伴って駄馬に接近し、旅人を馬に乗せて又歩いてゆく容子である。その山道がつづく先は温泉地につながっていた。湯治客が疲労したがままに、馬方に乞うと馬上に送ってもらった一景と打眺めたのである。奥の細道に於ける芭蕉が、曾良とともに行き疲れて草刈馬に乞うて乗せてもらい、馬を下りたところで何文かの金子を馬の臀に結びつけて馬を返したというようなことが思い出せる光景である。

高浜虚子は戦時中、信州小諸の寒村に疎開し、朝夕あたりを散歩したりして其処の山岳地帯の風景に親しんだことのように訊いているが、次の作品の如きはまさしくその収穫であろうかとおもわれる。

冬山路俄かにぬくきところあり　　虚子
高木より高木に冬日亙りゆく
山の名をおぼえし頃は雪来り

（略）

## 山岳の南画的風貌

重畳たる山岳を遠くのぞむ趣はさすがに素晴らしい。第一に淡々しいそのブリュの色合が心にしみる。芥川我鬼がよく南画を稽古して貽《のこ》した山岳甌窶《おうろう》の図にいたく愛着をおぼえるものがある。或は文人墨客とおぼしい一人が馬を駆って斜面の山路を登るときその姿が樹間にちらちらと隠見して後から琴書《きんしょ》を肩にして従う者のありさまをも映し出すおもむきは諷詠かならずしも古色蒼然たるもののみとはいいがたい。

山中の雪の玉屋かゞみ餅　蛇笏
深山の春めくいろに月の雲
奥岳も啓蟄となる星の澄み
やまかひに雲をたゝみて弥生尽
岳のねむりしみらに鷹の翔りけり
日りんに耐ふる雪嶺雲を絶え
雪山の肌をはなれて雲移る
冬の岳古り鎮まりてあきらけく
まのあたり岳しづもりて梅雨の雲
雪山のそびえ幽らみて夜の天

いずれも斯境の対象をとらざることなしである。

# 山岳愛好の作家

或る芭蕉崇拝者がいうのに、芭蕉はいたるところで会心の作を得たけれども、苟《いやしく》もしない心情をもちつづけた。つまり山河の展景に直面して本当に之れに打込んで愛することが出来るに至ってはじめて作品を生んだのである。近頃の一部がこころみているように、句帖を携えてからどこか其処らに名句たるに足る対象がおちていやしないか、と鵜の眼鷹の眼で探しまわるような態度とはちがっていた。更らに言えば山岳へ対するとしても、花鳥草木へ対するとしても、まずそのままに心から打込んで惚れこむのである。惚れこみもしないでうわべで自然をながめて、制作の上で甘い汁を吸おうとしたところで誰が後世へ貽《おく》るほどの名句などを提供するものかというのがその人の言い分である。山岳を詠んで名句を得んとおもうのはまず対象たる山岳を愛好しそれに惚れこむことである。そういう基礎に於いて制作に入るのでなかったならば、つまり自分は惚れもしないでいて、相手にばかり惚れさせようとしたところで誰が惚れるものか。自然の森厳神の如きすがたはかならずや此方がまずもって惚れ込むことに於いてのみ真の名句を得さしめる結果を見せることになるであろう。

（略）

甲斐駒の天の岩肌の夏をはる　　秋桜子

これは秋桜子一代の秀作に属するものであるが、この作品に就いては別に拙著「続現代俳句の批判と鑑賞」の中で筆者は次のように述べている。

この作品は「木曾五滝」と題し、作者の羇旅《きりよ》諷詠数十句を発表した中の一作であるが、之れに「八月十日八王子を発す、同行柳芽、聡、秋葉子、早苗。小淵沢を過ぎて」という前書がしてある。作品を単独に鑑賞するとしても、充分鑑賞し得てあやまちなき作品である。ということは中七の「天の岩肌」とある「天」の働らく重要性が、これを深く理解せしめ、鑑賞するのに、他の一切の煩瑣がはぶかれて充分可能たり、強く認識せらるべきところのものであるが為めである。ただし羇旅諷詠として「小淵沢をすぎて」は、この大渓こそ山国甲斐景観としてのみならず全国的に稀に見る雄大な風景であるから、作者の立場で、そう前書したい気持はよく理解出来る。

そこで作品のあり方であるが、この作品としては、その骨格なり触感なり、おおむね知られている汎《ひろ》からざる意味の美しい（必ずしも柔軟とのみは云えないけれども）方向の作者とは、いささか違い、いわば秋桜子的異色を示すものである。例の南ア連峰から独立したかたちで、錐状に大空へそそりたったこの山岳の輪廓は、ざらに見られない厳しい線を示しているし、それだけ聳立《そばだ》てる風貌が、現実の中に一抹の幽韻ともいい得べき、何か神格化した現実の奥のものを感ぜしめるようなところがあるのである。その点が今いう「天」の生きだと云うところであるわけだが、そうしたまさに地上のものならざる岩肌が、下界から仰望される。それを汽車の窓からふと仰いだとき、嶮山甲斐駒があらわになる巓辺の岩肌が、たとえ八月十日であろうとも、如何にも爽涼として炎夏いまやまさに尽きようとするような感銘を与えたにちがいない。這般の感銘的直叙は、音楽鑑賞における音楽的効果と相通ずるもので、いや応なく（同時に具体化の予備連想から）随順することを余儀なくせられるところである。（「続現代俳句の批判と鑑賞」）

（以下略）

■飯田蛇笏（いいだ・だこつ）　明治十八（一八八五）～昭和三十七（一九六二）年
・飯田蛇笏は高浜虚子（明治七～昭和三十四年）門下、「ホトトギス」の代表的俳人で、山梨の山村に暮らしたことから山岳詠も多い。蛇笏の主宰した「雲母」は飯田龍太（大正九～平成十九年）が継ぎ、龍太も多くの山岳俳句を詠んでいる。文中に現れる前田普羅（明治十七～昭和二十九年）は蛇笏と高浜虚子同門、富山県に暮らして立山連峰の自然に触れてから山岳俳句を詠み、第一人者として知られる。山と俳句の関わりは、出羽三山を読んだ芭蕉以来であるが、明治末から大正初期に先駆的登山を行った俳人が河東碧梧桐（明治六～昭和十二年）で山岳詠も残す。同じ正岡子規門下で、やがて碧梧桐と袂を別つ高浜虚子は、小諸への疎開時代に山の句が多い。昭和六年「ホトトギス」を離れた水原秋桜子（明治二十五～昭和五十六年）も山の自然を好み、多くの山岳詠のほか「乗鞍岳」「望岳行」「残雪」など吟行の紀行文を残している。秋桜子とともに「ホトトギス」を去り「馬酔木」に寄った石橋辰之助（明治四十二～昭和二十三年）は、ザイル、ケルン、雪崩などを詠み込み、近代的な山岳俳句を残している。虚子門下の福田蓼汀（明治三十八～昭和六十一年）は「山火」を主宰し、戦後の山岳俳句の流れを作った。「山火」は岡田日郎（昭和七年～）が継いでいる。
出典＝「雲母」　昭和三十四年二月／『飯田蛇笏集成』第七巻（平成六年・角川書店）所収。

# 若山牧水　或る旅と絵葉書（抄）

この一篇は大正十年秋中旬、信州から飛騨に越え、更に神通川に沿うて越中に出た時の追懐を、そのさきざきで求めて来た絵葉書を取出して眺めながら書きつづったもので、前に掲げた「白骨温泉」「通蔓草《あけび》の実」「山路」の諸篇に続くものである。

## 上高地温泉

上高地の温泉宿はこの時候はずれの客を不思議そうな顔をして迎えた。そして通された二階にはすっかり雨戸が引いてあった。一つの部屋の前だけがらがらとそれを繰りあけらるるとまだ相当に高い西日が明るく部屋にさし込んで来た。その日ざしの届く畳の上できゃはんを解いていると、あたりのほこりのにおいが感ぜられた。

やれやれと手足を伸ばしてうち浸った温泉は無色無臭、まったく清水の様に澄んでいた。そしてこの宿に入った時玄関口に積まれてあった何やらの木の実がこの湯槽の側までも一杯に乾しひろげてあった。よく見ると落葉松の松毬《まつかさ》であった。この松毬をよくはたいて中の粒をとり、種子として売るのだそうで、一升四円からする由をあとで聞いた。湯から出てそこ等を窺《のぞ》いてみると座敷から廊下からすべてこの代赭色《たいしゃいろ》の鮮かな木の実で充満しているのであった。一年にとり入れるその種子が何斗とか何石とかに及ぶそうで、金にして幾ら幾らになると、白骨温泉から私の連れて来た老案内者は頻りに胸算用を試みながらその多額に上るのに驚いていた。

長湯をして出てもまだ西日が残っていた。下駄を借りて宿の前に出て見ると、ツイ其処に梓川が流れていた。どうしてこの山の高みにこれだけの水量があるだろうと不思議に思わるる豊かな水が寒々と澄んで流れている。川床の真白な砂をあらわに見せて、おおらかな瀬をなしながら音をも立てずに流れているのであった。私は身に沁みて来る寒さをこらえて歩むともなく川上へ歩いて行った。

川に沿うた径の左手はすぐ森になっていた。荒れ古びた黒木の森で、樅栂の類に白樺などもまじり七八町がほども沢の様な平地で続いてやがて茂ったままの山となっている。川の向う岸は切りそいだ様な岩山で、岩の襞には散り残りの紅葉が燃えていた。そして川上の開けた空には真正面に穂高ヶ岳が聳えているのであった。

天を限って聳え立ったこの高いゆたかな岩山には恰《あたか》もまともに夕日がさして灰白色の山全体がさながら氷の山の様な静けさを含んで見えているのであった。今日半日仰いで来たこの山は近づけば近づくだけ、いよいよ大きく、いよいよ寂しくのみ眺められ、立ちどまって凝乎《じつと》と仰いでいるといつか自分白身も凍ってゆく様な心地になって来るのであった。そぞろに身慄いを覚えて踵をかえすと、其処には焼岳が聳えていた。背後に傾いた夕日に照らし出されて真黒に浮き出た山の頂上にはそれこそ雲の様に噴煙が乱れて昇っていた。右を見、左を見、この川端の一本道を行きつ帰りつしているうちに私はいつか異様な興奮を覚えていた。これほど大きく美しく、そして静かな寂しい眺めにまたと再び出会うことがあろうか、これはいっそ飛驒に越す予定を捨ててここに四五日を過ごして行こう、そのためどれだけ自分の霊魂が浄められることであろう、という様なことを一途になって考え始めていたのであった。

いはけなく涙ぞくだるあめつちの斷るながめ
にめぐりあひつつ
またや来むけふこの儘にゐてやゆかむわれの
命の頼みがたきに
まことわれ永くぞ生きむ天地《あめつち》のかかるながめ
をながく見むため

その夜は凍った様な月の夜であった。数えて見ると九月十五夜の満月であった。

## 焼岳の頂上

焼岳の頂上に立ったのはその翌日の正午近かった。普通日本アルプスの登山期は七月中旬から八月中旬の間に限られてあるのに私がその中の焼岳を越え様としたのは十月十六日であったため案内者という案内者が求められず、僅かに十年前そこに硫黄取りに登っていたというだけの白骨温泉の作男の七十爺を強いて口説いて案内させたので、忽《たちま》ち路に迷ってしまった。そして大正三年大噴火の際に出来た長さ十数町深さ二三十間の大亀裂の中に迷い込んだのであった。初めは何の気なしにその中を登っていたが、やがてそれが迷路だと知った時にはもう降りるに降りられぬ嶮しい所へ来ていた。そしてまごまごしていれば両側二三十間の高さから霜解のために落ちて来る岩石に打ち砕かるる虞《おそ》れがあるので、已《や》むなく異常な決心をしてその亀裂の中を匍《は》い登ったのであった。

あとで考えると全く不思議なほどの能力でその一方の焼石の懸崖から匍い出した時は、両人ともただ顔を見合わせるだけで、ろくに口が利けなかった。そして兎にも角にもその山の頂上、濛々《もうもう》と煙を噴いている処に登って来たのであった。

悲しいまでに空は晴れていた。

真向いに聳え立った槍や穂高の諸山を初め、この真下の窪みはもう飛驒の国で、こちらが信州地、あれが木曽山脈でそのなお左寄りが甲州地の山、加賀の方の山も見える筈だと身体を廻しながら老案内者の指し示す国から国、山から山の間には霞ともつかぬ秋の霞がかすかに靡《なび》いて、真上の空は全く悲しいまでに冴えていた。

黙然と立ってそれらの山河を眺め廻しているうちに、私は思わず驚きの声を挙げた。木曽地信州地と教えられた方角に低くたなびいた霞のうえに、これはまた独り静かに富士の高嶺が浮き出て見えているのであった。

群山の峰のとがりの真さびしくつらなれるはてに富士のみね見ゆ

登り来て此処ゆ望めば汝《なれ》が住むひむがしのかたに富士のみね見ゆ（妻へ）

この火山は阿蘇や浅間の様な大きな噴火口を持っていなかった。其処等一面の岩の裂目や石の下から沸々と白い煙を噴き出しているのであった。

岩山の岩の荒肌ふき割りて噴き昇る煙とよみたるかも

わが立てる足許広き岩原の石の蔭より煙湧くなり

## 平湯温泉

噴火の煙の蔭を立去ると我等はひた下りに二三里に亘る原始林の中の嶮しい路を馳せ下った。殆んど麓に近い所に十戸足らずの中尾という部落があった。そして家ごとに稗《ひえ》を蒸していた。男とも女とも見わかぬ風俗をした人たちがせっせと静かに火を焚いている姿が何とも可懐《なつか》しいものに私には眺められた。この辺にはこの稗の外は何も出来ないのだそうである。

一刻も早く其処に着いて命拾いの酒を酌み、足踏み延ばして眠ろうと楽しんで来た蒲田温泉は昨年とか一昨年とかの洪水に一軒残らず流れ去っているのであった。そしてその荒れすさんだ広い川原にはとびとびに人が動いて無数の材木を流していた。その巨大な材木が揃いも揃って一間程の長さに打ち切ってあるので訳を訊いてみると川下の船津町という処に在る某鉱山まで流され、其処で石炭代りの燃料とせらるるのだそうである。

已《や》むなく其処から二里ほど歩いた所に在るという福地温泉というまで来て見ると、此処もまた完全に流されていた。そうなると一種自暴自棄的の勇気が出て、其処から左折して更に二里あまりの奥に在るという平湯温泉まで行くことにきめた。実は今日焼岳に登らなかったならば上高地から他の平易な路をとってその平湯へゆく筈であったのである。福地からの路は今迄の下りと違って片登りの軽い傾斜となっていた。月がくっきりと我等の影をその霜の上に落していた。

焼岳と乗鞍岳との中間に在る様なその山あいの湯は意外にもこんでいた。案内者の昔馴染だという一軒の湯宿に入ってゆくと、普通の部屋は全部他の客人でふさがっていた。已むなく屋根裏の様な不思議な部屋に通されたが、もう然し他の家に好い部屋を探すなどという元気はなかったのである。

やがてその怪しき部屋で我等二人の「命びろひ」の祝いの酒が始まった。まったく焼岳の亀裂の谷では二人とも命の危険を感じたのであった。餔いかけた岩の腹から辷《すべ》り落ちるか、若しくは崖の上から落ちて来る石に打たるるか、どちらかの運命が我等のいずれにか、或は双方ともにか、落ちて来るに相違ないと思われたのであった。其の時の名残に荒れ傷ついた両手の指や爪をお互いに眺め合いながら一つ二つと重ねてゆく酒の味わいは真実涙にまさる思いがするのであった。

路に迷ったのは兎に角として蒲田や福地温泉の現状すら知らずにいた此の老爺は或はもう老耄し果てているのではあるまいかと心中ひそかに不審と憤りとを覚えていたのであったが、其の皺だらけの顔に真実命びろいの喜びを現わして埒《らち》もなく飲み埒もなく食い、埒もなく笑いころげている姿を見ていると、わけもなく私はこの老爺がいじらしくなった。

そしてあとからあとからと酒を強いた。彼の酒好きなことをば昨夜上高地でよく見ておいたのであった。

そのうち彼は手を叩いてその故郷飛驒の古川地方に唄わるるという唄をうたい出した。元来が並外れた大男ではあるが、眼の前で頻りに打ち鳴らしている彼の掌は正しく団扇《うちわ》位いの大きさに私には見えたのであった。

オンダモダイタモエンブチハフノモオマヘノコヂャモノ、キナガニサッシャイ、イカニモショッショ。

ヒダノナマリハオバエナ、マタクルワイナ、ソレカラナンヂャナ、ムテンクテンニオリャコワイ、ウソカイナ、ウソヂャアロ、サリトハウタテイナ。

斯うしたものを幾つとなく繰返して唄った末、我を忘れて踊り出そうとしてはその禿げた頭をしたたかに天井に打ちつけて私を泣きつ笑いつさせたのであった。

としよりの喜ぶ顔はありがたし残りすくなき
いのちを持ちて

余りに疲れ過ぎたせいかその夜私はなかなかに眠れなかった。真夜中に独り湯殿に降りてゆくと、破れた様な壁や窓から月が射し込んでいた。平湯温泉には一箇所共同湯があるのみであるが、僅かにその宿だけが持っているというその内湯の小さな湯殿の三方は田圃となっていた。そして霜の深げな稲の上に照り渡っている月光は寧ろ恐ろしいほどに澄んでいた。

（略）

■若山牧水（わかやま・ぼくすい）明治十八（一八八五）年～昭和三（一九二八）年

・大正十年九月二十日から十月十五日、胃腸の療養のために白骨温泉に滞在、翌日、案内人とともに上高地温泉に入った。白骨温泉から焼岳を越えて飛騨への旅は、「白骨温泉」「通蔓草の実」「山路」「或る旅と絵葉書」で、「或る旅と絵葉書」は、平湯温泉のあと「飛騨高山町」「飛騨古川町」と続く。焼岳の噴火は大正四年六月六日のことで、爆風による倒木、泥流が梓川を堰き止めて大正池が生まれた。『幾山河』は牧水の死後、喜志子夫人によって編まれた紀行集で、大正十一年十月に軽井沢から草津、四万、法師、老神、白根、奥日光を歩いた「みなかみ紀行」で名高い。大正十二年十月に御殿場から河口湖、甲府、小淵沢を経て千曲川を遡り十文字峠から秩父へとたどった「木枯紀行」など、大正九～昭和三年の間の紀行十七編を収めた（「みなかみ紀行」「木枯紀行」は『新編みなかみ紀行』岩波文庫所収）。書名は、明治四十年の中国地方の旅の途中、岡山・広島県境の二本松峠で詠んだ、漂泊の歌人・牧水の代表歌とされる「幾山河《いくやまかは》越えさり行かば寂しさのはてなむ国ぞ今日も旅ゆく」による。

出典＝『幾山河』（昭和十二年・第一書房）／『若山牧水全集』第十一巻（平成五年・増進会出版社）所収

## 石川啄木　一握の砂より

二日前《ふつかまへ》に山《やま》の絵見《えみ》しが
今朝《けさ》になりて
にはかに恋《こひ》しふるさとの山《やま》

かにかくに渋民村《しぶたみむら》は恋《こひ》しかり
おもひでの山《やま》
おもひでの川《かは》

汽車《きしや》の窓《まど》
はるかに北《きた》にふるさとの山見《やまみ》え来《く》れば
襟《えり》を正《ただ》すも

ふるさとの山《やま》に向《むか》ひて
言《い》ふことなし
ふるさとの山《やま》はありがたきかな

目《め》になれし山《やま》にはあれど
秋来《あきく》れば
神《かみ》や住《す》まむとかしこみて見《み》る

神無月《かみなづき》
岩手《いはて》の山《やま》の
初雪《はつゆき》の肩《かた》にせまりし朝《あさ》を思《おも》ひぬ

秋《あき》の夜《よ》の
鋼鉄《はがね》の色《いろ》の大空《おほぞら》に
火《ひ》を噴《は》く山《やま》もあれなど思《おも》ふ

岩手山《いはてやま》
秋《あき》はふもとの三方《さんぱう》の
野《のみ》に満つる虫《むし》を何《なに》と聴くらむ

神《かみ》のごと
遠《とほ》く姿《すがた》をあらはせる
阿寒《あかん》の山《やま》の雪のあけぼの

■石川啄木（いしかわ・たくぼく）明治十九（一八八六）年～明治四十五（一九一二）年・石川啄木は岩手県岩手郡日戸村（現、盛岡市玉山区）に生まれ、渋民村（現、盛岡市）に育つ。明治三十八年、第一詩集『あこがれ』（小田島書房）を刊行。同年結婚し、盛岡で文芸誌を出版するが継続できず、翌三十九年、渋民村で代用教員、四十～四十一年、函館、札幌、釧路で新聞社などに勤務する。四十一年上京し、四十二年「スバル」発行人を務め、「東京朝日新聞」に校正係として勤務。四十三年十二月、第一歌集『一握の砂』を刊行。明治四十一～四十三年までの作品五百五十一首を収めた。
出典＝『一握の砂』（明治四十三年・東雲堂書店）／『石川啄木全集』第一巻（昭和五十三年・筑摩書房）所収

# 谷崎潤一郎　旅のいろいろ（抄）

たしか独逸人《ドイツ》であったと思うが、或る旅行家の外国人の話に、日本で一番西洋かぶれのしていない地方、風俗習慣建築等に古い日本の美しいものが最も多く保存されている地方は、北陸の某々方面であるという。そうしてその外国人は、日本へ来るとその地方へ旅することを楽しみにしているのだが、それが何処であるかと云うことを成るべく人に知らせないようにしている。彼は著述家であるけれども、決して著書の中にその地の名を挙げない。と云うのは、一遍その土地が世間へ知れると、都会の客が我も我もと押しかけるようになり、地元でもいろいろな宣伝や設備をやり出す結果、本来の特色が失われてしまうことを恐れるからである。食通などにもよくこの外国人と同じような心がけの人があって、そううまいものやを発見してもなかなか友達に教えない。甚だ意地悪のようだけれども、そう云う家は小体にチマチマと商売をしているうちがよいので、繁昌し出すと、直きに増築などをして外観が立派になる代りに、材料を落したり、料理の手を抜いたり、サーヴィスがぞんざいになったりする。だから誰にも教えないで、こっそり自分だけ食べに行く方が、いつまでも楽しむことが出来て、その家をスポイルすることがない。実は私も、旅行に関する限り右の外国人の心がけを学んでいる一人であって、自分の気に入った土地とか旅館とかは、よほど懇意な友達にでも尋ねられる場合の外は、めったに人に吹聴をせず、文章などに書くことは禁物にしている。これは寔《まこと》に矛盾した話で、たまたま泊りあわせた宿が大そう居心地がよかったり待遇も親切なら宿泊料も低廉であったりしながら、その割に繁昌している様子もなく、世間に知れていないのを見ると、お礼心に大いに宣伝してやりたくなるのが人情であって、自分の如き文筆を業とする者が故意にそれを隠していたのでは、折角の心づくしが何の甲斐もないことになり、好意を仇で返すようなものであるから、内心甚だ済まなく思う時もあるが、それでも私はこの方針を曲げないことにしているのである。

（略）

近頃の私は、電車や汽車の音響が完全に聞えない場所へ行って、せめて一日だけでもゆっくり寝ころんだり考えたりしてみたいという要求をしばしば感ずる。そうしてそのため旅行欲が起るのであるが、そう云う条件に当てはまる場所も追い追い無くなって行くことと思う。試みに地図をひろげてみても分る通り、狭くて細長い国土の上へ縦横に鉄道網が敷き廻されて、それが年々、血管の先が幾すじにも岐れて行くように隅々へまで伸びて行って、寸土をも余さない状態であってみれば、汽笛の音の聞えない山間幽谷の範囲と云うものは次第にちじめられるばかりである。そこへ持って来て、鉄道省、観光局、ツーリスト・ビュウローあたりの宣伝機関が抜け目なく客を誘引するから、名所と云う名所が皆その土地の特色を失い、都会の延長になって行く。私は山登りは嫌いであるから日本アルプスの繁昌する様子を見たことはないが、元来山のよさと云うものは、人界を超越した雄大な感じ、人間に依って汚されざる清い空気を呼吸する点にあるのではないか。古人の万《ばん》化《か》に冥合すると云い、天地の悠久を悟ると云い、神仙合一の境に遊ぶと云うのが、山登りの趣味なのではないか。もしそうであるなら、今日の信越地方のように宣伝されてしまったのでは、山岳としての意義を失う訳である。昔、小島烏水氏などが始めてあの地方の雪谿の美を説いた時分には、富士山は誰も彼も行く俗悪な山であるからと云うので、あの方面を開拓することが勧められたのであったが、今ではあの地方の方が、富士山以上に俗悪であるかも知れない。小屋と云えば済むものをヒュッテと云ったり、東京市中にでもあるような「何々荘」などと云う旅館が出来たりすることから想像しても、人界を超越するどころではなくて、最も人間臭い場所、田舎でありながら都会文化の尖端を行く土地柄になっているらしい。それ故ほんとうに山の霊気に触れようとする人々、昔の大峰の行者のような、敬虔な心を以て山登りを志す人々は、成るべく世間に知られていない山岳地帯を物色するより仕方がないが、そうするのにはどうするかと云えば、先ず地図をひろげてみて鉄道の網の目の比較的粗い部分に眼を付け、その範囲内にある山や谷を求める。勿論そんな所にある山は名山でもないから、峰の高さにおいて、谷の深さにおいて、展望の雄大さ、風光の秀麗さにおいて、アルプス地方の山々には及ぶべくもないであろうが、山高きが故に貴からず、人間臭や都会臭のないのを以て貴しとすれば、そう云う凡山凡水の方が却って山らしい趣があり、俗塵にまみれた心や腸を洗ってくれるかも知れない。で、このことは山の場合に限らないので、たとえば先に云った螢の名所、桜や梅の名所、温泉、海水浴場等、すべて天下に著聞《ちょぶん》している一流の土地は皆多少とも荒らされてしまっているものとあきらめをつけて、二流三流の場所を漁って歩く方が、遙かに旅行や遊覧の目的に添うのである。

そう云う訳でしみじみとした侘びしい旅の味を楽しむ者には、宣伝機関の発達はむしろ邪魔になるのであるが、時に依ってはこれがために便利なこともないではない。と云うのは、いったい近頃は海よりも山の方が流行る、昔は暑いと云っては海、寒いと云っては海、胸の病があると云っては海へ行ったものだけれども、昨今は、夏は山登り、冬はスキー、肺病患者にも紫外光線などと云って、とかく山が持て囃《はや》される。私なんぞはつい眼と鼻の甲子園のスタンドをさえ覗いたことがないくらいで、スポーツのことには一向疎《うと》いのであるが、冬になると各地のスキー場の積雪の量が日々沿線の各駅に貼り出されるし、ラジオでも放送されると云う有様を見てはどうしてあんなことにそんな大騒ぎをする値打ちがあるのかと、訝《あや》しまざるを得ないのである。が、あんな風に放送局や鉄道省までが力瘤を入れて提灯持ちをするところから、冬の休みにどこへ行こうかと迷っている人達が、皆雪の積った山の方へ浚《さら》って行かれる。つまり、当節の宣伝は騒々しいお客を一と纒《まと》めにして一つの地方へ掃き寄せてくれる働きがある。先達《せんだつ》て和気律次郎君の話に、近来紀州の白浜が大々的の宣伝をやり出した結果、別府がすっかりさびれてしまって弱っていると云うことであったが、もともとわれわれは、新し物好きの、一時のお調子に乗り易い国民であるから、或る一箇所が鉦《かね》や太鼓でジャンジャン囃し立てると、どッとその方へ寄り集まって、余所《よそ》の土地は皆お留守になってしまう。そこで、そのコツを呑み込んで、宣伝の裏を掻くようにする。一方へ人が集まった隙にその反対の方面へ行く、と云う風に心がけると、面白い旅をすることがある。どこそことはっきり指摘するのは趣意に反するから云わないが、大体において、瀬戸内海の沿岸や島々などは、そう云う意味で閑却されている地方ではないか。冬あの辺へ行ってみると、実にぽかぽかして暖かい。阪神地方も暖かいけれども、あの辺はまたひとしお暖かく、一月の末には早やちらほらと梅が咲き初めるし、蓬《よもぎ》を摘んで草餅を作ったりなどしている。そのくせ、避寒の客たちは白浜や別府や熱海などへ集まってしまっているから、どこの宿屋もひっそり閑として、寔《まこと》に悠々たるものである。

私は花見が大好きで春はどうしても絢爛たる花盛りの景色を見ないと、春の気分をたんのうしないのであるが、これにもやはり今のコツで行く。如才のない鉄道省では、毎年山々の雪が融けてスキーが駄目になった時分からぽつぽつ花の宣伝を始め、四月中は花見列車を出すのは勿論、次の日曜にはどこが見頃とかどこが七分咲きとか一々掲示をしてくれるので、静かな花見をしたい者は、そう云う場所を避けて廻ればよいことになる。それと云うのが、何も花を見るのには名所の花に限ったことはないのであって、見事に咲いたただ一本の桜があれば、その木蔭に幔幕を張り、重詰めを開いて、心のどかに楽しむことが出来るからである。そうしてそう云う心がけになれば汽車や電車の御厄介にならずとも、たとえば私が住んでいるこの精道村の裏山あたりの誰も気が付かない谷あいや台地などに、却って恰好な花と場所とを見出すことがあるからである。

（略）

■谷崎潤一郎（たにざき・じゅんいちろう）明治十九（一八八六）年〜昭和四十（一九六五）年・谷崎潤一郎四十九歳の折の随筆。谷崎潤一郎の作品で唯一山岳と関わりを持つのが「吉野葛」（「中央公論」昭和五年）。紀行調に始まり、後南朝を題材とする歴史小説を構想したが「やや材料負けの形でとうとう書けずにしまった」。作品中、「私」が奥吉野の「隠し平」を訪ねるという設定で、「その頃は年も若かったし、今ほど太ってもいなかったから、平地を行くのなら八里や十里は歩けたけれども、こう云う難所は四肢を使って進むので、足の強弱の問題でなく、全身の運動の巧拙に関する。定めし私の顔は途中幾たびか青くなり赤くなりしたことであろう。正直のところ、もし案内者が一緒でなかったら、私はとうにあの二の股の丸木橋の辺で引っ返したかも知れなかった。案内者の手前きまりが悪いのと、一歩進んだら後へ退くのも前へ出るのと同じように恐ろしいのとで、仕方がなしに顫える足を運んだ」と書いている。谷崎潤一郎が実際に「隠し平」に足を運んだか、ということについては、深田久弥が「奥吉野の隠し平」（『山さまざま』所収）、白洲正子が「吉野の川上」（『かくれ里』所収）に書いている。

出典＝「文藝春秋」昭和十年七月号／『谷崎潤一郎全集』（昭和五十八年・中央公論社）所収。

# 萩原朔太郎　山に登る／山頂

## 山に登る

旅よりある女に贈る

山の頂上にきれいな草むらがある、
その上でわたしたちは寝ころんで居た。
眼をあげてとほい麓の方を眺めると、
いちめんにひろびろとした海の景色のやうにもおもはれた。

空には風がながれてゐる、
おれは小石をひろつて口《くち》にあてながら、
どこといふあてもなしに、

ぼうぼうとした山の頂上をあるいてゐた、
おれはいまでも、お前のことを思つてゐるのである。

## 山頂

かなしければぞ
眺め一時にひらかれ
あがつまの山なみ青く
いただきは額《ひたひ》に光る。
ああ尾ばな藤ばかますでに色あせ
手にも料紙はおもたくさげられ
夏はやおとろへ
絶頂《いただき》は風に光る。

——吾妻にて——

■萩原朔太郎（はぎわら・さくたろう）　明治十九（一八八六）～昭和十七（一九四二）年。

・萩原朔太郎は群馬県群馬郡北曲輪町（現、前橋市）生まれ。「吹雪」（拾遺詩篇・全集第三巻所収）に「ふもとぢに雪とけ、／ふもとぢに緑もえそむれど、／いただきの雪しろじろと、／ひねもすけふも光れるぞ、／ああいちめんに吹雪かけ、／吹雪しかけ、／ふるさとのまちまちほのぐらみ、／かの火見やぐらの遠見に、／はぜ売るこゑもきれぎれ、／ここの道路のしろじろに、／うなゐらのくらく呼ばへる家並に、／吹雪かけ、／吹雪しかけ、／日もはや吹きめぐり、／赤城をこえてふぶきしかけ。」、「榛名富士」（『蝶を夢む』・全集第一巻所収）に「その絶頂を光らしめ／とがれる松を光らしめ／峰に粉雪けぶる日も／松に花鳥をつけしめよ／ふるさとの山遠遠に／くろずむごとく凍る日に／天景をさへぬきんでて／利根川の上に光らしめ／祈るがごとく光らしめ。」と郷土の風景を詠っている。大正二年、東京、熊本、岡山などでの放浪的生活から前橋に帰り、翌年、室生犀星、山村暮鳥と詩、宗教、音楽の研究を目的とする「人魚詩社」を設ける。処女詩集『月に吠える』は大正六年、三十二歳で自費出版したもの。「山に登る」は『月に吠える』を編むにあたって、かなわぬ恋心を寄せた馬場ナカ（洗礼名エレン）への思いを織り込んだものとされる。「山頂」は大正三年八月の作で遺稿。小学館版を採った。

**出典**＝「山に登る」「感情」大正六年一月号・『月に吠える』（大正六年・感情詩社・白日社）／「山頂」『萩原朔太郎詩集』第五巻（昭和二十二年・小学館）／いずれも『萩原朔太郎全集』第一巻（昭和五十年・筑摩書房）所収。

## 折口信夫　古事記の空　古事記の山

晴れた夜は、縹《ハナダ》色の空にゆくりなく現れた白《シラ》雲が、天《アメ》の斑駒《フチコマ》のように駛けて来る。又照る日には、国原《クニハラ》をめぐる山々が、四方《ヨモ》に青垣を立てて霞んでいる。現実の世にも大和の国は、こうした古典の匂いに、旅人の心をほのぼのとさせるものがある。

若き日のひと日、橿原神宮の大前に額づいた其おりの深い感銘を、幾年後にも、しみじみ思い起しているあなた方に、私は告げる。

　橿原の殿戸《トノド》ゆ見れば、とりよろふ　群山《ムラヤマ》深き　冬がれの色――釈迢空

歌は冬ではあるが、枯れ木の立つ冬山の色も、大和の土には、何か、人を憩わせる光りがこもっている。まず、北御門の石の段階《キダハシ》に出て御覧なさい。軒先にそそる小さいながら雄偉な姿をした山は、橿原の宮の昔、垣下《カキモト》の守りに仕えた久米《クメ》の子《コ》らの、日々の目にうつったままの畝傍の山である。

　故《カレ》かくの如《ゴト》、荒ぶる神たちを服《コトム》け柔《ヤハ》し、従《マツロ》はぬ人どもを掃《ハラ》ひ平げたまひて、畝火《ウネヒ》の白檮原《カシハラ》の宮にまし〳〵て、天の下しろしめしき。――古事記　神武天皇巻

東北に遠く見えるのが天《アメ》ノ香具山《カグヤマ》。其から真北に近く美しい姿の山が、耳梨《ミミナシ》山。此三つを大和三山《ザン》と言った。

今日ばかりは、神宮参拝の人々の群れから離れて、一人静かな思いを、古事記の文章の上に辿り乍ら、古代の地を行って、昔びとの気息を、現《ウツ》し身《ミ》深くとりいれようではないか。神宮から少し南東に出ると、大軽《オオカル》の村である。軽島　明　宮《カルシマノアキラノミヤ》のあった処である。ここはその応神天皇の御代の後、尚久しく栄えて、古事記の上に、いろいろな出来事を伝えた。其から、真東へ半道《ハンミチ》、今は本道から逸れているが、此脇道を行く道は、飛鳥の村へ向うのである。

飛鳥風《アスカカゼ》　昨日《キノフ》や千年《チトセ》。藪原も　青菅《アヲスガ》山も、ひるがへし吹く――　迢　空

その途中、孝元天皇御陵を拝む。劔ノ池のなごりだと言う池に臨んで、心澄むばかりの浄域に、水鳥の羽づくろう音も聞える。石川の村には、日本仏教がまだ寺を持たなかった時代の遺跡があった。其すら今は、草隠れに消えてしまった。其向うの家むらが、豊浦《トヨラ》である。ここにはも少し確かに向原寺《コウゲンジ》の礎らしいものが残っている。此が蘇我氏の建てた寺らしいものの最初である。此あたりに葛城寺《カヅラキデラ》・豊浦寺《トヨラデラ》という二つの寺が並んでいて、後に合体したらしく伝えている。大昔の寺院には、よくそうした合併があったのである。上の三つが皆、蘇我氏関係の物であったことに、よくよく此家が、仏法初りに因縁を持ってい

る、と言えよう。でもそうした一方、積悪の報いで家の本系《ホンスジ》は、立たずにしまったのである。

此村の右手上に立っている山が、小山ながら頗長く尾を引いている。南へ十町あまり、川原《カワラ》・橘などいう古寺の間で、一度平坦になっているが、其から又隆起して、次第に高まり、高取山まで続いている。北へは真下の飛鳥川を越えて、香具山の西で切れている丘陵だ。其を長い間の人工で、段々きり開いて、山の間々《アイダアイダ》が田畑になり、孤立した岡が幾つとなく、続いた形になっている。此古代の地に、滄桑の変からでなく、人の施した地形の移動が見えるのも、長い年月を、其間に生を営む人間の関係が思わせられるではないか。此丘陵の主部になるのが、今謂った豊浦の南、飛鳥川の西岸、川原寺の背戸《セド》の北にわたっている。此が飛鳥の都の近き護りと、斎《イワ》いしずめられた「飛鳥ノ神南備《カンナビ》」である。この山は小規模ながら、頂上の見はらし、山をとりまく野、村、川、更に又山々の姿がよい。山部ノ赤人が、この景色を讃美した長歌のいにしえを、今の現実にも、まだまだ見ることが出来るのは幸福だ。神南備の社は、平安の都になって間もなく、目と耳との間に見える飛鳥の村の鳥形《トリガタ》山に移った。淳和天皇の御代である。今もある社の名は、飛鳥坐《ニイマス》神社である。

以前は、神南備の北、飛鳥川を隔てた雷の村の低い山を、雷にあるが故を以て、雷丘《イカズチノオカ》、神岳《カミオカ》、神南備などと学者が言い出して、土地の人々も信じていた。如何に昔びとが、自然の底に神を見、微細な物の中に、偉いなる精神を見たにしても、此は又あまりに小さ過ぎたけしきである。

「大君は神にしませば、天雲《アマグモ》の雷《イカヅチ》がうへにいほりせるかも――柿ノ本ノ人麻呂」（万葉集巻三、二三五）とは、ここではよまなかった筈だ。何でもないことのようだが、何でもないことが、古い文学を誇張した真実性の少いものとする。其から救い出すのだから、私ども人麻呂の為に、万葉集の歌の鑑賞法の為に、又飛鳥の故都の風景の為に、小さな誤解を正しておきたいのだ。

なぜ、古事記の自然・人事を再現するに飛鳥を中心に択んだかと言うに、ここが、古事記の発祥地とも言うべき土地だからである。太《オオ》ノ安麻呂《ヤスマロ》の手で、稗田《ヒエダ》ノ阿礼《アレ》の口誦が書きとられて、古事記が出来たのは、奈良朝の和銅五年――正月廿八日である。だが、阿礼が、古事記の基礎になった古物語《フルモノガタリ》の集成を、ぼつぼつ記憶し出したのは、此飛鳥の都の栄えに栄えた御宇の事であった。天武天皇、飛鳥山浄見原《キヨミハラ》の宮におわして、其御代に伝った宮廷の伝え、諸豪族の伝え、此間に、殆永劫とも言うべき長い年月に現れて来た矛盾を、今正しておかずしてはとおぼしめされ、おぼしめしたたせられたのが、この古物語集成の御事業であった。

故惟《コレ》に、帝紀《テイキ》を撰録し、旧辞《キウジ》を討覈《タウカク》して、偽を削り実《マコト》を定め、後葉に流《ツタ》へむとしたまふ。……即、阿礼に勅語して、帝皇《テイクワウ》日《ヒ》継《ツギ》及び先代旧辞《センダイキウジ》を講習せしめたまふ。

――古事記序

其時二十八であった稗田ノ阿礼は、どんなに若く見つもっても、此序文の草せられた時は、もう六十近い老媼だった筈である。その若盛りをとおして、一心に古事記の本の物語を講習していたのは、ちょうどこの飛鳥に都のあった間である。謂わば、古事記の撰録を思しめしたたせられたのは、飛鳥朝の記念の御為の、元明天皇の御事業であったと申すことが出来るのである。長い飛鳥時代に、古事記はいよいよ育ち、更に綜合せられ、新しい美しい物語となったのであった。

飛鳥の空は、古事記の天である。飛鳥の山は古事記の深緑を湛えて、今も、といよる者に、歴史を現実化して見せるのである。

飛鳥時代の芸術は、白鳳期の仏像を以て語るのが、今の代の常である。併し我々は此時代に造られた石像、飛鳥石神や、檜隈御陵を周って昔立てられた石獣像らしいものや、其から、其時代に既に、苔の下に埋没して、土の上の文化を眺めとおして来た地下文化を凝視して、この静かなる天地の間に、再古代の森羅万象に組み立て直して考えるのが本道なのではあるまいか。

そう言えば近い昔、築城工事の為に掘り返されて、石舞台だの、鬼の俎板、鬼の雪隠など、あさましい名で呼ばれている路傍の古墳のなごりも、多くは飛鳥時代に築かれたものであった。「馬子《ウマコ》らが草むす屍　獲てしがも。きりて　屠《ホフ》りて、辱見せましを」など言う、江戸の学者の望みも何時の間にか、現実化せられていたのである。石舞台は、蘇我大臣の墓だとすら言われ出しているのである。

古事記の空・古事記の山は、日本の旧土到る処にひろがり、聳えている。だが、何と謂っても、古事記の発祥地たる大和国を措いて、まず考うべき地はない。その大和の中でも、まだまだ忘れ難い、古事記のなごりが多かった三輪《ミワ》の神山などは、その歴史、その信仰、古事記の記憶をくり返そうとするものにとっては、必深い印象を、目から心へ彫りこんでおかねばならぬ。

大和の外にも古事記の天地は極めて広かった。奈良山を越えて北へ、我々は宇治へ行こう。そうしてまず、宇遅能和紀郎子命《ウヂノワキイラツコノミコト》の今来《イマキ》の御墓に詣でて、かのふるごとぶみ（古事記）の伝えた、此川の渡りにおける、此皇子《ミコ》のますら雄啅《オタケ》びの御《ミ》姿を、思い見たてまつろうと思うのである。

■折口信夫（おりくち・しのぶ）／釈迢空（しゃくちょうくう）　明治二十（一八八七）年～昭和二十八（一九五三）年

・折口信夫五十六歳、太平洋戦争中の著作。山や自然に関係のある著作では、「山の湯雑記」（昭和十一年）、「山の音を聴きながら」（昭和十一年）、「万葉風土記」（昭和十九年）、「野山の春」（昭和二十二年）などが全集に収められている。また、大正八年秋には上高地清水屋に滞在し、大正十四年に北原白秋らと創刊した歌誌「日光」に「山道」を発表した。「ふたゝびを　み雪いたれる山のはだ　いまだ　緑にあるが、さびしさ」（徳本峠）、「峰々に消《ケ》ぬ　きさらぎの雪のごと　清きうなじを　人くびりけり」（小梨沢）、「山晴れて　寒さ　するどくなりにけり。膝をたゝけば、身にしみにけり」（上河内）ほか十六首。

出典＝「婦人画報」昭和十七年十二月号／『折口信夫全集』（昭和四十～四十三年・中央公論社）所収

室生犀星

# 冠松次郎氏におくる詩

## 冠松次郎氏におくる詩

劔《つるぎ》岳、冠松《まつ》、ウジ長《ちよう》、熊《くま》のアシアト、雪渓《せつけい》、前劔《つるぎ》
粉《こな》ダイヤと星《ほし》、凍つた藍の山《やま》々、冠松《まつ》、ヤホー、ヤホー、
廊下《らうか》を下《さ》がる蜘蛛《くも》と人間《にんげん》、
冠松《まつ》は廊下《らうか》のヒダで自分のシワを作つた。
冠松《まつ》の皮膚《ひふ》、皮膚《ひふ》に沁みる絶壁《ぜつぺき》のシワ、
冠松《まつ》の手《て》、手《て》は巌《いは》を引《ひ》ッ掻《か》く。
冠松《まつ》は考《かんが》へてゐる電車《でんしや》の中《なか》、
黒部峡谷《くろべけふこく》の廊下《らうか》の壁《かべ》、
廊下は冠松《まつ》の耳《みゝ》モトで言ふのだ、

松《まつ》よ　冠松《まつ》よ、

冠松《まつ》は行《ゆ》く、
黒部《くろべ》の上廊下《うは》、下廊下《した》、奥廊下《おく》、
鐵《てつ》でつくったカンヂキをはいて、
鐵《てつ》できたへた友情《いうじやう》をかついで、

劔《つるぎ》岳、立山《たてやま》、双六谷《たに》、黒部《くろべ》、
あんな大きい奴《やつ》を友《とも》だちにしてゐる冠松《まつ》、
あんな大きい奴《やつ》がよってたかって言《い》ふのだ、
冠松《まつ》くらゐおれを知《し》ってゐる男はないといふのだ
あんな巨《きよ》大な奴《やつ》の懐中で、
粉《こな》ダイヤの星《ほし》の下《した》で、
冠松《まつ》は鼾をかいて野営《やえい》するのだ。

■室生犀星（むろう・さいせい）　明治二十二（一八八九）年～昭和三十七（一九六二）年・冠松次郎（かんむり・まつじろう／明治十六年～昭和四十五年）は、大正七年から案内人の宇治長次郎（詩中の〝ウジ長〟）らとともに精力的に黒部渓谷踏査に挑み、大正十四年には下ノ廊下を鐘釣から平まで遡行、黒部川完全遡行の画期的な記録を残した。著書に『黒部渓谷』（昭和三年・アルス刊）ほか多数。冠は「冠松次郎氏におくる詩」を大町対山館で百瀬慎太郎に教えられ、著書『峯・瀞・ビンカ』（昭和十四年・三省堂刊）の巻頭に掲載した。両者に面識はなく、この時初めて冠が手紙を書いたという。室生犀星には、このほか冠松次郎を歌った詩「冠松を讃える」（「セルパン」昭和六年七月号）「絶壁をよじる人――冠松次郎におくる」（「若草」昭和九年一月号）がある（安宅夏生「室生犀星と冠松次郎」）。また、『鐵（くろがね）集』（昭和七年・椎の木社刊）の冒頭の「剣をもつてゐる人」「ノッソリと立つ者」の二篇は、冠の著書から着想を得たと考えられる。室生犀星は金沢市生まれで、小説「医王山」（「改造」昭和九年七月）、「奥医王」（「風雪」昭和二十五年四月）、「山も人も黙す」（「サンデー毎日」昭和三十三年一月）などの舞台として、故郷の山・医王山が登場する。「奥医王」を収めた『陶古の女人』の解説には「十九の時に山登りした最初の最後の山である。ゆめに通うというとかさだかだが、それほど好きな山である」と書いているが、これは十七歳の明治三十九年五月、俳句仲間と登ったものだという（森勲夫「室生犀星と医王山」）。
出典＝「読売新聞」昭和五年八月十七日付

# 宇野浩二　それからそれ

## 書斎山岳文断片

今年の三月上旬頃、井伏鱒二の『青ヶ島大概記』を読みながら（この小説は佳作である）、私は青ヶ島という言葉を何時《いつ》かずっと前、何かで読んだことがあると思って、絶えずそれが気になった。その時は直ぐ思い出せなかったが、それから一月《つき》程後、ふと、そうだ、志賀重昂（矧川）の『日本風景論』書出《かきだし》の文句の中にあった、と思い出した。

――「江山《こうざん》洵《じゅん》美《び》是吾郷《これわがきょう》」（大槻盤渓《おおつきばんけい》）と、身世《しんせい》誰か吾郷の洵美を謂はざる者ある、青ヶ島や、南洋浩渺《こうびょう》の間なる一頃の噴火島、爆然轟裂、火光煽々、天日を焼き、石を降らし、灰を散じ、島中の人畜殆ど斃れ尽く、僅に十数人の船を艤して災を八丈島に逃れたるのみ、而も此の十数人竟に其の噴火島たる古郷を遺却せず、火の熄むを待つこと十三年、乃ち八丈を出て欣々乎として其の多災なる古郷に帰りき、占守《シュムシル》や、窮北不毛の絶島（千島の内）、層氷累雪の処のみ、後、開拓使有使の其の土人を南方色丹《シコタン》島に遷徒せしむや、色丹の地、棋楠《オンコ》樹青蒼、落葉松濃かに、黒狐、三毛狐其蔭に躍り、流水涓々《けんけん》として処々に駛《はし》り、玉蜀黍穫べく馬鈴薯植うべく、田園を開拓するものは賞与の典あり、而も遷徒の土人、新楽土を喜ばずして、帰心督促、三々五々時に其の窮北不毛の故島に返り去る、（後略）――
『日本風景論』は明治二十七年十月二十九日に初版が発売され、私の持っている十一版は明治三十三年八月六日発行であるから、約六年の間に十一版を重ねている。これは当時の出版界では可なり読まれた証拠になる。尤も、私がこの本を買ったのは、今から十三四年前、本郷の古本屋である。

買った当時、私は嬉しくて、二三度この本を通読したものである。

一昨年の秋（？）のことである。私がその『日本風景論』を手に入れた頃、これも三度も四度も（それ以上）通読した『日本アルプス』の著者小島烏水に思いがけない所で知る栄を得たばかりでなく、その崇拝していた先輩から『氷河と万年雪の山』という本を贈られた。私は贈られたその日にその本を通読した。尤も、その本の中には既に新聞雑誌で読んだものが十数篇入っていたが。

（前記『日本アルプス』四巻は、四五年前、友人に貸し無くしたので、残念ながら、その初版出版年月を記憶しない。）

その『氷河と万年雪の山』の中の「槍ヶ岳の昔話」と題する一篇の中に、
「近ごろの古本漁りは、江戸時代は珍本どころか、大抵の安本までが、払底のため、明治時代に下って、初期の『文明開化』物から、硯友社《けんゆうしゃ》あたりの、初版本にまで及ばしているようだ。（中略）殊に私の興味をひいているところの山岳図書において、そうである。夏向きになると『日本アルプス』の名が、聞こえない日とては、無いようだが、ウェストンの『日本アルプス』を、幾人の日本人が所蔵しているだろうか。（中略）尤も孰《いず》れも英文であるから、日本人が所持していないとならば、志賀重昂氏の『日本風景論』はどうであろう。志賀氏の主張として、名ばかりの第何版でなく、実際改版毎に、新しい材料や挿絵を増加してゆかれたが、此本こそは、自然、殊に山水美を見別ける眼を、あけさせた点において、ラスキンの『近代画家論』に匹敵するとさえ思われる名篇で、（中略）チャムバレインの『日本案内記』から、ウェストンの『日本アルプス』へ引く一線と、志賀重昂氏の『日本風景論』から、私の『日本山水論』あたりへ引く一線とは、槍ヶ岳を中心にして結ばれているし、（中略）父なる日本の自然から、ウェストンは異母の兄として、志賀氏は同胞の兄として、私たちに送られたとも見られよう、但し重ねていうが、『私に関する限りにおいて』である。信濃路の旅行で、槍ヶ岳を遠望したことはあったが、私が登る気になったのは、志賀氏の『日本風景論』である。（後略）」という一節がある。

序《ついで》に小島烏水の『日本山水論』（明治三十八年初版）の中で、槍ヶ岳を書いた一節を紹介しよう。

「三　木曽山脈と相対して、高峻を競い、之を圧倒して、北の方越後海辺まで半天に跳躍犇放《ほんぽう》するものを飛騨山脈となす、（中略）

中央大山脈は鋸歯状に聳えて、四壑のために鉄より堅牢なる箍《たが》を匝《め》ぐらしたるもの、曰く鍋冠山、曰く霞沢山、曰く焼嶽、或ものは緑の莢を破りて長く、或ものは、紫の穂に出て高きが中に、殊に焼嶽（中略）は、常春藤の繞纏《じょうてん》せる三角塔の如く、黄昏《たそがれ》は、はや寂滅を伴いて、見る影薄き中に屹立し、照り添う夕日に鮮やかに、その破断口の鋭角を成せるところを琥珀色に染め、（中略）初めは焼嶽を指して、乗鞍と誤認したるほどなりき、乗鞍に至りては、久しく離別の後に、会合したる山なり、今日大野川に見て、今ここに仰ぐ、帽を振りて久闊を叫びしが、峰飛びて谿甕《せ》まる今も、山の峻峭依然として『余の往くところ巨人有り焉』（My giant goes wherever I go）と、そぞろ人意を強うせしめぬ、（下略）（拙著『鎗ケ嶽紀行』）

この一群中に卓絶せるを、鎗ヶ嶽となす、その矗々《ちくちく》として、鋭く尖れるところ、一穂の寒剣、晃々天を削る如く、千山万岳鉄桶を囲繞せる中に、一肩を高く抽《ぬ》き、頭《あたま》に危石あり、脚に迅湍あり、天柱屹《こつ》として揺がず、洵《まこと》に唐人の山水画、威武遠く富士に迫れども、大霊の鍾《あつ》まるところ、謙《へりくだ》りて之を凌がず、万山富士にはその徳を敬し、鎗ヶ嶽には其威を畏《おそ》る。（後略）」

『日本風景論』、『日本山水論』、『日本アルプス』その他の山岳書を読み耽った頃、私は『山恋ひ』という三分真実七分空想の中篇小説を書いた。その表題の脇に

北に遠ざかりて
雪白き山あり。
——小島烏水著「日本アルプス」の中の言葉

と題註のようなものを添えた。これは前記『日本アルプス』の中の何《ど》の辺に出ている言葉であるか、何分《なにぶん》今から十二三年前の作であるから、引用した私にも分らない、覚えていない。

ところが、最近、ふと『平家物語』を繙《ひもと》いた時、巻十の「海道下り」の終の方に、一谷で生捕された平重衡が、梶原景時に護送されて鎌倉に下向する途中、小夜の中山を通り過ぎるところで、

「……宇津の山辺の蔦の道、心ぼそくも打越えて、手越を過ぎ行けば、北に遠ざかりて、雪白き山あり、問へば甲斐の白根という。その時、三位中将落つる涙を抑へつつ、

惜しからぬ命なれども今日までにつれなき甲斐の白根をも見つ」

という一節を読み、十二三年前に作った小説の題の脇に添えた文句の出所を初めて知った

訳である。——

小夜中山というと、

甲斐が根をさやにも見しがけけれなく横ほりふせるさやの中山（古今集の内、東国歌）

年たけてまた越ゆべしと思ひきや命なりけりさやの中山（新古今集の内、西行）

の二首を私は思い出した。

小夜中山は、今の東海道線金谷駅から西方半里程の旧東海道にあるということである。私は小夜中山に行ったことはないが、沼津の牛臥でか、東海道線の沼津を過ぎた辺か、御殿場辺だったか忘れたが、汽車の窓から、富士の西に引く裾野の空に、雪を被った赤石山脈（或いは甲斐ヶ根或いは白峯、白根）の山々を眺めたことを覚えている。沼津と金谷（佐夜中山）とは可なり離れているが、赤石山脈ほどの高山であれば、東海道中の随所から望めるかも知れない。高山の遠望は今でも私の心を引く。

高山の遠望——といっても、私などの乏しい思出など述べて恥を曝すことは凡そ大人気ない事であるから、遠慮して、唯一つ、これも大人気ない話であるが幾らか愛嬌がある話であるから、書いてみる。——

或る年（大正末年頃）の二月頃、亡友直木三十五と日本アルプスを眺望するだけの目的で飯田町駅を夜の十一時の汽車で出発した。今考えると、どうしてそのような行先を選んだか見当がつかないが、木曽福島行の切符を買った。私たちはまだ三十歳を越したばかりの時だったから、「木曽福島」という名に憧れたのだったかも知れない。近松秋江が或る夏この木曽福島に何日か滞在した時の思出話に、大変涼しい、（それを秋江一流の美文調で聞かされた、）窓を開けると木曽の御岳山が月明の中に聳えているのが見える、――これは何と間違った話であろう。何故なら木曽福島のいかなる高楼に登っても御岳山のオの字も見えないからである。併しこれは恐らく私に劣らぬ机上山嶽家（当時は二人ともこの名にも値しない）であった秋江の空想談か、私が秋江の別の話をそんな風に取ったのか、――という話を私が思出して、先ず木曽福島に行こうと私が云い出したものか、或いは当時は直木も『木曽福島―御岳山―木曽節』などという甘い空想を抱くことが好きだったから、彼が木曽福島行を主張したのか、私は覚えていない。

唯、その時の記憶で最も私の印象に（今でも）はっきり残っているのは、乗換の為に塩尻駅で下りた時、満目悉く枯れ尽くした桑畑が日の下に曝されている野の果に、北アルプスの山々が、全山雪に蔽われているかと思われる程、余り白くて、じっと目を据えて正視できない程、二月の晴れた空の下、輝いていたパノラマ風の眺望である。直木も私も「あッ！」と云ったまま道の真ん中に突立った。今にして残念に思うのは、そんな事はあり得べきことではないが、十数年後に面識を得た、小島烏水か深田久彌が、突然私たちの傍に現れて、例えば、あれが乗鞍、あれが穂高、あれが槍、あれが何、等であります、と説明してくれたら、直木か私か、何方《どちら》かがそれ等の雪白き連山の見取図を描き、教えられるままに山々の名を書いて、永遠に保存することが出来たろう、という事である、直木はそんな見取図を描くことが好きであり、私もそんな「千載の一遇」の場合になれば山の見取図ぐらい描くことを辞さないつもりであるから。

因《ちなみ》に、その時の木曽福島の収穫は、その晩、私が、頭痛を起し、ミグレニンという薬を飲んだところ、ミグレニンの中に私の体質に合わないアンチピリンが入っていたので、却って発熱して寝てしまった代りに、直木は色町に出かけて木曽節と伊那節を習ってきたことと、御岳山登山口という石標を見たことだけであった。

その翌朝、私たちは木曽福島を立って大町に向かった。生憎、その日は朝から曇り日で、松本から大町行の汽車に乗った頃は、折角楽しみにしていた穂高、槍、大天井、燕などの名山は雲に隠れて見えなかった。唯、有明山が殆ど全く見えたのが一つの慰めだった。有明山は別名信濃富士と呼ばれる通り美しい優しい姿をしている。

信濃なる有明山を西に見て心ほそのの道をいくめり

これは西行の歌であるが、この山が見えた時、直木にこういう歌があるよ、と云うと、「西行らしい歌だな、」と彼が云ったことを思い出す。

私たちが大町に着いた時は小雨が降っていた。その晩、土地の妓を呼ぶと、(宿屋の番頭が二人か三人かと云うと、直木は見本のつもりだから一人でいいと云ったことを思出す。)妓の大きな島田髷《まげ》に白い粉のようなものがかかっているので、私が「君の髷に白い粉のようなものがついているよ、」と云うと、妓は「雪ですよ」と答えた。「粉雪か」と云って直木は微笑した。これは直木を知っている人だけにしか分らないが、直木の微笑は実に可愛い嫌味のない善良な純な無類の微笑であった。俳優(例えば中村鴈治郎の目)が際立って彼の芸を生かす場合、『目千両』という言葉がある。その言葉を捩って云うと、直木は『微笑千両』であった。直木を思出すと、私はいつもこの『微笑千両』の直木の顔を思出す。——

この時、私たちは一週間近く晴れる日を待ったが、(大町が曇っているのに松本の方の空が晴れていることがしばしばあったので、)とうとう、晴れて、鹿島槍岳、爺ヶ岳、蓮華岳等の所謂北アルプスの諸山を見ることが出来ずに、大町を引上げた。

その後、眺望でなく、私たち(直木と私)は本当に登山しようと思立ち、三年程の間、今年の夏は、来年の夏は、などと云いながら、結局、計画倒れになってしまった。

これから、書斎山嶽家(?)振りを述べるつもりだったのであるが、締切日の最後の時間になったので擱筆する。

（六月十一日）

■宇野浩二（うの・こうじ）　明治二十四（一八九一）年～昭和三十六（一九六一）年

・文中にある小説『山恋ひ』（大正十一年・新潮社）は、下諏訪で出会った芸者ゆめ子へ〝プラトン的な〟恋をした私が主人公。宿の部屋から見える名も知らぬ山や、車窓から見た南アルプス、八ヶ岳への思いが描かれる。最後の場面――「私はこの夜があけたら、……ああ、ひさしぶりで見る甲斐の山のことをかんがえると、ついにはそのためにだんだんねむれなくなって困ったくらいであった。」「甲斐駒ヶ嶽の、いびつになって、かたむきかかった、かっこうのいただきが、氷のようないろをしてひかって見えた。その後に、奥仙丈、地蔵、鳳凰の山々のいただきが、べつべつの氷のかたまりのような色をして、すくすくときそい立って見える。さて、目をうしろにやると、駿河との国さかいの、ばらいろをした空に、富士山がくっきりと版画のような、葡萄いろしてそめだされている。それから、私たちは、また右がわのドアを、前とおなじような、なんぎなおもいをしてあけて見た。と、そこにはすぐ目のまえに、築山の石の山のようなかっこうをして、いただきから砂糖をふりかけたように雪をかぶった、八つの峯が、ならび、そびえている、八ヶ嶽が藍いろをしてそびえて見える」。山岳眺望をテーマにしたエッセーでは「山山の眺望」（「山と溪谷」昭和三十年四月号）がある。また、自らを〝書斎山嶽家〟と呼ぶ宇野浩二だが、大阪府立天王寺中学校時代には、生駒山、比叡山、信貴山、金剛山、六甲山、大峰山などに登っている（「半世紀前の登山話」「山と溪谷」昭和九年十月号）。

出典＝「山」昭和九年七月・梓書房

# 芥川龍之介　槍ケ岳に登った記

## 赤　沢

雑木の暗い林を出ると案内者がここが赤沢ですと云った　暑さと疲れとで目のくらみかかった自分は今迄下ばかり見て歩いていた　じめじめした苔の間に鷺草《さぎそう》のような小さな紫の花がさいていたのは知っている　熊笹の折りかさなった中に兎の糞の白くころがっていたのは知っている　けれどもいったい林の中を通ってるンだか　藪の中をくぐっているンだかはさっぱり見当がつかなかった　唯無闇に　岩だらけの路を登って来たのを知っているばかりである　それが「此処が赤沢です」と云う声を聞くと同時にやれやれ助かったと云う気になった　そうして首を上げて、今迄自分たちの通っていたのが　繁った雑木の林だったと云うことを意識した　安心すると急に四方のながめが眼にはいるようになる　目の前には高い山を聳えている　高い山と云っても平凡な　高い山ではない　山膚は白っちゃけた灰色である　其灰色に縦横の皺があって、くぼンだ所は鼠色の影をひいているつき出た所ははげしい真夏の日の光で雪がのこっているのかと思われる程白く輝いて見える　山の八分が此粗い灰色の岩で後《アト》は黒ずンだ緑で斑につつまれている　其緑が縦にMの字の形をしてとぎれとぎれに山膚を縫ったのが　何となく荒涼とした思を起させる　コンな山が屏風をめぐらしたようにつづいた上には浅黄繻子《しゆす》のように光った青空がある　青空には熱と光との暗影をもった　溶けそうな白い雲が銅をみがいた様に輝いて　紫がかった鉛色の陰を　山のすぐれて高い頂に這わせている　山に囲まれた細長い渓谷は石で一面に埋められていると云ってもいい　大きなのやら小さなのやら　みかげ石の眩ゆいばかりに日に反射したのやら　赤みを帯びたインク壺のような形のやら　直八面体の角ばったのやら、歪ンだ球のような円いのやら　立体の数をつくしたような石が　雑然と狭い渓谷の急な斜面に充たされている　石の洪水　少し可笑しいが全く石の洪水と云う語がゆるされるのなら正しくそれだ　上の方を見上げると一草の緑も　一花の紅もつけない石の連続がずーうっと先の先の方迄つづいている　いちばん遠い石は蟹の甲羅位な大きさに見えるそれが近くなるに従ンでだんだんに大きくなって　自分たちの歩《あし》もとへ来ては　一間に高さが五尺ほどの鼠色の四角な石になっている　荒廃と寂寞――どうしても元始的な　人を跪《ひざまづ》かせなければやまないような強い力が此両側の山と　其間に挟まれた谷との上に動いているような気がする　案内者が「赤沢の小屋ってなアあれですあ」と云う　自分たちの立ている所より少し低い所にくくり枕のような石がある　それがまたきわめて大きい　動物園の象の足と鼻を切って　胴だけを三つ四つつみ重ねたらあの位になるかもしれない　其石がぬっと半起きかかった下に焚火をした跡がある　黒い燃えさしや　白い石がうずたかくつもっていた　あの石の下に寐《ね》るんだ相だ　夜中に何かの具合であの石が寐がえりを打ったら　下の人間はぴしゃんこになってしまうだろうと思う　渓谷の下の方は此大石に遮ぎられて何も見えぬ　目の前にひろげられたのは唯　長いしかも乱雑な石の排列　頭の上におおいかかるような灰色の山々　そうしてこれらを強く　照す真夏の白い日光ばかりである。

自然というものをむきつけに目のあたりに見るような気がして自分は愈々《いよいよ》はげしい疲れを感ぜざるを得なかった

## 朝三時

さあ行こうと中原が云う　行こうと返事をして手袋をはめている中に中原はもう歩きだした　そうして二度目に行くよと云ったときには中原の足は自分の頭より高い所にあった　自分上を見るとうす暗い中に夏服の後姿がよろけるように右左へゆれながら上って行く　自分も杖を持って後について上りはじめた。上りはじめて少し驚いた　路と云っては素より何

にもない　魚河岸へ鮪《まぐろ》がついたように雑然ところがった石の上を　ひょいひょいとびとびに上るのである　どうかするとぐらぐらとゆれる奴がある　おやと思って其次の奴へ足をかけるとまたぐらりと来る　仕方がないから四つん這いになって猿のような形をして上る　其上にまだ暗いので何でも判然とわからない　唯まっ黒なものの中をうす白いものがふらふらと上ってゆく後を　いい加減に見当をつけて這って行くばかりである　心細い事夥《おびただ》しい　おまけにきわめて寒い　昨夜ぬいで置いた足袋が今朝はごそごそにこわばっている　手で石の角をつかむたんびに冷さが毛糸の手袋をとおして浸みて来る　鼻のあたまがつめたくなって息がきれる　はっはっ云うたびに口から白い霧が出る　途中でふり向いて見ると谷底迄黒いものがつづいて其中途で白い円いものと細長いものとが動いていた「おおい」と呼ぶと下でも「おおい」と答える　小さい時に堀井戸の上から中を窺きこンでおおいと云うとおおいと反響をしたのが思い出される　円いのは市村の麦藁帽子、細長いのは中塚の浴衣であった　黒いものは谷の底から猶《なお》上へのぼって馬の背のように空をかぎる　其中で頭の上の遠くに　菱の花びらの半ばを尖ったほうを上にして置いたような貝塚から出る黒曜石の鏃《やじり》のような形をしたのが　槍ケ岳で、その左と右に歯朶《しだ》の葉のような高低をもって長くつづいたのが　信濃と飛驒とを限る連山である　空は其上にうすい暗みを帯びた藍色にすンで　星が大きく　明に白毫のように輝いている。槍ケ岳と丁度反対の側には月がまだ残っていた　七日ばかりの月で黄色い光がさびしかった　あたりはしんとしている。死のしずけさと云う思いが起ってくる　石をふみ落すとからからという音がしばらくきこえてやがてまたもとの静けさに返ってしまう。路が偃松《はいまつ》の中へはいると歩くたびに　湿っぽい　鈍い重い音はがさりがさりとする。ふいにギャアと云う声がした。おやと思うと案内者が「雷鳥です」と云った　形は見えない　唯闇の中から鋭い声をきいただけである　人を呪うのかもしれない　静な　恐れをはらんだ絶嶺の大気を貫いて思わずもきいた雷鳥の声は何となく　或るシムボルでもあるような気がした

■芥川龍之介（あくたがわ・りゅうのすけ）明治二十五（一八九二）～昭和二（一九二七）年。・明治四十二年八月、東京府立第三中学校（現、両国高校）五年生。友人四人と上條嘉代吉（嘉門次の長男）の案内で槍ヶ岳に登った。紀行文は、登山直後に書かれたと考えられる「槍ヶ岳紀行」（葛巻義敏編『芥川龍之介未定稿集』昭和四十三年・岩波書店）、明治四十四年ごろに執筆された、この「槍ケ岳に登った記」、大正九年七月に発表された「槍ケ嶽紀行」（「改造」）の三作品がある。「槍ヶ岳紀行」は東京から島々まで、「槍ヶ岳に登った記」は赤沢から槍ヶ岳の登りまで、「槍ケ嶽紀行」は島々から赤沢の登りまで。いずれも頂上の記述はないが、同行した中塚癸巳男の回想記「小倉三郎君と島田藤君併せて芥川龍之介君」（『失いし山仲間』昭和四十七年・一高旅行部縦の会編）によって登頂が明らかになっている。山崎安治『登山史の発掘』（昭和五十四年・茗溪堂）に詳しい報告がある。
出典＝『芥川龍之介全集』別冊（昭和四年・岩波書店）／『芥川龍之介全集』第十二巻（昭和五十三年・岩波書店）所収

# 佐藤春夫　戸隠

（丁亥の晩夏その地に遊びて）

山里《やまざと》は海を忘れて雲に入り
秋草《あきくさ》にほふ五千尺《せんじやく》
車はうねりあへぎ来て
麻生《あさふ》に風はめでたし。

秋立ちてはや幾日
この高原《たかはら》の萱叢《かやむら》に
玉簪花《ぎぼし》はしぼみ衰へて
籔萱草《やぶくわんざう》の花露けく
臙脂《えんじ》濃き昼顔の末枯《うらがれ》ゆけど
鶯の老《おい》をも知らで歌ふなり。

老詩生わが友が住む越《こし》の国につづく道の辺《ほとり》

狭霧《さぎり》晴れゆけば連峯は痩せて岩根こごしく
夜《よる》は太古に似て星あざらけし。
眸《ひとみ》うるほひて十九《つづ》とかや足音《あのと》しづかに
娘《むすめ》子は白く蕎麦《そば》は黒し戸隠の坊
庭に檀《まゆみ》の赤らみそめしを
啄《ついば》むと黒つぐみの日毎《ひごと》に訪《おとづ》れて。

戸隠の岩根こごしく秋晴れぬ

■佐藤春夫（さとう・はるお）　明治二十五（一八九二）年～昭和三十九（一九六四）年
・佐藤春夫は昭和二十年四月～二十六年十月、長野県北佐久郡平根村（現、佐久市岩村田）に疎開し、佐久ホテルに滞在した。この時期の詩集としては『佐久の草笛』（昭和二十一年・東京出版刊）、『抒情新集』（昭和二十四年・好学社）などがある。『まゆみ抄』は信州での日々を書いた詩文集で、「樹下石上の歌」「浅間の噴火を見て」「姨捨」「木曽の秋」「浅間の初雪」などを収める。年譜によると、戸隠旅行は昭和二十二年八月、浅間山噴火は同年七月六日のことだった。詩の中の「老詩生わが友」は堀口大學。一方、堀口大學は「わが山」で「犀星が越後の山か／紀の国の春夫の山か」と詠った。
出典＝初出不詳／『まゆみ抄』（昭和二十三年・信修社）

# 堀口大學　山腹の暁／富士山　この山

## 山腹の暁

心に歓《よろこ》びが生れるやうに
闇の中から光が生れる。
夜《よる》の中から山巓《さんてん》が生れる。
劫初の世界を私《わたし》は思ふ。

明けかかる山巓を私は見詰める、
残る睡気《ねむけ》が白雲《はくうん》となつて
山の嶮《けは》しい額《ひたひ》を離れる。
銀糸《ぎんし》のほのかな光が
私の足もとにも這ひ寄つて来る。

私の足下にはまだ、五千尺、夜が在る。
東の空、はるかな雲間《くもま》の光源を中心に、
振られた銀鈴の内側のやうに
天地を満たして暁の翼がわななく。

ふと一羽の鷹が飛びたつ、
私の耳を掠《かす》めて
拍手《かしはで》のやうに羽搏《はばた》いて。

いち早く光を追ふて
天《あま》がける精悍《せいかん》な巨鳥《きよてう》の姿に、羽音に、
私の目は、耳は、消えるまで追ひすがる。

風は山気を吹きおろし、
天の泉で私の心を洗ふた。

（昭和二十三年『白い花束』）

# 富士山　この山

僕の生活圏　関八州
そのどこからも見えるから
どこから見ても正面だから
僕　この山が好きなんだ

見るたびに　眺めるたびに
心が洗い浄《きよ》められ
身のひき締る思いがするから
僕　この山が好きなんだ

雲居の高きに在りながら
老若の足に踏ませて
自らも楽しむものの如くだから
僕　この山が好きなんだ

火を噴《ふ》かず　煙《けむり》もあげず
雲霧《くもきり》を相手にあそび
風雪に堪えているから
僕　この山が好きなんだ

朝《あした》は茜《あかね》　ゆうべは錆朱
姿いっぱい錦《にしき》着て立ち
神《かん》さびて動じないから
僕　この山が好きなんだ

春秋と符節《ふせつ》を合わせ
日月《じつげつ》と約を守って
夜も眠らず立っているから
僕　この山が好きなんだ

（昭和五十五年『秋黄昏』）

■堀口大學（ほりぐち・だいがく）　明治二十五（一八九二）～昭和五十六（一九八一）年
・昭和二十年以降の作品に、「山巓の気」（『山巓の気』昭和二十年・生活社）をはじめ、山に関係したものがある。「妙高山」（『夕の虹』昭和三十二年・昭森社）は、自身が長岡で育ち、夫人の実家の妙高山麓関川村に、昭和二十年疎開したことから馴染みのある山。昭和二十九年には穂高連峰の涸沢まで登り「徳澤園で」（『夕の虹』）とエッセー「山の石」（『捨菜籠』昭和四十七年・彌生書房）を書いた。白馬岳に眠る長男を思う詩が「わが山」（『夕かげの虹』昭和四十六年・筑摩書房）。そして、『夕かげの虹』以降、富士山を詠った作品が多数。富士山については「ぼくの富士山」（「朝日新聞」昭和三十八年七月二十五日）に書く。「富士山へは三度登った。三度とも五合目までしか行かないのだから、三度富士登山したとは言えないかも知れない。この話を人にすると、聴く人は必ず言う。〈折角五合目まで行ったのなら、なぜ頂上をきわめないいか、惜しいじゃないですか?〉このそしりに対するぼくの返答は、あらかじめ用意してある。〈頂上をきわめたのでは富士山がなくなってしまう。あの美しい山姿が見えなくなる。この方がぼくには余計に惜しい。〉だが、これは詭弁でしかない、足弱の負け惜みだ。三度とも五合目までしか行かない理由は、足が弱くて、それ以上は登れないからだ。」
出典＝「山腹の暁」『白い花束』（昭和二十三年・草原書房）／「富士山　この山」『秋黄昏』（昭和五十五年・河出書房新社）

# 水原秋桜子　残雪（抄）

（一）

松本行の列車が甲信国境に近づくと、日野春、小淵沢あたりの大きな農家の門辺に、古風な武者幟が立っていた。……山はすべて雲にとざされ、いまにも驟雨の来そうな空模様であるが、山村はいまが忙しい最中であるらしく、人々は田畑に出て働いている。桑が伸び、畦が塗られ、鋤き返されて水を張った田もすくなくない。

甲斐駒の雲に雷をり早苗採

国境をすぎたのち、富士見であったか青柳であったか、駅の近くに見事な芍薬を咲かせている家があった。山峡を抜け出たためか、空もかなり明るくなり、八ヶ岳のひろい裾野が右の車窓に傾いて、水量のゆたかな小川は、すべて波を立てつつ西に向って流れて行く。

芍薬や遠雲ひらく諏訪平

一行はみな山好きである。岳陽君はじめ風の会九名、婦人句会四名、それに私としづ子が加わっている。目的地は北アルプス唐松岳の八方尾根で、ここには八方荘という山荘があり、後立山連峰を一望にあつめることができる。

私は、今までたびたび信州に来ているが、この線を通るのははじめてなので、景色から眼をはなすことができない。間もなく梓川をわたり、高瀬川をわたる。この二川はともに槍ヶ岳から流れいで、やがて合して犀川となるのである。空は次第に晴れてきて、折々残雪のきびしい山が姿を見せるが、まだ全容を現わすものはない。

餓鬼岳ののぞくや紫雲英田をおほふ

紫雲英はいまが盛りでまことに美しい。大町に着いて、はじめて針木岳がその全容を雲の上に見せた。ここからさき、左手に木崎、中綱、青木の三湖がつらなって見える。山峡の湖なので、どれも幽邃《ゆうすい》な感じのものかと思っていたが、周囲に木立が少なくて存外明るい。

鴨翔けて苗代案山子見送れる

これは木崎湖の景である。湖上には一舟もなく、舟着場のほとりの苗代から、鴨が二羽飛び出して、しずかに湖面をわたって行った。

田を植ゑて汀の蕗に到りけり

これは中綱湖、三つの中では一番小さく、ここにも舟は見えなかった。岸ちかい田は殆ど植付が終って、渚には四、五人の釣人が立っている。

青木湖の北の端に、わずかながら雪嶺が映っていた。空はますます明るさを増して、四谷駅に下り立つと、白馬岳の雪渓が冷えびえと眼に迫って来た。ここで地勢のことを簡単に述べておく。いま私達は西に向って立っているのだが、正面はこれから登ってゆく唐松岳の八方尾根、右に白馬連峰がつらなり、左に五竜岳が聳えている。しかしこれは残雪のきびしい山稜を見せるのみであった。

花すぎし林檎や雲に五竜岳

部落の端から、八方尾根の兎平まで空中ケーブルが架けてある。六人乗で二十分ほどを要するが、次第に登って行くにつれ、木々の新緑が美しい色を重ねており、そのあいだに露出する山肌には大小の残雪が敷いている。唐松岳から舞い出た鷹が一羽、悠々と輪を描きながら、急角度にそのうえに下りて来たのを、先刻から動かしていた、たかし君の八ミリレンズが素早くとらえた。

残雪を摑み羽搏つは鷹ならむ

皆、ジャケツを重ねたり、靴を穿きかえたりして出発した。八方尾根は唐松岳の頂上までつづいているが、割合にひろく、道は初めのあいだ五竜岳に面した方についている。そのため視界に入るのは五竜岳つづきの山稜だけで、白馬岳側は白樺その他の木立に遮られて見えない。もちろん一直線の登りではなく、いくたびか電光形に曲るので、南に曲って尾根の端まで来る毎に、五竜岳から流れ出る平川の谷が深く抉れて俯瞰された。

やがて黒菱小屋へ行く道との岐れ目に来た。片栗の花が点々と咲いている。石に腰をおろしてふり返ると、山荘の青い屋根がかなり小さくなり、それからさらに下の谷には東急経営の新築のホテルが見える。平川の磧《かわら》は尾根の麓で北へ曲って行くが、ここには白馬岳から流れ出る松川の磧も見え、やがてこの二つの川は姫川となって、糸魚川から日本海に注ぎ入るのである。

私が中学を卒業した頃、小島烏水氏の「日本アルプス」という本が出来て、その名がようやく世間に知られるようになったが、それと前後して、吉江孤雁氏の『高原』という随筆集が出版された。正方形にちかい小型本で、白いケント紙に「高原」と金で押捺してあるだけの装幀であったが、実に清楚で感じがよかった。内容は信濃路の旅に関するものばかりで、私はこれによってはじめて姫川の谷のことを知った。春まで深い雪の残っているこの谷が、当時の中学生の頭には秘境のような印象をあたえ、それがいつまでも褪せることなく残っていたのだが、近年になって北陸線を往復することが度重なるにつれ、日本海に注ぎ入るあたりの景も見たし、いままたその源流を見下ろして、私はひとり五十年の昔に思いを馳せることができたのであった。

登るにつれて、残雪が次第に多く、白馬側へ曲る道では、急斜面にそれの凍りついているような場所があった。先頭に立った二、三人から報告をきくと、ピッケルを携えた人達がすでに馳けて行って、雪に深い足場をつくり、女流の人達には介添として一人ずつ付いて、十五米ほどあったその難所をわたしてくれた。しかし、そのため思わぬ時間を費したうえに、吹きおろして来る霧がいよいよ濃くなり、その霧を透して、上には大きな雪渓のあることがわかったので、たかし君がここらで戻ろうかと言ったとき、また先頭に立っていた立男君達が引き返して来て、意外なことを報告した。松本で遅れた靖一、蓁樹両君がこの雪渓の上に居るというのである。私達は耳を疑ったが、やがて両君は霧の中から姿を現わした。聞いてみると、八方荘で一休みもせず、黒菱小屋を廻ってひた登りに登って来たのだそうだ。しかも黒菱小屋附近の湿原に水芭蕉が沢山咲いていたという話なので、私達は帰途をその方向に変えることを希望した。リーダー達も先刻の凍雪渡りに危惧を感じていたとみえ、異議なく賛成してくれたから、一行は雪渓の端に沿って百メートルほど登り、そこから北東の方向へ険しい道を下りて行った。

間もなくひろい雪渓があり、それを下ることに難渋したが、靴の踵をつよく使うことを教えられて、滑り転ぶ者もなく、遙か下に見えていた黒菱小屋に到着した。ここは北と西とを斜面に囲まれているため、すでに暮色も深く、小屋には電灯がともっていたが、二つの斜面はいずれも雪を敷いているので、その雪明りが小屋の前にある湿原を照らし、水芭蕉の花の蘂もまだはっきり見えるのであった。

唐松岳雪渓を垂れぬ水芭蕉
古雪もいまは暮れゆく水芭蕉

黒菱小屋から八方荘までの道は、険しい場所を越えることもなく、三十分ほどで私達は帰り着いた。まだ薄暮の光があたりに残っていた。私はあまり疲れることもなく、膝も全く痛まない。大学時代この方、山登りをすれば必ず痛んでいた膝が、蔵王、立山などに登って以来、忘れたように癒ってしまったのは全く不思議である。

（二）

八方荘のあたりは残念ながら霧が深い。私達は朝食後、山歩きの仕度をして、もう一度水芭蕉を見に出かけたが、二、三町も登らぬうちにはげしい雨が降り出したので、断念して山荘に引き返した。

一時半、つよい雨の中を出発、麓まで下ると小やみになっていた。細野部落のあたりは先刻の雨にいたく濡れた様子で、田は植付けを半ばにしたまま、まったく人影を見せていない。

風雨来てきのふの牡丹崩れ落つ

雨はまだ降りつづいていたが、電車が中綱湖をすぎる頃から薄日が洩れはじめ、大町近くまで来ると、田の上に虹が立った。およそ十枚ほどの田に跨がる鮮やかな虹で、完全な半輪形を描いていた。田に働く人々はそれを知らぬらしく、泥をはねあげつつ耕馬に鞭打っている。

虹低し種蒔爺の爺ヶ岳

残雪の山々が雲の上に見えている。山の名の中には残雪の形に由来するものが相当にあって、白馬岳《しろうま》なども、代掻馬《しろかきうま》に似た残雪によって、名付けられたもの、蝶ヶ岳もおそらく同じことであろうと思うが、この附近にある爺ヶ岳もその一つで、残雪の形が種蒔の老爺に似ているのだそうである。私は前に小島烏水氏の著した「日本アルプス」のことを書いておいたが、ちょうど同じ時代に信濃出身の丸山晩霞という水彩画家があり、よく郷土の山々を描いて展覧会に出品していた。爺ヶ岳も私はその丸山氏の絵によって知ったので、いま雲間に見えている幾座かのうちの一つにちがいないと思った。

二十二日。

七時半、頼んで置いたハイヤーが来たので出発する。一度峡の入口へ後戻りしたのち、北寄りの道を登って行くのだが、それは十五分ほどで行きつまり、あとは電光型に急峻な道を登りつめて行く。頂上ちかくなるにつれ、白樺林の中に鳴く時鳥の声が断続してきこえていたが、やがてその林をすぎると、起伏の大きい草原になって、間もなく王ヶ頭《おうとう》の下にある広場についた。

ハイヤーを下りると、この辺は風の吹き集るところとみえて、私達は思いもよらぬ寒さに襲われたが、西空にひろがる大景は、その寒さをわすれさせるほど見事なものであった。松本平を距てて、正面には穂高岳と槍ヶ岳とが聳え、北に向ってつづく常念岳、燕岳、針木岳、鹿島槍ヶ岳、また昨日は雲をまとっていた五竜岳、唐松岳、白馬岳などが、片雲もまとわず真白にかがやいている。すでに溶雪季に入っているのだが、今年は特に残雪が多いとみえて、たかし君が指さし教えてくれた爺ヶ岳の雪も、まだ種蒔爺の形を現わしていないのであった。

穂高岳からすこし南へ離れて立つのは乗鞍岳、さらに南へ同じほどの距離を置いて木曽御岳、この二座のおおきな山に圧倒されて、木曽谷をへだてた駒ヶ岳や恵那山がやや低く見えるのも是非がない。再び眼を北方に転ずると、白馬岳から東へはなれて妙高山系、さらに幾山波の東南には、浅間山の噴く煙さえ明らかに眺められるのであった。

飛驒ふかき雪解の山も雲置かず

雪解山幾座雪崩の痕ふかし

雪解山北に遠きは雪鎧ふ

私達はゆるやかな廻り道を通って王ヶ頭へ登った。……東南の空には南アルプスの山々が見えている。

残雪や山垣へだつ塩見岳

馬柵《ませ》絶えて深山《みやま》をだまき咲きつゞく

時鳥が二声三声を残しつつ、谿の方へ翔け下りて行く。鮮やかな新緑に覆われた谿だが、そこにはまだ花をつけた山桜が、かすかな風にゆらぎつつ、大きな枝をさしのべているのであった。

うすれつゝ高嶺なほ見ゆ山ざくら

（昭和三十六年）

（句を中心に抄録とした）

■水原秋桜子（みずはら・しゅうおうし）　明治二十五（一八九二）年～昭和五十六（一九八一）年
・「俳句を織りまぜた紀行文」について、「この仕事でむずかしいのは、文章で俳句の内容を説明せぬことで、それをしたらいけないということはわかっているのだが、つい筆が説明の方へ傾きがちになる。その一見やさしそうに見えて、むずかしいところが、興味の尽きぬ原因であるかもしれない。」（「馬酔木」昭和三十六年十月号）。山岳に関する紀行文は、「乗鞍岳」（昭和十年）、「望岳行」（昭和十一年）、「谷川岳の麓へ」（昭和二十五年）、「白根登山のたより」（昭和三十二年）、「簗と谷川岳」（昭和三十九年）、「月山」（昭和四十四年）、「立山雑記」（昭和四十四年）が全集に収められている。
**出典**＝『水原秋櫻子全集』（昭和五十三年・講談社刊）

# 結城哀草果　蔵王山ほか

## 蔵王山

西方《さいはう》に日はおちゆきて蔵王嶺《ざわうね》の雪雲《ゆきぐも》しばし茜《あかね》ににほふ

山小屋《やまごや》に焚火しをれば夜《よ》の谷に頽雪《なだれ》おこりてしばらくきこゆ

さにづらふをとめの面《おも》も雪やけて蔵王山を下《くだ》り来にけり

（昭和十一年・『群峰』）

## 鳥海登高

鳥海山西《にし》の裾野《すその》に干草《ひぐさ》刈る庄内娘《しやうないおばこ》の覆面あはれ

鳥海山は海《うみ》のなかまで裾《すそ》をひきさはるものなくそびえたまへる

眼《まなこ》つむれどさだかにしみゆ雪渓《せっけい》にかなしく萠《も》ゆるみやまおほばこ

（昭和十五年・『まほら』）

安達太良連峰

鐵山《くろがねやま》の頂に押してくる雲に赤き蜻蛉らみだれつつとぶ

鬼面の尾根越し難くゐる雲が会津の湖《うみ》を恋ふといはなくに

安達太良の嶺にのぼりし月読はわが窓めぐり夜すがら照るも

（昭和二十四年・『おきなぐさ』）

朝日連峰

寒江山《かんこうざん》をのしゆきし雲が以東嶽中俣の崖を走るときのま

目下《まなした》に四方《よも》の群山ねむれるを大朝日山上射る日の光

樵の木下の笹床に夜半寝返れば星ゐる天ゆ露しきり降る
シナノキンバイ黄に照る花が忽《たちま》ちに濃き霧なかに遠退くごとし
（昭和二十六年・『おきなぐさ』）

## 飯豊山塊

飯豊山は夏の余光を嶺にうけ息づまるまでに暗々と立てり
頂は会津の空に影をひき赤く殺ぎたる裏磐梯みゆ
朝の日は大日嶽牛首峰《だいにちだけうしくびみね》に直射して暗き実沢《さねざわ》に鳥が音おこる
（昭和二十六年・『おきなぐさ』）

## 奥会津・燧嶽・尾瀬

白雲はしづかに動き尾根を這ひ谷にしづみぬ午後七時の山
皿伏山に湧ける夏雲一押しに尾瀬沼うづめ燧嶽を蔽ふ

ワタスゲの冠毛が飛び来て水に浮き湿原に梅雨ばれの光あまねし
（昭和二十七年・『おきなぐさ』）

## 早池峰山

北上山塊青黒くつらなりて日の照る目路に姫神山立つ

頂上を霧濛々と飛びすぎてわが目の高さに照る六日月

霧風のつよく吹きあげ吹くくだる岩ごもる音わが背にひびく
（昭和二十七年・『おきなぐさ』）

■結城哀草果（ゆうき・あいそうか）明治二十六（一八九三）年～昭和四十九（一九七四）年
・結城哀草果は斎藤茂吉に師事し、昭和元年「アララギ」選者。生涯を山形の農村に暮らした。昭和三十年「赤光」創刊。『群峰』『まほら』（アララギ叢書）、『おきなぐさ』（赤光叢書）から山岳詠を抜粋した。五十代以降の登山が多く、『おきなぐさ』に山の歌が多く見られる。「農村生活を対象とした作風をおしすすめたほかに、山岳詠その他について、いくらか新しい方向を試みた」（「あとがき」）。
出典＝『群峰』（昭和二十一年・青磁社）『まほら』（昭和二十三年・養徳社）、『おきなぐさ』（昭和三十五年・豊文社）

# 大佛次郎　山と私

中学生の時分だから大正の初めだったろう。英人のウエストンさんの講演を聞いた。神田に在った教育会か何かの二階の講堂で、夜だった。板の天井にさがった裸か電灯が、わびしく薄暗かったのを記憶している。現代だったら、よほど田舎の小学校でないと、あんな粗雑な建物も、よごれた窓ガラスもないだろう。ウエストンさんの話は、南アルプスに登った報告で、幻灯入りであった。通訳をした小島烏水氏の額が禿げ上って広かったのと、幻灯の初めに、甲州の田舎道のガタ馬車が出て、ウエストンさんが、「この馬車は、奥さんをお持ちの方には、あまりお勧めしたくないように思う」と言ったので聴衆が笑ったのを記憶しているだけである。ウエストンさんが、どんな風采のひとだったかも覚えてない。

山の講演会などに私が出かけたのは、長兄が甲府の中学校で英語を教えていて、甲府から見た秋冬の西山（南アルプス）の美しさを聞いていたせいに違いない。これも名を長尾さんとだけしか記憶していないが、あまり有名でない洋画家が、甲府から見た日没時の南アルプスの雲を描いた画が、やはり兄のところに在った。光が消えて行くのを追って、気違いのように急がしく絵具をしぼり出して描いたものだと聞いた。夕焼に燃えて飛ぶ雲を泛《うか》べた空の深い浅黄色が子供ごころにも美しく頭に残った。南アルプスの山列は、茄子紺の色調で輪郭だけのものに成り、やや緑を残した八つ岳の長い裾が右手前に曳いてあった。ウエストンさんは、茄子紺色をした山に登った話をしたのである。あまり鮮明でなかった幻灯にあらわれた山々が頭に残らなかったのは、写真があまり美しくなかったし、樹木ばかり繁っていて暗く単調だったせいのようである。

ウエストンさんが、普通の西洋人よりも優れたひととも考えなかった。日本人も行かない山に西洋人で登るとは、よほど物好きなひとだろうと考えて帰って来た。

その前後に兄が白根に登った。その頃の富士登山のように着ござと菅笠、草鞋《わらじ》、脚絆がけで、誰れか中学生を連れて行ったのである。現代式の登山では、もとより有りようがない。その紀行文が「山岳」に出たので、この雑誌を初めて手に取って見た。画や写真の美しい雑誌だと思った。

高等学校に入ると山岳部があったが、私は遂に山に惹かれなかった。藤島敏男が同級生にいたが、彼がやがて山登りの大家に成るとも一所にいて知らなかった。

中学生の時に、私は友達と二度、富士山に登った。最初の年に雲にかこまれて、頂上から何も見えなかったのが残念で、次の夏も出かけたのである。その帰りに、ジクザッグな道を走って降りて、足を滑らせて崖から落ちた。軀が宙に浮いて下に落ちてから、二三転し手に持っていた金剛杖が偶然に脚にからんだので、急斜面に、左の顔面を突いて停った。須走りの道だったので、こまかい焼石の破片が深く積って柔かったので、揉み上げに今も禿を残した程度の怪我ですんだ。しかし、起き上ると、すこし下に大きな溶岩の脈《みゃく》が赤黒く長々と露出しているのに気がつき、よく、それに頭をぶつけなかったと思い、ぞっとして動けなく成った。友達が斜面をつたわって助けに来てくれて、あとは、大きなばん（ママ）即効を傷に貼り元気で歩いて帰ったが、それから、高いところから下を覗くと、吸い込まれるような気がして、その後、山へ行く元気など、失った。

　物事に対する大部分の興味を私は読書から導かれた。山の話を読み、美しい写真を見るのが好きになったのは、大学を出てからであろう。つまり書斎のアルピニストなのである。スキーに赤倉や志賀高原へ行くように成ってから、冬山の神々しい美くしさを知った。夕方、あたりの雪の山の間に、信濃平（？）の盆地が暮れて来て、タンクに貯めた水に沈んだように青く見え、冷たい大気の中に村々の灯がまたたくのを見る時など、息もつまるような感動を誘われた。若い時から山へ行って置けばよかったと再三考えたが、もう遅いようである。前からヨーロッパへ行くつもりでいた。その希望も、画とアルプスを見たいことに尽きた。現在もそう思っている。ヒマラヤなど、贅沢は言わない。これは本や映画で見ることにして置く。山は登らずに好きなのである。

外交官だった友達が、アルプスの山上のホテルに泊って、スキーをして、夕方、帰って暮れて行く雪と氷の嶺を眺めていたら、食堂でベエトオヴェンの第九シンフォニーをレコードで掛けていた。要らぬことと最初は思ったのが、聞いている内に、壮大な山々と音楽とが不思議な調和を生んで、何とも云えぬ心持がしたと話したのを、私は素直にうなずくことが出来た。峯々の圧倒するような沈黙を聞くほかに、そう言うことが在るに違いない。スイスには行き度い。

小説の「旅路」を書く時に、私は主人公を山に登らせたいと望んだ。横浜医大病院にいた片岡鉐雄さんが連れて行ってくれることに成り針の木峠に出かけた。その経験は、小説の中に、ありのままに書いた。小説の主人公がしたように私は針の木岳の急斜面で落伍して、尾根の匐松《はいまつ》の間に座って、しばらく動けなかった、手術前の病軀弱体でもあったし、夜明けに蓮華岳の黒い山塊の上に見た細い月、雲海に泛《うか》んで、持って帰りたく成るくらいに小さく遠く可愛らしく見えた富士の姿。それから蓮華岳の尾根から眺めて午後の光をあび、螢光を放つように見えた後立山の諸峯の色。——忘れ得ぬことと成り、その後も時折、もう一度行って見たい誘惑が動いた。山上の空気は気体と言うよりも透明な固体のような思いがした。その中に、岩の破片に、しおらしく根をからめて咲くおこま草の花の色。下界にない花の色であった。

書斎のアルピニストは、神田の古本屋のカタログに英国のアルパイン・ジャーナルが揃って出ているのを知った。欲しくてたまらない。電話をかけたら、まだ売れずにあると言う。ふらふらっと買って了った。書斎の隅に、これが積み上げてある。それを見ては、時々、おろかな男と気がつく。この本の高い峯を、いつ踏破することであろう。これにも親切な山案内人が入用のようである。

■大佛次郎（おさらぎ・じろう）明治三十（一八九七年）年～昭和四十八（一九七三）年・針ノ木岳が主人公再生の重要な舞台となる小説「旅路」は、昭和二十七年七月～二十八年二月に朝日新聞に連載された。山に関わるエッセーでは、川端康成、槇有恒らと黒部ダム、立山を訪れた「黒部」「山の遭難」が『大佛次郎随筆全集』（昭和四十八年・朝日新聞社）に収められている。W・ウェストン（一八六一～一九四〇年）は明治四十四年に三度目の来日、大正四年まで滞在した。大佛次郎と藤島敏男（明治二十九～昭和五十一年）は第一高等学校で同級生、ともに東京帝国大学に進んだ。藤島は谷川連峰の初縦走などで知られ、日本山岳会名誉会員。著書に『山に忘れたパイプ』（昭和四十五年・茗溪堂）がある。大佛次郎の長兄は、「星の文人」として知られる野尻抱影（明治十八～昭和五十二年）。抱影は北岳を愛し「甲府の五年間、機会さえあれば白峰の美しさを説いた。一時は、星ではオリオン、山では白峰がわたしのシノニムのように言われていた。」（「山恋」）と書いている。
出典＝「山と溪谷」昭和三十年四月号

## 新宿（抄）

井伏鱒二

（略）

　駅前広場では、でっかい男の交通巡査が電車みちへ踏台を持ち出して、彼はその上に立って奇怪な身ぶりをしている。おかしなメリヤスの手袋をはめ、瘧れん患者みたいに腕をうちふっているのである。古代の妖術つかいは、この交通巡査と殆ど同一の身ぶりをして黒雲に乗った悪魔を呼び寄せたがここの駅前広場に於ては、まるで踏台の上の彼が妖術をつかっているのかもしれないのである。彼はそういうおかしな手袋をはめ、熱情的に手をうちふって、無数の人間や自動車や電車や荷車の雑沓をここへ呼び寄せているらしい。そして彼の吹き鳴らす笛の音は、ほんの少しの間でも雑沓が途切れることを許さないのである。

　――ただいま私は、この雑沓の光景をうまく描写することができれば、「新宿街散策」欄を全部この描写に費すつもりであるが、私にはその素質がない。三越新館のてっぺんに行って、富士山や秩父の遠景を眺めることにしよう。すでに私は友人深田久彌氏に依頼して三越のてっぺんから見える山の名前を彼から教えてもらうことを約束しているのである。

三越新館は周囲の小建築物に対して、実に憎らしくのさばり返っている。正面入口には尨大な円柱が幾本もあって、これは赤花崗みがき出しのモダン・ルネッサンス様式である。どこか外国の百貨店を見真似て造ったのであろうが、日本人の顔はそのみがき出しの石の面にうつると、よけいに頬骨が高く見えて困る。入口のパネルにはブロンズ板が貼りつけてあって廂《ひさし》や飾り窓も同じ種類の板で加工され、一つの調和を見つけようとしている。しかしお客たちは、それを讃美しないで、どこかにけちをつけようと試みるらしい。売場の床はゴムタイルとテラゾで張り、最新式傾向の採光は、お客たちの人影を床の上にも商品の上にも映さない。天井のビームは何という様式なのであろう？　私の知らない名前の様式でやっている。

私は朝早く、ここへやって来た。屋上に出てみると、屋上の霜は私の下駄を滑らそうとした。ここもすべて洋風につくられてはいたが、植えられている樹木は純日本産のものばかりで、その庭園の隅にはどうしたって玩具にちがいない稲荷さまやトリイがあった。私は稲荷さまの後ろへまわって、消えのこった雪を踏みくだいて遊んだり、真下に見える新宿街を挑めたりした。

ここから眺めると、新宿街はまる見えである。背のひくい家は、背の高い家と同じ高さになろうとして表通りの側に大きな看板をくっつけている。そして更に背のひくい家は、自暴自棄になって、一棟を三軒に仕切っている。

——人びとのいうところによると、新宿街には浅草や銀座に求められない安易な風儀があるというけれど私たち新宿街に於て、それを求めることができはしない。思わせぶりだけなのである。そしておそらくこの街は、いつか廃墟になるときが来るまでは、絶対に未完成のままでいるだらう。

深田君がやって来た。

「今日はすてきだ。山がよく見えるぞ!」

彼の口から吐く息は、白い蒸気になって見えた。そして彼は、瓦斯タンクを指して、次のように説明を加えたのである。

## 四

深田君は次のように説明してくれたのである。

「瓦斯タンクの左側に、スロープとスロープとで出来ている山があるだろう。あれが大山というんだ。ウルトラメールにコバルトグリーンを混ぜれば、あの山の色彩を出すことができるだろう。でも、それでは少し調子が強すぎるかね。大山の右側のスロープが、あんなに伸びきって、その後側に、ほんのちょっぴり白い色でのぞいているのが愛鷹山《あしたか》だが、あの伸びきったスロープは幾つもの徴かな隆起を持っていて、瓦斯タンクの右の端から五尺ほど右にある隆起が塔ヶ岳で、その次のが竜ヶ馬場、その次のが丹沢山、それから不動峰、鬼ヶ岩、蛭ヶ岳という順序になるんだ。それから富士山！　どっしりと大地から、あんなにレイロウと盛れあがっている！　雲の片れっぱしが峰にかかっていて、それが左に流れているようだが、おそらく今日は富士は荒れているよ。頂上の観測所の技師は、たぶん独りぼっちで今ころ朝飯のパンを咀嚼しているだろう。富士の右側に、近く見えるのと遠く見えるのとが殆ど重なりあっているみたいに並んでいるが、それを左側から順序ただしく言えば、ヒメツギ、大群山、御正体山、御座入山、タンノ入山……その右側の低くなっているあたりの裏側に河口湖があるんだが、その次の峰が三ツ峠山、それから黒岳、赤石岳——赤石は、これは白く小さく見えて、南アルプスの一つの峰だ。その次が本社丸、悪沢岳——この悪沢も南アルプスの山だが、その右に傾いた格好をして見えるのが鶴ヶ鳥屋で、そのこちら側にある小さいのが高尾山だ。これと同列の城山、景信山の間が、低くなっているあたりに、小仏峠がある。少し雲がかかって遠近が判明しなくなって来たようだから、名前だけ並べて言うが、景信山から順次に、笹子、陣馬峰、蝙蝠、滝子山、大谷ヶ峰、大倉、雁ヶ腹摺山、黒岳、雁ヶ腹摺、小金沢山、天狗棚山、熊沢山、大ボサツ嶺という順序になる。

そして大ボサツの左側に、ほんのちょっぴり小さな濃い雲が浮かんでいるのが見えるだろう。大ボサツ峠は、あの雲のかかっているあたりになる。大ボサツ嶺の右に、少し黒みがかって見えるのが大岳山、それから御前山、御岳——奥の院というのだが——それから黒金山、前飛竜、飛竜——これは大洞山ともいう——鷹巣山、竜バミ、雲取山、トクサ、甲武信、白岩山、川乗山、長沢山、滝谷山、天目峰、仙元峠、天目山、大平山、有馬山、鳥首山、伊豆ヶ岳、武甲山というんだ。武甲山から急に緩やかな台地がつづいて、あの台地に極くわずかに凸起している部分は、二子山、丸山、堂平山、笠山という順序になる。このあたりから右はつまり北の方角だが、肉眼ではよく見えない。君は双眼鏡を持って来ると言ってなぜ持って来なかったのだ。でも肉眼で見える山だけを、もすこし説明しよう……」


私は深田君の山岳熱に感心したあまり、彼の説明の障げになる質問をした。

「君は、ずいぶんくわしいようだがあの山に、たいてい登っているのかね?」

「殆どみんな登っている。」

彼の言うことは嘘ではないらしい。彼は日本で一番高い山から順次に三百番目の山まで、それ等の山の名前と高さとを、ことごとく暗誦することができるのである。

# 五

深田久彌は屋上庭園からの眺望について更らに説明をつづけたのである。

「笠山の裾は北に長く伸びて、ここから見ると高原みたいな台地になって見える。この台地の向うに白い峰が幾つもあるが、それ等は左から東御荷鉾山、浅間山、四阿山という順序になるんだ。しかし今日は、浅間山はよく見えない。空の晴れ加減が足りないのだろう。四阿山と浅間山との中間に、山の線が低く消えて行っているあたりに碓氷峠がある。そして四阿山の右に、小柄な峰が見える。あれは矢筈山だ。矢筈山の右に白く見える山が重りあっている。左のが白根山で、右のが横手山だ。横手山の右に、こちら側に近よって、平坦でない台地が見える。そうしてこの台地の中央部に、豆つぶ大の岡のてっぺんが見える。あの豆つぶが榛名富士で、台地全体を榛名山という。その右手の地平線は、少しぼやけている。それは、いつも今日に限らない。ぼやけていない日というのは一年のうちで五六日しかないようだ。若しも今日、あの地平線が透明に晴れているなら、白砂山や佐武流や、その他いくつもの山や越後の苗場山が見える筈だ。だが僕は説明を急ごう。太陽が高く登るにしたがって山が霞んで来る。あのぼやけた地平の右に三角形に見える山、あれは子持山、その次の小さいのが大源太、その次のいぢけた線の部分が仙ノ倉だ。大源太や仙ノ倉は、子持山の向う側にある山だが、もう太陽が登ってしまったので遠近が判明しない。仙ノ倉の右に、少し離れて、わずかに凸起しているのが万太郎だ。そして万太郎の右に、岡の群像がある。これは万太郎よりこちら側にある山だ。望遠鏡があればいい。鍋割山や黒檜山の峰をお目にかけたい。この岡の群像を赤城山といっているが、そのなかで黒檜山が赤城最高の山だ。僕は黒檜の裾の傾斜のしかたが気に入っている。昔の人は、こういう気に入りかたをすると、あの山は見れどあかぬかもと言った。そしてその右に、剣ヶ峰、武尊《ほたか》、ケサ丸、皇海山、二荒山——これは日光だ——大真名子山、赤薙《あかなぎ》山という順序にならんでいる。ずっと離れて、霧の上に見えるのがツクバだ。」

深田君は説明を終って莨《たばこ》に火をつけた。さきほどから彼は左の手をマントのポケットに入れ、右手に遠景の山を指ざしつづけていたので、彼の手は右手が寒さで赤くなり、左手だけが白かったのである。

私は彼の山岳愛好熱の度合が並々でないことを羨ましく思っていたので、彼にたずねた。

「君は山に登ることが好きらしいが、お花畑というのを見たことがあるか？」

「お花畑！」

彼は急きこんで言って、

「そんなものなんか、お花畑なんて低い山の麓にだってあるぞ！　初歩の初歩だぞ！」

深田君はずいぶん気を悪くしたようである。そして彼は帰って行ってしまった。上からのぞいて見ていると、やがて正面入口から出て行く深田久彌の姿を、私は彼の真上から眺めることができた。彼は急ぎ足に電車みちを横ぎり、鋪道の雑沓に姿をかくした。こういう場合、私たちは自分の親しい友人が雑沓のなかにまぎれ込んでしまうと、よほど暫くしてから、その雑沓がいかに物々しい種類のものであるかに気がつくものである。新宿街は、今は最早朝の閑散な光景から午前十時の激しい雑沓の光景に変化しつつある。この街に於ては、それは雑沓のラッキイ・セブンというべき時刻であるだろう。

（略）

■井伏鱒二（いぶせ・ますじ）　明治三十一（一八九八）年〜平成五（一九九三）年。

・井伏鱒二は昭和四年、同人雑誌「文芸都市」に「山椒魚」を発表し、昭和五年に最初の作品集『夜ふけと梅の花』を刊行。同年、小林秀雄、堀辰雄、三好達治、深田久弥らの「作品」同人に加わった。深田久弥（明治三十六〜昭和四十六年）は昭和五年、「オロッコの娘」を「文藝春秋」に発表し、本格的に文学者への道を踏み出した。「新宿」については宇野浩二が次のように書いている。「井伏鱒二の文章の中に、冬の晴れた早朝、新宿の三越の屋上庭園から、四方の山山を眺望するところがある。その山山を筆者井伏に説明するのが深田久彌という人であった、その時であった。私はこの文章を読んだときこのような山山の通人を知っている井伏鱒二を羨ましく思った。〈略〉（『わが山山』を）深田久彌から贈られて子供が年玉を貰った時のような嬉んでその日の内に読了してしまった。〈略〉これで私はやっと井伏鱒二を羨む必要がなくなった訳である。」（「深田久弥と『わが山山』」・「文学界」昭和十年二月）。また、井伏鱒二は昭和十三年夏、御坂峠の天下茶屋に滞在し、太宰治と三ツ峠山に登ったことが太宰治の「富嶽百景」に書かれているが、井伏鱒二は当時のことを「山峡風物詩」（「改造」昭和二十三年三月号）の冒頭部分や「亡友——鎌滝のころ」（「別冊風雪」昭和二十三年十月）に書いている。井伏鱒二の山や自然に関する作品では、「峠の茶屋」など御坂峠にまつわるエッセーのほか、「七面山所見」（昭和十一年）、八甲田山での釣りについて書いた「グダリ沼」（昭和二十七年）などが『井伏鱒二全集』（筑摩書房）に収められている。

出典＝「時事新報」夕刊「東京新風景」・昭和六年一月十五〜二十三日／『井伏鱒二全集』第二巻（平成九年・筑摩書房）所収

# 川端康成　神津牧場行

軽井沢方面から行った、若い詩人づれは、牧場の宿帳に私の名を見つけて、ほんとうに登って来られたのかと、半信半疑であったという。私の健脚を知らぬとは、失礼千万な話である。しかしまた、文壇随一の虚弱者（外見は）の私や、美容師の芝山みよか女史にさえ、楽しい旅であったということは、神津牧場難路にあらずの、生きた証拠として、このコオスのハイキング史上に、燦然と輝くであろう。十五夜の名月を、詩人づれは牧場で見たという。そうすると、私達が牧舎に眺めた月は、十三夜であったらしい。

京橋、明治製菓の本社で、氷菓の箱詰を貰って、私達は上野駅から勇しく出発した。一行四名、松坂屋美容部の芝山夫妻に私の女房。私のリュック・サックと女房の洋風いでたち、どちらも生れて初めてである。高崎で上信電鉄に乗換え、終点下仁田下車、バスもあるが、私達は土合坂まで貸切で行った。東京から最も近く最も楽な道である。

土合坂は、バス終点の市《いち》ノ萱《かや》を過ぎて、自動車道が山に突当って消えるところ、そこからジグザグに急な上りである。忽《たちま》ち私達は可笑《おか》しいほど汗になった。真夏でも滅多に汗を出さぬ私は、「こんなに汗をかくのは、何十年振りだろう。生れて初めてかもしれん。体中の悪いものが、すっかり出てしまうでしょうね。」

と、いい気持である。ワイシャツは水に漬けたようで、リュック・サックのなかのものまで、湿った人があったほどだ。市ノ萱から歩いても、僅《わず》かに一里十町ばかり、この山一つ登れば牧場なのだが、文壇第一の山男深田久彌君でさえ、「市ノ萱からは五百米も上りなので、すっかり汗をかいた。」と書いている。

しかし、番傘を片手に、さも軽々と下りてくる、姉妹の美しい少女に出会って、みちのりを聞くと、もう僅かであるし、少女のこともなげな歩き振りに対しても、弱音を吐いては恥しいことだ。

「あんた達、牧場の人ですか。」

「ええ。」

と、少女はうなずいて行ったが、その後姿を振返ると、麓の山々に雨雲か霧かが流れ寄って来る。少女は傘を持って、父を迎えに行くのだろうと、私達は話し合った。下仁田で自動車の運転手が竹村さんという人を呼び止めていっしょに乗って行かないかといったが、私達の一行中で前に一度牧場へ来たことのある芝山さんは、その人が牧場長だったらしいと思い出したので、この姉妹は竹村さんの子供だろうと想像したのだ。

すると間もなく、路角から私達の前に颯爽と現れたのは、これはまた思いがけない近代娘の一組、風呂敷を胸にあてて首筋と腰で結んだような、背なか丸出しの娘、ズボンの娘、まるで鎌倉の海から浜伝いに来たとも見える、山の人魚だ。驚いているうちに、秋草の花が多くなって、屋敷という部落に着く。農家の井戸端で水を飲みながら、葉の青が黒光りする野菜の名を問うと、蒟蒻だと云う。もう牧場の高原だ。桑を背負って下りる村の娘に出会って、花々の咲き乱れるなかを行くと、玉蜀黍《とうもろこし》が高く茂る前に、牧場の標柱が立っている。物見山も牧舎も目の前だ。山の林の青のなかに、なごやかな牧草の原の緑が浮き上って、夕暮の淡い靄に洗われた夢の色のように美しい。

「あら、いいわね。牛になりたいわ。」

と、みよか女史が感心する。

「この前来た時は深い霧で、なんにも見えなかったが、その霧のなかから浮いて出るように、コリイが尾を振って迎えに来てくれたんです。房々とした毛が霧で濡れてるんです。」

と、芝山さんが云う。夜牧場に着いて案内を乞うと、モウと牛が答えたという話もある。暗いので、牛小屋を事務所とまちがえたのだ。また、ここの犬は人懐っこくて、別れを惜むように峠まで見送って来ると誰かに聞いたこともある。

私達もその牧羊犬に迎えられて、辿り着いた客舎の土間の食堂に腰を下し、冷い牛乳を貪り飲んだうまさは、これこそ天の甘露である。濃いジャアジイ牛乳の搾りたてである。二階の広い部屋へ通ると、本社から電報の報せもあったと云って、場長の坪井さんが見える。夏盛りは三十組もキャンプしていたという。客舎新築の設計も出来上っているが、馬で材料を運び上げるのに、一年はかかり、長い材木を背負う馬は、急カアヴが切れないという。

避暑季節は牛乳が軽井沢へ出るので、名物の牛乳風呂はなかったが、湯に汗を流していると、その窓を大きい南瓜やキャベツを抱えた人が通るのは、私達のために畑から取って来たのだろう。やがて、牧夫達に夕餉を告げる鐘が鳴り渡ると間もなく、私達の食膳には、みごとなオムレツ、南瓜の煮つけ、コオン・ビイフと野菜の牛乳煮、バタでいためた莢豆、トマト、味噌汁、食った、食った、四人共可笑しいほど食った。バタと牛乳はよし、水のしたたりそうに新鮮な野菜は、こんなに生きた野菜の味は初めてだ。刻んだ生キャベツのお代りをした。挽肉の水気を搾るガアゼを煮沸していた。衛生的だと、みよか女史は感心する。料理を褒めながら、炊事夫に花の名を聞くと、葛藤、お膳花、草かたばみ、吸花、水木草、鳥かぶと、露玉、釣鐘草、水蕗、一つ葉、その他。

「物見山に行ってごらんなさいませ。千草八千草がそれはそれは綺麗に咲いておりますのよ。」

と云う風に、この人は言葉も物腰も女めいて少年の頃からいるという。牧場の話が上手だ。

「乳が搾れるようになれば、牧場ではもう立派な一人前で、それまでにはあなた、三年も四年も泣きの涙でございますよ。」

仔牛が吸うと同じ手触りで搾らねば、乳が止るという。掌も仔牛の舌のように柔らかであらねばならぬという。

さっきの少女達も、竹村さんといっしょに帰っている。

「お父さんを、迎えに、下まで行って来たんでしょう？」

と云うと、私達の想像通りだった。竹村さんは前の場長である。

「木下藤吉郎」という新芽のうまかったことを、芝山さんは思い出し、

「山でうまいのはオケラにトトキ。」

と、昔からいう、それはいずれも新芽の浸物だと、炊事夫は教えながら、寝床を取ってくれているうちに、月明りとなった。なだらかに円い牧草の丘は、また美しい。併し、初秋の色に澄む空を眺めるよりも、虫を聞くよりも、満腹に快い疲れの私達は、九時頃から早寝である。昨夜は軽井沢の外人男女が大騒ぎして行ったそうだが、今夜は私達の外に泊客は一組だけで、牛や犬の声も稀な静けさである。

早起きのみよか女史は、昨夜の洗濯物を庭の朝日に干している。遙か東に連る山々の朝靄が晴れてゆく。鶏は草原に真白い。馬が尾を振り上げている。葡萄棚の下では、コリイの群が洗濯盥《せんたくだらい》で朝飯を貰っている。愛撫される習わしか、犬は寄って来て先ず私の膝に頭をのせる。もう牛の群が斜面をのんびり上って行く。私は牧舎を一廻りした。鹿に似た仔牛が、頭を並べて、飼葉を待っている。やがて与えられた青草には、秋の花もまじっている。足も緑の朝露に染りそうな、牧草の色に誘われて、私は小さい流れを渡り、丘へ上って行く。この絨毯に寝転んで、青空や山を眺めていたい。今日はよい晴天だ。朝日のさしこむ、見晴のいい部屋に移って、朝飯を食う。竹村さんの子の妹の方が、お河童に白い紐を巻き、爽かに伸びた脚で廊下を歩いて来るのも、高原の朝だ。飯前に飲む玉蜀黍入りの熱い牛乳が、牧場ならではのうまさだ。みよか女史は、ここに働く爺さんの食事を見たが、香の物を小皿に取らず、木の卓へじかに置いて醤油をかけ、枯木の小枝の箸だと、感心する。

坪井場長に案内して貰うことになって、朝涼のうちにと、先ず物見山に登る。コリイも四頭ついて来る。ささやかな流れを渡り、落葉松の牧柵を越え、コゴミ歯朶《しだ》の多い林を過ぎ、人工牧草の名を問えば、クロバア、チゴシ、オチャドウ、やがて「千草八千草の花」の原を上って、物見岩に着くと、

「ここは、晴れなければ、高みへ登って展望しなければ、価値が分りません。」

と、坪井さんの云う通り、ここの展望は大観だ。物見山は一三七五米余、上信の国境、私達の眼前に拡る牧場は、総計七百町歩、牧柵一万六千間、放牧採草地四百四十五町歩、人工牧草地七十町歩、それが幾つかの円やかな丘や緩やかな傾斜の原をなし、谷地の雑木林を数条の小川が流れ、落葉松、檜、杉の植林あり、採草地には夏秋の花咲き乱れ、人工牧草は緑鮮かに、そして放牧の牛をちりばめ、これらがモザイク風に組み合さって変化と纏りを与え、アルプス山下のスイスを思わせる、異国的牧歌風景だ。この愛らしい高原の雄大な縁飾りとも見える、山々の遠望を、坪井さんの指さすままに辿れば、近くの八風山、日暮山の北方に、浅間の噴煙、軽井沢高原の一望、別荘の赤瓦も見え、それから右手へ、東北から東南へ、碓氷、赤城、妙義、榛名、その彼方に（今日は見えぬが）秩父連峰に筑波、利根川の白く光ることもあるという。南へ廻って、荒船山の岩壁三百尺の聳立の右に、佐久平から、蓼科に続き八ケ岳への拡がり、そして南西遙かに（今日は見えぬが）北アルプスを望む。この「信州吹雪ツ原」から吹き上げる、冬の風は強いという。眼の下の初谷鉱泉の方から上り着いた人達は、八ケ岳から蓼科を越えて来たとの話、これは私達とちがって、本物の山岳家らしい。初谷鉱泉、志賀越、香坂峠、和美峠など、牧場へのいろんな道も見当がつく。近頃こんなに晴れた日はないと、坪井さんはこの展望を誇るかのように、私達の吉日を喜ぶかのように、繰り返して云う。

物見岩から、今度は花野の斜面を突切って下りると、犬が雉《きじ》か山鳥を追う。禁猟区だ。左手の丘にスキイ小屋が見える。客舎に一休みして、十五棟ばかりの牧舎の見物に出ようとすると、放牧地へ行く牝牛の列に出会った。牡鹿色、灰褐色、赤褐色などのジャアジイ（又はゼルシイ）種の後から、赤白斑や褐白斑のエヤシャイア種、ジャ種は角が短くて楔形の体型、エヤ種の細長い角は前方へ捻れ伸びて美しい。まことに母なるものの象徴のように豊かな乳房を垂れて行くのもある。

冬の飼料の青みとして青刈玉蜀黍を蓄えるという、醸造倉のような南進堂から牧舎を順々に歩く。母牛は皆青草の原に出て、残っているのは鹿のような小牛ばかり、産室の母に護られて、生後一週間の可愛いのもいる。細長い牧舎のなかを、一小間《ひとこま》ずつに仕切ってあるが、牛は銘々自分の住居をまちがえずに、ひとりで入るという。それが優良種の証拠である。誇るべき貴族の血統を現した名札が一々掲げてあるのだから、アパアトの戸口をまちがえるやうな、下民の真似は出来まい。血統を重んずるのは、馬も犬も牛も同じである。牧場は五万円十万円の種牛も輸入して、品種の改良に努める。一頭の乳量、脂肪率、バタ製出量の世界記録や日本記録を競っているのだ。（牧場要覧参照）

神津牧場は明治二十年、長野県志賀村の人、神津邦太郎氏の創設により、その名があり、日本最古の高原牧場として知られ、ジャアジイ種の輸入飼育の嚆矢であったが、昭和十年十一月から明治製菓の経営となった。現在もエヤシャイア種とフレンチカナデアン種は少数で、ジャアジイ種が大多数を占めて百三四十頭、脂肪率最も高く、濃密美味、欧米で「黄金牛乳」と云われる。このジャアジイ牛乳とバタが、神津の自慢なのである。牧舎の塗料は消毒を兼ねる石灰、世間と隔絶した高原ゆえ、無病無菌の乳牛の楽土であろう。また、耕地の少いわが国で、山岳地の牧畜奨励は、農村の疲弊を救うばかりでなく、国土開発、国民保健の助長、乳製品の輸出ともなる。……なるほど、粗忽に見物は出来ぬと感心すると、

「タネ（種）公はいないね、山かい。」

と、坪井さんが種牛小屋を覗いた途端に、近くの木間から、モウモウと種公が答えた。

「あの爺さんは、外人直伝の方法で、もう四十年バタを製造していて、その道では有名な人です。ジャアジイ種のバタは、あんなに黄色いんです。」

見学を終えて帰ろうとすると、牧舎の前の草原で、少女の姉さんの方が、犬の子を遊ばせている。コリイクラブ会員の私達夫婦も、生後一月ばかりの仔犬をしばらく愛撫して、

「毎日犬の子と遊んでるんですか。」

「ええ。」

今が声変りの姉は少し寂しげで、女学校二年の寄宿舎、妹は朗らかで尋常五年、麓の小学校へ通っているという。炊事場で見かけたお母さんのことを、田部重治氏かが、美しいと書いたという。尾崎喜八氏もこの子等のことを書いている。この牧場少女の美し盛りを、誰が書くであらうかと考えていると、犬の群が一斉にけたたましく鳴いた。

「犬は仔牛と大変仲がよいもんですから、仔牛の世話掛の男が通っても知っていて、あんなに喜んで騒ぐんですよ。」

物見山で少し疲れたが、正午頃には帯附にフェルト草履で上って来る女もあり、七十八歳の婆さんも下駄で来ると聞いては、私達も勇を鼓して、軽井沢行を決行した。

「さようなら」

と、少女の声に振り返ると、竹村さんのお嬢さん達も、炊事の人達と窓に並んで、妹は手を振っていた。坪井場長は犬といっしょに、高みまで見送ってくれた。

一時半出発、牧場で貰った地図を頼りに、また毎夜八時頃牧場を出て、軽井沢へ真夜中に着くという、牛乳を運ぶ馬の糞を道しるべに、一本岩、高立の部落、それから七曲を経て、南軽井沢牧場入口の駄菓子屋へ着いたのは、五時半——高原あり、沢あり、渓流あり、ジグザグの登りあり、落葉松の林あり、山旅の模型のようで楽しいハイキングであった。

七曲を下りつめたところ、急に軽井沢の展望の開ける花野原に、シャツも脱いで寝転んだ快さは……。

（昭和十一年十月）

■川端康成（かわばた・やすなり）　一八九九（明治三十二）年～一九七二（昭和四十七）年。

・川端康成は昭和十一年夏、初めて軽井沢に滞在。神津牧場行について「軽井沢だより」（「文学界」昭和十一年十月号「同人雑記」）に書いている――「明治製菓の内田水中亭氏等の特別の好意により『文学界』改組以来広告を貰っておりながら、いつまでも約束の原稿が書けないので遂に同社経営の神津牧場見物記を命ぜられた。旅行にまで出したら、いかに怠け者でも書くだろうという魂胆である。神津牧場は私も前から行きたいと思っていたので、先づ美津濃でリュック・サックを、吉野屋でゴムのハイキング靴を買った。但し、足袋九文三分の私は、婦人部の方の店で女用の靴である。女房は隣家林房雄君の奥さんのスカアト、セエタアを借用に及んだ。女房の洋風いでたちも、私のリュック・サックも、生れて初めてである。／かくて八月二十八日出発、下仁田から牧場に上り、翌日は七曲越え軽井沢へのハイキングを決行した。僅か四里、女子供でも歩ける山路を「決行」とは大袈裟で、深田君や小林君等の山男から見れば、物笑いであろうが、ハイキングの処女作としては、先ず芥川賞候補である。文壇随一の虚弱者（外見）の私や美容師の芝山みよか女史が、無事に歩けたとなれば、明治製菓のためにも、けだし無上の宣伝となろう。（神津牧場記は、「スヰート」誌上に書くので略。）これに味をしめて、今後はハイキングを続けるつもりである。」。「スヰート」（大正十二～昭和十八年）は明治製菓の公報誌。このほか、ハイキングについての文章では「鎌倉アルプス」（「東京朝日新聞」昭和十二年七月二十九～三十一日連載／『川端康成全集』第二十七巻）がある。

出典＝「スヰート」昭和十一年十月号／『川端康成全集』第二十七巻（昭和五十七年・新潮社）所収

# 岩壁《かべ》

尾崎一雄

## 一

登山者遭難の記事が新聞に出るたび、私は一種の軽蔑と腹立ちとを感じたものだ。またか、と苦々しく思った。

家族近親の歎きが第一に想われる。それから、生命と云うものを粗末に扱う者への憤りが涌き上る。大げさな捜索隊でも出されると、はた迷惑、人騒がせだと思う。

山に活計《たつき》を求める人、また職業上止むを得ず険難な山に分け入る人たちの場合は、気の毒だ、と思えるが、自分の道楽から、無理に危険な場所に近寄り、求めて自分の生命をなくし、親、兄弟に歎きをかけ他人を騒がせることは、思慮あるやり方でないと思った。

去る十月の一と月間信州上高地に居て山の人達に接し、また登山家と云われる人たちの話を聴いて、私のこの考えはいくらか変って来た。

二

M・K君は画家志望の青年だが、上高地のOホテルで画を描くかたわら、ホテルの仕事の手つだいをしている。山の案内なども、一通りは呑み込んでいる様子だ。彼から、山について、登山者について、私はいろいろきくことが出来た。

「大日本登山会と云う、おっそろしい名前の会があるんですがね、会員の数が十人足らずで、おまけに僕が世話人と来ている」

M・K君の話振りは、なかなか面白いが、長くなるから、かいつまんで書く。

東京のある学校の学生がメンバーだそうだ。無鉄砲な連中で、どこでもかまわず歩き廻る。岩壁に出逢うと、こいつ面白そうだぞ、やるか、と一人が云う。よし、やっちまえ、と直ぐよじ登り始める。研究も何もしない。用意もない。

うまくゆくと、どうだいと皆々大威張りだ。が、場所の研究をしていないから、時々つまる。登りも降りもならず、ピトンに足をかけ、はい松のグラグラの根をわずかの手がかりに、ザイルでつながった二三人が、駄目だア、と音《ね》を挙げている。

「そんなのを助けるには、手を焼きますよ。一度なんか、上へ廻って腹這って頭をつき出しても、先頭の奴さんが見えない。オバー・ハングなんです。だから、ザイルを下ろしたって、それにつかまることが出来ないんです。下手《へた》に飛びついたら、振れて岩壁に叩きつけられてそれでおしまい――」

二番目の男が上からの縄をつかまえ、足場をかためて、先頭の男をズリ下らした。うまく受止めたからいいが、間違えばそのままになるところだった――。

その連中が、ある冬、ある雪山を登った。そしてまた一気に滑降した。そしてけろりとしている。その場所は有名な難所で誰もやったことのない所だった。あとできいてその連中自身が顔を見合せ「へえエ」と驚いていたそうだ。

「そう云うのは困るな」私は云った。きいて居れば面白いが、一体どんなつもりでいるのかと思うと腹が立った。

「まったく無茶な連中ですよ。今にきっとひどい目に逢います。それからでないと目が醒めませんね」

「永久に目が醒めないようになったらどうするつもりだ、冗談じゃない」私は云った。

一座が笑ったので、私も仕方なく笑った。

自殺者の話が出た。明らかな自殺者の外に、自殺か遭難か判らぬものもあるそうだ。

「去年の、前穂高の屏風岩のあれ、自殺だろうって云う人もありますね」座の一人が云った。

「いや、あれは遭難だ、あれはえらかったね」と、M・K君がその話をしてくれた。

富山薬学専門学校の生徒で、岩山登りにかけてはエキスパートだったと云う。前穂高岳の屏風岩と云うのは、明神岳の右手を廻って槍ヶ岳へ出る道から眺められる大きな岩壁だ。これを正面から登った者はない。

その生徒は二三年も前から屏風岩征服を志し、機を狙っていたと云う。去年の夏、M・K君の居るOホテルに一泊、十分の用意をして出発した。「一週間経ってここへ帰らなかったら、捜索隊を出して下さい。私の通ったところは、目印に、赤い切れをむすびつけて置きます」そう云って出た。

一週間経った。捜索隊が出された。双眼鏡に赤い切れがうつった。それを眼鏡で辿ったが、彼の姿はない。苦心の末岩壁の中途の、僅かに段になっているところに横たわっている彼を発見した。

想像によると、彼は岩壁の頂上近く達したらしい。もう一息と云うところで、雨に逢った。足をピトンにかけ、両手の指を岩の僅かな割れ目にかけて、じっと雨の止むのを待ったが、雨の止む前に、彼の手足は冷気にしびれ、墜ちた――。

「手袋も靴も脱《と》っていましたよ。あの辺へ行くと、靴は履いていられませんからね」

M・K君は、話をむすんだ。

この話は、きいていやな気がしなかった。彼がその道でのエキスパートであったこと、十分に研究を積み、また用意もしたこと、それでも尚失敗したのなら責めるべきではあるまい、そんなふうに思った。私は人間の一途な気持ちと云うものを考えさせられた。

三

十月十日頃、松本高等学校の文科生が二人、前穂高奥又白第二峰を征服したとの記事が写真入りで新聞に出ていた。ほう、やったな、と思った。彼等四五人の一行は、十月二日、私と同じバスで上高地に来たのだ。目的の峰の下にキャンプし、機を狙っていたのであろう。成功してよかったと思った。

十五日頃、早稲田の学院の山岳部の学生が一人、Oホテルに来た。碁を打つ人はないか、と女中にたずねている客があるときき、私から手合わせを申込んで、それと判ったわけだ。彼の碁は私より弱かったが、山岳部員であるときき、私は興味を感じ、彼からいろいろ山の話を引き出した。

今、早稲田の連中が、ジャンダルムから奥穂の沢を狙って、西穂高の尾根辺にキャンプしている筈だと云った。

「あなたは登らないんですか」

「ええ、私は一人でぶらぶらしてるんです。ここから平湯へ出て——あとは判りません」

彼は口数が少なかった。私が訊くこと以外余り云わなかった。二十二歳とのことだったが、年齢の割りに落着いていた。そして、神経にある鋭どさがあると思った。

ある夜、Oホテル主人のA（文芸評論家で私の友人）、私、十日頃偶然やって来た東京の若い友T・S、それにその学生を入れて四人が、私の部屋で酒を呑んだ。四人共学校が同じで、そんなことから打解けた酒席になった。

私は、焼ヶ岳の頂上で経験した孤独感から来る恐怖について話した。白昼、澄み切った空の下で、たった一人総てのものから切り離されたような全くとりつく島のない感じ、それを話すと、皆、そう云うことは判ると云った。

「東京に居たって、銀座の人ごみの中にいたって、ふっとそう云う気持になることはある。しかし、人中でそれを感じるのは、何と云うか——僕なんか一寸テレ臭いね。はにかむね。何か雑《まざ》っているものがあるからだろうがね」私は更に云った。

「ふむ」

「それをまるっきりうそとは思わないが、チェッ、よせやいと云う気になる。焼ヶ岳では、テレているひまはなかった。雑り気がないいんだねえ」

黙り勝ちだった学生が、このとき突然云い出した。

「僕は、変な話ですけど、二度自殺しかけましてね。——今は、そう云う気は全然ありませんけど」

「ほう」と皆が向けた目をまぶしそうに受けながら、話して了うと云う調子で彼はつづけた。

「下らない話で、まア女のことからですが、最初助かったとき、我ながら素直な気持になりました。子供みたい罪のない——うまく云えませんが、純真とでも云うんですか……そこへ出くわしたのが、女の汚なさでした。普通ならそうも感じなかったんでしょうが、こっちの気持がそんなだったもんですから、非常にこたえたんでしょう。女を叩き殺すか、自分が居なくなるか、二つに一つだと思いました。しかし、よく考えてみると、女を殺したって、厭な気持は消えない、自分が死ぬより仕方ない、そう思ってまたやったんですが、助けられました」

「……」私たちはただうなずいた。

「そんな経験から私は山が何より好きです。私には、どんな山でも、とりつく島がないなんて感じはありません、私にとっては、とりつく島のないのは、むしろ人間の方かも知れません」

「そうだねえ。――とりつく島があると思っていたところが、無かった、その方がひどいかも知れない」私は云ったが、学生の云うのと私のとでは違うと肚で思った。私の云うのは、無表情、無感動、無意志の怖さなのだ。が、そのことは云わなかった。

翌日、風呂で学生と一緒になった。彼はなかなか立派な体格だった。こんな体で、山を歩き廻ったら面白かろうと、私は自分の貧弱な体を今更のように眺めた。

一緒に上ると、学生の部屋に行き、山登りの道具を見せて貰った。大きなリュックから、いろいろのものを引出し、一々説明してくれた。羽根ぶとんでつくった袋のようなものは、それに身体をすっぽりと入れて寝るのだそうで、雪の上でも大丈夫だと云った。炊事道具、食器類、コーヒー沸かしなど、みなアルミ製で揃っていた。

ピッケルは使いこなしてあるようで、古ぼけて見えたが、特に愛用の品だと云った。スイスのチューリッヒ製とマークしてあった。

それらの道具を一々手にして説明したり、有名な山々での経験を話すときの彼は、常の無口が不思議なほど雄弁になり、自身いかにも嬉しそうだった。山に対する一途な気持がハッキリ感じられた。同時に、その青年は今でも不幸なのではないかと私は思わされた。

(この学生に穂高へつれて行って貰う約束をしたが、私の都合で中止になった。或るスキー場で、毎年スキーの指導をしているとのことで、私はこの冬是非彼に教わりたいと思っている。そう云う約束をした。今、冬も迫ったが、費用と時が許してくれるかどうか疑問になって来た。)

## 四

身も心も打込んでやれる何かを持つと云うことは、兎に角いいことだ。山登りにもそのことは云える。私どもの、ものを書く仕事でも、つきつめればそこへ行くわけだが、一方にそのことの客観的な面を考えなければならぬのが面倒だ。面倒だなどと云うと叱られたり笑われたりしようが、私としては本当は可なり面倒なのだ。つまり、勝手なことを書く、一方ではその勝手なことが果して世の中とつながっているか、どうつながっているか——面倒だが見なければいけないし、見ないわけにはゆかない。どうも面倒だ。

山登りは、心身の鍛錬、生活のリクリエーションに宜しい、そのためにやる——そう云って置けば筋は通る。だが、本当の山好きは、ただ山が好きなだけだ。

そそり立つ巨大な岩壁《かべ》に、また万年雪に被われた重畳たる山塊に、技術の粋と全体力をつくして立向う、それもまたいいとこの頃の私は思う。

——岩壁はどこにでもある、などと余計なことはどうでもいい。

■尾崎一雄（おざき・かずお）　明治三十二（一八九九）年～昭和五十八（一九八三）年

・尾崎一雄は、昭和十三年頃から上高地温泉ホテルで支配人を務めた文芸評論家の青柳優（明治三十七～昭和十九年）と親交があったことから、昭和十三、十四、十五年、上高地に滞在、昭和十三年には青柳と焼岳に登った。このころのことについては「焼ヶ岳」「山からの手紙」「山岳病」「青柳優との交友」の作品がある。戦後も再訪し、「穂高の新雪」「上高地・安房峠」「上高地行」を書いている（いずれも『尾崎一雄全集』に収録）。そのほか、山にかかわるエッセーには、昭和十三年、志賀直哉の『焚火』の舞台を訪ねた「赤城行」（昭和十三年）、「大沼湖畔」（昭和五十一年）がある。青柳優については、本書収録の臼井吉見「上高地の大将」にも記述がある。

出典＝「文学者」昭和十四年創刊号／『尾崎一雄全集』第一巻（昭和五十七年・筑摩書房）所収

# 三好達治　新雪遠望

九月下旬、一度雪が降った。この宿（発哺《ほっぽ》温泉天狗の湯）から見える山々のうち、立山と剣岳のみ、その朝は、食塩をふりかけられたように、白くなっているのが見えた。その手前の、鹿島鎗岳は、もとのままの藍色に聳えている。鎗ヶ岳にも白馬岳にも、まだ雪は降っていないようであった、少くとも、ここから見たところでは、白いものは眼にとまらなかった。私はその立山と剣岳とを、ひとつ時廊下に停んで、しみじみと見惚れていた。一昨年《おととし》の秋も、私はこの廊下に立って、感慨深く、この初雪を眺めたものであった。はや足掛け三年越し、私はこの信州の山峡に、宿痾《しゆくあ》を養っているのである。去年の秋は、父の病に遭い、続いて死去に遭ったので、しばらくこちらを離れていたが、今年はまた、この廊下から、この見慣れた山々の、新雪を眺めるめぐり合せになったのである。そう思うと、とりとめもない感慨が、次から次へと湧いてきそうである。

その日は、やがて北アルプスの連山は、藍灰色の乱雲にとざされてしまった。それから二三日たって、闊然と空の晴れた朝、眉をひそめ瞳を凝らして注視するのに、立山も剣岳も、先日の白衣を脱ぎ捨てて、またもとの碧藍色にかえっているように見うけられた。先日のあの純白の容姿が、まるで夢のように思われるのである。

立山側に初雪の見えたその朝は、こちらでも、岩菅にやはり雪が降ったそうである。奥の方から、そんな便りが、私の耳にまで聞えてきた。けれどもその後、十月上旬になって、近頃漸く健康を回復した私は、ひょっくり思いたって、岩菅に登ってみたが、その時は谷にも峰にも、かたで雪などは残っていなかった、それどころか、まるで春のようなぽかぽかとした日向に坐っていると、そのまま睡たくなるような日和であった。

十月の半ばもすぎて、二十日前後、この文章を書いている今日は二十三日であるが、はや此ごろになると、アルプス連山の雪は、もう本格的な根雪になって、この後は、日ましに、白皚々《はくがいがい》たる輝きをまして行くばかりであろう。

今朝はこの宿でお眼にかかった、雑誌『山』の編集者、石原巌氏にその折お頼みして描いて貰った、アルプス連山の見取図を携えて、宿から十町ばかり離れた、展望台というのに出かけてみた。北は小蓮華岳白馬岳から、唐松、五龍、剣、鹿島鎗、立山、爺、鳴沢、スバリ、針ノ木を経て、越中沢、野口五郎、薬師、餓鬼、黒部五郎、燕、なおその南に、槍、北穂高、奥穂高、常念、そのまた遙か南方に蝶ヶ岳まで、降雪のために一層明らかに浮き出て見える。陰翳に富んだ山襞を畳んで連っているのである。これら山々の姿を、独りしずかに眺望するために、既に私は幾十回この展望台に出かけてきたことであろう。しかも、その日その日の、異った私の心を迎えて、依然として変わらない山々の姿は、なお嘗て私の眼を厭《あ》かしめることがない。新雪の新らしい、たとえば今朝のような朝の眺めは、またひとしお印象的で、そそっかしい私のような者でさえも、思わず襟を正したくなるほどである。

宿に帰って、拙い歌を二三首ノートに書きとめた。

越の山　信濃の山に
雪降りぬ
雪のかがやき
見れどあかなく

越の山　信濃の山の
高山の
はじめの雪は
わきてたふとし

山の湯の
赤犬《あか》のうめりし　仔の犬の
眼をつむりなく
初雪の朝

紀の国の
つまのたよりもまれらなり
雪あたらしの
むかつ山なみ

紀の国の　わがうまし子は
いかばかり　生ひたちにけむ
山は
はや雪

■三好達治（みよし・たつじ）　明治三十三（一九〇〇）年〜昭和三十九（一九六四）年

・三好達治は昭和五年、第一詩集『測量船』（第一書房）を刊行し、高い評価を得るが、昭和七年、喀血。昭和八年夏、旧制第三高等学校の同級生だった桑原武夫らのすすめで、療養のため志賀高原発哺温泉を訪れた。冬は山麓の上林温泉に滞在し、昭和十年まで二年余を過ごした。山を詠んだ作品では「発哺温泉にて」（「苑」昭和九年／『日まはり』昭和九年・椎の木社）の「昼の雲／舟のさまして動かざる／鹿島槍てふ／藍の山かな」がよく知られる。山に関するエッセーでは、「浅間山」、「山」、「徒歩消閑」、「信州発哺温泉」などが全集に収められている。「山」には「その頃私は既にすっかり健康を損ねて、青春時代を空しく失ってしまっていた。筋骨は力を失い、意気もまた銷沈したそんな時分になって、私は自分に許されない困難な登山旅行、愉快な山野の跋渉を、どんなにか空想したことだろう」、そして「山岳、——この地塊の容貌は、人の心に、ある徳性を呼び醒ます。世に山霊という言葉があるのも、これを美学的乃至心理学的に云って、決して理由のないことではない。（略）昔の文人墨客達が、大山名岳をもとめて遙々と旅に出たのも、恐らく物見遊山の類いではなかったことと思われる」と山岳論を書いている。石原巖は一高旅行部で活躍し、梓書房の山岳雑誌「山」（昭和九年一月〜十一年七月）の編集長を務めた。

**出典**＝初出不詳／『三好達治全集』第十巻（昭和三十九年・筑摩書房）所収

## 小林秀雄　エヴェレスト

エヴェレストであったか、それともエヴェレストの近所にある何とか山であったか、ともかくそういった人跡未踏の山に登ろうとして、フランスの登山隊が遭難した事があり、その時ネパール人だかブータン人だかのある強力が、フランスの登山隊を助けて、大変な働きをしたそうで、その男が、フランスに招待されてパリに来た。当時、私はパリにいて、その事を映画や新聞で承知していた。ある日、今日出海君と街を歩いていると、向う側に立っていたじいさんが、道路を横切って、私たちの方へ駆けて来た。駆けながら、ポケットから引っぱり出した新聞を、私に見せて「お前さんの写真が、ここに出ている」と言った。私は、ははあ、と思ったから「じいさん、違うよ、人違いだよ」と日本語で言って笑うと、ネパール語で「いや、お役に立ってうれしいです」と言われたと思ったじいさんは、私の手を固く握って、肩をたたいた。彼は、フランスの為に、大変な働きをした人間と握手が出来て満足して向うに行ったが、私も、何はともあれ、ネパール王国とフランス共和国との友好外交に成功したと考えて満足であった。本職の政治家の外交なぞは、これに比べれば、不確かなものだからである。

ちょうどそのころ、イギリスの登山隊は、エヴェレストからネパール側に落ちている大氷河にとり附いていた。無論、私はそんなことは知らなかったが、間もなくロンドンに行くと、戴冠式の当日、イギリスは、エヴェレスト登攀《とうはん》に成功した、というニュースを聞いた。私は、戴冠式を見にロンドンに行ったのではない。イギリスでなければ使えない金を東京で持たされていたので、ロンドンに行ったら戴冠式があったのである。見物料込みで三倍になる宿料を払い、雑沓《ざっとう》で、外にも出られぬホテルの一室で、本を読んでいた。エヴェレスト登攀のニュースを聞いた時には、芝居もいいかげんにしやがれ、と腹が立った。

そういうわけで、私とエヴェレストとの間には、以上の如き愚にもつかぬ関係しかない。あとはエヴェレストは世界で一番高い山だという知識があるだけである。ところが先日、浦松佐美太郎氏の訳で、W・ノイスの「エヴェレスト」を読み出したら面白くてやめられず、とうとう夜が明けてしまった。やはり、優れた文学というものは有難いものである。「エヴェレスト征服」の映画は見たことがあるが、この本にくらべれば色のついた影の様なものだ。「エヴェレスト」の著者も、映画に出て来る自分の姿を見て、あんな男はおれじゃないと書いているから確かである。登山隊の一人が、キャンプで、偶然、戴冠式当日のエヴェレスト登攀成功のロンドン放送を捕え、一同びっくり仰天することが書いてある。みんなキャンプからの荷下しで、心臓が破裂しそうになっていた。著者は、この時「第二のエヴェレスト」が忽然《こつぜん》としてロンドンに現れたことを感じたといっている。なるほど、戴冠式など心配していては、山には登れまい。頂上の四十フィートの岩壁を登る苦痛が、もう十パーセントひどかったら、凡ては水泡に帰したであろう、といっている。マロリーという有名な登山家は、何故山へなんぞ登るんだと聞かれたら、目の前にあるからさ、と答えたそうである。この本の魅力は、やはりマロリーの告白たる点にある。しかし「第三のエヴェレスト」というものもある様である。登山隊が、山を下りて来て、出迎えのラマ僧に、成功したといったところが、ラマ僧は、信じなかった。お前さん達のことをお祈りしてやったから、神様は頂上近くまで行くことはお許しになったはずだ、といったそうである。

■小林秀雄（こばやし・ひでお）　明治三十五（一九〇二）年〜昭和五十八（一九八三）年
・「エヴェレストの近所にある何とか山」はアンナプルナI峰（八〇九一メートル）。一九五〇年六月三日、M・エルゾーグとL・ラシュナルが人類初の八千メートル峰に登頂（M・エルゾーグ『処女峰アンナプルナ』）。サーダーはアン・タルケー。エヴェレストは一九五三年、イギリスの第九次隊（J・ハント隊長）のE・ヒラリーとシェルパのテンジン・ノルゲイが登頂。W・ノイスの著書は浦松佐美太郎訳『エベレスト　その人間的記録』。小林秀雄には、初めての登山について触れた「山」、深田久弥との登山を書いた「蔦温泉」「カヤの平」があり、「年齢」にも八ヶ岳登山のエピソードがある。
出典＝「朝日新聞」昭和三十一年三月／『小林秀雄全集』（昭和五十三〜五十四年・新潮社）所収。

中島健蔵

# 美ヶ原

――深田久彌に――

「四月にいよいよ松本へ来て、先ずはてなと思ったのは、東の筑摩《ちくま》山地中の王ヶ鼻だった。何度も夏には来ていながら全く気がつかなかった二千メートル前後の岩山だ。それが残雪をつけて大きく空を限っている姿は、甚だ心を惹く。王ヶ鼻の裏には、同じく二千メートル近い美ヶ原《うつくしがはら》がのびていて、木も殆どなく一面の草原で、牛や馬の放牧場になっている。その少し西南には、山に囲まれた三城《さんじろ》の牧場がある。晩春から初夏にかけては、山の上が鈴蘭で一杯になる。都会で五六本束にして売っている鈴蘭の感傷性は呪われよだ。僕達は、常念山脈を西山《にしやま》と呼び、筑摩山脈を東山《ひがしやま》と呼ぶ。松本の西北の丘の家、蟻《あり》ヶ崎《さき》に根城をかまえ出してから、絶え間なく、東山を歩き、季節と天気と時間の変化によって、限りなく姿をかえる此の高原の美を貪るのだ。学校を怠けることはあっても、東山との親しみを忘れることはない。」

「秋の夕方、此の丘に登って松本の町を見下しながら、ふと南の山際を眺めると、南アルプスの何山かが真白に雪をかぶって小さく輝くのが見える。更に丘を登ってゆくと、段々に日が沈んで、冷たい風が、荒れた墓地のすすきをざわつかせる。そして知らぬ間に空が暗くなって星が見え出す。」

「雪もよいの風が怖しい勢で吹き募っている。西の山も東の山もすっかりかくれて、形の定まらぬ雲が低く南から北へ飛んでいる。前のアカシアの林が断え間なく枯葉の音をひびかせている。空気が乾ききって、総てのものがかさかさしている。冬だ。冬の風がいよいよやって来たのだ。」

「いよいよ冬だ。乗鞍や常念の頭の雪煙が夕日に光るのも間のないことであろう。スキーの手入れも出来ている。靴には十分油が染み込ませてある。今日の此の風が雪を持って来たらしめたものだ。今年の滑り始めはもう数週間前に東の袴腰《はかまごし》でやった。――風が止んだ。雨の音が聞え出した。夜になったら雪に変るだろう。」

「蟻ケ崎の裏に火葬場がある。古い煉瓦の煙突が油っぽく煤けている。あの先から人間の焼けた煙がもくもく出るのかと思うと、口許の煙がよけい油っぽく見える。葬列の提灯が殆ど毎夜家の下を通る。併し古い火葬場は不思議に美しく黙り込んでいる。

昼間は小さくなっている煙突が、夜になると急にむくむくと大きくなって来る。殊に例の油っぽい煙を吐いている時にそう思う。秋、落葉松《からまつ》のすがれる頃は、恐ろしく淋しかった。冬、雪の時は、あっさりした淡彩だった。春になると、木の芽と共に大きな顔をしてのさばって来る。」

「低く曇っている。白楊《ぽぷら》の芽がゆらめく。暗い空は身動きもしない。澄んだ灰色だ。」

「松本では桜も梅も桃も殆ど一時に咲く。丘の中腹には落葉樹の枯葉がまだ散り果てず、同時に草の緑が萠えはじめる。秋と春との混合だ。深い雲が西の山をなかばかくしている。実に遠い気がする。風が渡る。東の山から、やはり秋と春との混合のような風がひびいて来る。」

＊

深田君

これは大正十二年頃書いた断片だ。僕は今、君からの手紙を受取って、急に古い「和田」の五万と、日記とを出して、美ヶ原のことを思い出している。

君の名を覚えたのが、「志乃の手紙」や「オロッコの娘」の手引ではなく、小林秀雄の書いた君のルックサックの描写だったことを、今となっては誇ってよいのだろうか。照れてよいのだろうか。僕は未だに、君の名を思う時、君の小説よりも山のことが先ず頭に浮んでくる。もう十年近くも都会の塵にまみれて、殆ど山の空気を吸わないが、君の云う通り、美ヶ原の思い出は依然として鮮かだ。

入山辺《いりやまべ》から三城のわきを抜けて王ヶ鼻へ登るか、袴腰から武石峠《たけしとうげ》へ出て美ヶ原に泊るか、或は和田へまわって裏から茶臼に登るか、もう少し計画を大きくすれば、美ヶ原から物見石《ものみいし》を経て嶽《たけ》ノ湯から丸子へ出るか。テント一張あれば思いのままだ。松本の町からそう遠くはない。日帰りで西の山を眺めにゆくのも悪くはあるまい。春の夕方、松本平が一面のれんげ草で紫に燃える美しさも他では見られまい。それに、今では武石峠にヒュッテが出来たような話も聞いた。あの峠の茶屋跡の水は豊富で清冽だ。併し、今はどうなっているか。美ヶ原の北の隅の森にも水がある筈だ。霧が巻いて、足許の草しか見えない漠々たる夕方の高原を歩いて、あの森かげにテントを張った方がヒュッテよりも快よいかも知れない。一度、春、三城から武石にかけてスキーで縦走を試みたことがあったが、雪が風で飛んでいて、ひどい目に会ったことを覚えている。今では、コースの調べもついているだろう。

時間と道とは問わないのだ。地図一枚で、日帰りなり上で寝るなり勝手次第に歩きまわり、決して飽きることがない山といえば、僕は未だに美ヶ原を含む筑摩山脈を推す。武石峠の眺望は日本でも類が少ないと山の知友から聞いている。あの山腹の黒々とした針葉樹林には熊もいた筈だ。藤島敏男氏と二人、茶臼へビールを一本運び上げて、岩角の烈風に冷して飲んだこともあった。菊池武彦などと武石の山の中腹で寝ころんでいたら、思いもかけず東京から此の峠を目指して来た人に会って不思議な気がしたことも覚えている。あの時は、松本に豊富であった苺を持って行ったように思う。安いビスケットをフライパンで揚げると天下の珍味になることを覚えたのは、嶽ノ湯のキャンプであった。あの頃一緒に暮らしていた岡山俊雄は地理学科を出て槍や穂高の氷河の跡を調べる本職になった。皆、山と縁が切れるどころか、一層山に惹かれているらしい。

僕も、落葉松《からまつ》の林を縫い、茫漠たる草原を歩み、羊歯の群を踏みしだき、手当たり次第に鈴蘭の花を抜き集めた頃の思い出を、未だに深く心に蔵めて、今猶「山の鬼」が身体のどこかに憑いていることをはっきりと感じている。

トランスヒマラヤの発見者、スヴェン・ヘディンは、安らかな自宅で、ふと窓の外の木立を渡る風の音を聞いて、カラコルム峠やマナサロワアル湖の誘いを感じ、直ちに新しい探検の準備に取りかかったという。美ヶ原の誘いには、トランスヒマラヤの壮美はないにしても、一層情がこまやかだ。僕も稍々塵労に悩んで若干の闘志を必要とする時、或は人間の煩わしさに寂寥を想う時、母なる山の懐を慕うこと切なるを覚えて、いまさか身についた山の気を揺りさまして眼を遠くにやることが稀ではない。それにつけても、三年の間、一歩踏み出せばすぐ山に入れる所に住んでいたことを、その故に、又その故にのみ有難く思う。

君は又山に行くという。山の鬼を背負い出して、一脈の清気を、此の鬱陶しい平野に伝えてくれたまえ。

（昭和九年八月二十四日夜）

■中島健蔵（なかじま・けんぞう）明治三十六（一九〇三）年〜昭和五十四（一九七九）年
・中島健蔵は大正十年、旧制松本高校入学。菊池武彦の兄、詩人・菊池香一郎の影響で仏文学に興味を持つ。大正十四年、東京帝国大学へ進む。文学部仏文科の同級生に小林秀雄、今日出海、三好達治がいた。昭和八年、東京帝大文学部仏文科助手。「作品」「文学界」同人として文芸評論の執筆を始める。深田久弥は大正十五年、東京帝大文学部哲学科入学。昭和五年、「作品」が創刊され、堀辰雄、井伏鱒二、小林秀雄、今日出海らとともに同人となる。昭和八年、「文学界」同人。この作品が掲載された梓書房の「山」編集長・石原巌は深田久弥の一高旅行部の先輩。昭和九年十月号は〝高原特集号〟で、新村出、林芙美子、小林秀雄、三好達治、斎藤茂吉らが寄稿している。藤島敏男と美ヶ原を歩いたのは大正十三年で、藤島敏男は当時日銀松本支店勤務。岡山俊雄はのちに明治大学名誉教授。
出典＝「山」昭和九年十月号

# 鬼色の夜のなかで

草野心平

あの。
なだらかな尾根の右肩のトンガリ。
あすこがおれの限界だった。
六十を二つ越しただけとはいえ。
いまはもう限界は。もっとずっと下の方。
診療所通いのおれにとっては――。
すっぱいあまいジナシの金のまんまるをかじりながらそう思う。
天狗。根石。硫黄。見る山であって登る山でない。
阿弥陀。赤岳。
天に雲なく。
かげりなく。
こん度はおれは。

山リンゴのカチッとしたまっ赤っかに歯をたてる。

ジナシはもういい。しょいこをしょったままブッシュにもぐりこんでる糸萱のおばさんよ。

太い赤松の切株に腰をかけ。

また。のうのうと脚をのばし。

ワタルよ。この満満ゆれるすすきの原っぱに埋まろう。

あのなだらかな尾根の右肩のトンガリがおれの哀れな限界だって。

ほんとはもっと下の方のあたりがせい一杯だってそれはそれだ。

この茫洋を見渡そう。

見渡しながら糸萱のおばさんよ。

甲斐駒の方に向きをかえて。さあ。なんかパクつこう。

これがいちばんいいずら。

ニシコリの枝でもへし折って肥後守で乙な箸でもつくろうかなと思ったが。

糸萱のおばさんはすすきの幹でつくったのを。これがいちばんいいずらという。成る程。

象牙よりもすべっこいしうすべに色に光っている。

古事記の美しいぼうぼう髪の女たちはこの萱箸を愛用したにちがいないと思い入れあって
ひねたくあんをポリポリやる。

ああどうだい。
乗鞍。
御嶽。
木曽駒。
キーンとした稜線の上はどこもかしこもシナノグンジョウ。
まるっきりのツツぬけである。
しぶいえがらっぽい顔なんかはひっぺがして。
ニコニコフワフワ。
糸萱のおばさんのしょいこからスケッチブックなどとりだすのもよそう。
萱穂は白いキツネのしっぽ。
白ではない。少しピンクで少し青っぽくそしてまぶしい。
ノドがかわいたな。
ではいきましょう。
糸萱のおばさんは東京弁をつかって絣《かすり》のもんぺの枯草をはらう。
石ころ道の道ばたにキレイな湧き水が湧いている。
うつぶせになって鼻もぬらしてドクドクのむ。

すぐそこの唐松林にはいればジコウボウも探せるという。もういいよ。ウチに沢山あるんだから。

いまからゆっくり歩きだして。

(途中のウルシやニシキギの燃えるギャランス。)

そしてあの古ぼけた山荘につく頃は。

金と緑と銅粉の。

めちゃくちゃな陽を浴びる計算になる。

さあいこう。実は糸萱のおばさんよ。

あさっておれは帰ってゆく。

季節はずれのシンガリも大分ながいことつとめたし。

無頼 craziness のまっただなかへ。

イトウリやシシガシラ。大河原峠のイワカガミ。コケモモなんかのひとかたまりも大事に持って。

右の脚が出れば。

左の脚。

左の脚がひっこめば。

また右の脚。

一歩一歩は過去になる。

歩きながらの馬糞のように新しい過去がポッカリポッカリ生れてゆく。

もみじの色もあしたは変わる。

いまシュリケンのようにふっとんでったなんかの鳥も永久に。同じラインをとぶことはない。

二度ということは一度もない。

むしょうに生れる過去。

どんづまり死。

　　オーライ。

　　オーライ。

　　ストップ。

つまりはそんな具合。

さればわれわれニコニコニヤニヤ。

山荘の畳の上で一杯やろう。

（途中ニシキギやウルシのギャランスに染まって。）

それからゆっくり。
鬼色の夜のなかで。

■草野心平（くさの・しんぺい）　明治三十六（一九〇三）年～昭和六十三（一九八八）年・詩人は六十二歳。昭和二十八年ごろから蓼科の山荘にときどき滞在し、高原の情景をうたった。山の文芸誌「アルプ」（昭和三十三年三月～五十八年二月）には、「歴程」同人の鳥見迅彦らとともに、刊行全期間を通じて多くの山の詩を寄稿している。二冊の詩集『富士山』（昭和十八年・昭森社／昭和四十一年・岩崎美術社）のほか、富士山をモチーフとした多くの詩が知られるが、『マンモスの牙』には「高原の秋」「蓼科にて」「蔵王」「種山ヶ原」「八甲田山巓」「裏磐梯」などがあり、『止る歩く』には、故郷の山についての「阿武隈の山々」、八甲田山に登った「山頂の花」、北八ヶ岳で遭難しかけた「一瞬の白駒池」のエッセーが収められている。
出典＝「アルプ」昭和四十一年一月・第九十五号／『マンモスの牙』（昭和四十一年・思潮社）／『止る歩く』（昭和四十五年・東京美術刊）所収

# 戸隠山

林 芙美子

私は山だの湖だのが大変好きです。去年の夏は北海道や樺太を歩いて来ましたが、旅の大半は山や湖や沼を見るのについやしました。大雪山や阿寒の山々はすばらしいものでした。私が、本当に山好きになったのは六七年前信州の戸隠山へ登ってからです。いまのように山の上まで自動車が通じていない時で、四里の山径は歩いて登るのでした。今では東京近くの小さい山々へ登るにも、百貨店のマークのはいったリュックやピッケルを持っている人達が多いのですが、その頃は菜っぱで包んだ握り飯一つと手拭を首に巻いて下駄で登ったものでした。

長野の駅で降りて善光寺裏から、七曲りの胸突くような坂道を登ると、広々とした飯綱原へ出ます。ここでは様々な小鳥の声が聴かれます。上を見あげると、白雲高くして嵯峨たりで、雲の去来もまことに見事です。

ほとんど毎年何週間かをこの戸隠山でおくるのですが、地味でいい山だと思います。初夏の戸隠は体の芯まで染まって来るような鮮やかな緑ですし、初秋の頃は、雲と紅葉を美しいと思います。宝光社、中社、奥社と部落があるのですが、私は何時も宝光社の諏訪という房へ泊ります。宿屋と神官を一緒にした家ですが昔ながらの建物なのでまるで苔の上にいるような静けさです。高山植物が沢山あるし、街に咲いて埃っぽいあじさいの花も、山の上では藍をとかしたように眼に浸みて来ます。山の畑はほとんど麻畑です。ここに働いている女達の中には汽車さえ知らないひとがいます。私の泊っている近くには小学校がありました。山の小学校では、校僕室で小使がかいこを養っているような長閑《のどか》さでした。ブランコへ乗っていると黒姫や飯綱の山々が足の下にゆれて見えます。私はたいくつすると中社まで遊びに行きます。中社は戸数の多い部落で、ここは割合に泊り客が多いようです。でも、中社は木立が少なくのっぺりとして家数ばかり多い部落なので好きません。ここには、岩戸屋という茶店が一軒あって、手打ちそばをつくってくれます。歯に浸み透るような岩清水でそばをさらすので大変おいしいのです。

戸隠では霧が名物です。雨になりそうな日暮れなぞ、霧が高い杉の梢に渦をなして流れているのを見ます。灔々《えんえん》として波に随う千万里と云う言葉がありますが、その霧の流れを見ていると、帆を張った船が見えて来るような錯覚にとらわれます。

奥社には神官の住居があるきりで泊めてくれる部落はありません。小径の両側に右大臣左大臣の木彫りの古い人形があったりします。時々講中の団体が来て、宝光社や中社なぞでお神楽があります。杉木立の中に隠れてしまっている神社からお神楽の笛やたいこの音が聞えて来るのは神々しくていいものです。

論文を書きに来るひとや哲学をやる人たちが多いようです。山の部落じゅうに、料理屋もなければ三味線の音もありません。朝起きるとから日暮れまで小鳥の声です。眠たげな閑古鳥や、おしゃべりな鶯、たまにはほととぎすも鳴きます。白樺の木を燃やして、母屋でそば汁をつくっているのなぞ、街の宿屋ではみられないなつかしさです。私はこの山で小説をいくつか書きました。雑念がなくなるので散歩から帰るとすぐ机に向えるほど健康でした。小さな荒物屋が一軒あるきりなので、財布は何時までも豊富ですし、地味な一生を山でおくりたいとさえ思うのです。軽井沢にも一二度参りましたが、別荘でも持たぬかぎりは苦しみに行くようなものですし、あのように植民地的な高原は、私はあまり好きません。古木雲際に生じと云った地味な山が好きです。八月の始めには又行李をかかえて戸隠へ参ります。勿論、荷物を駄馬にたくして、私は昔どおり下駄をはいて登ります。山の途中には、野天で茶をわかしている山の娘さんもいますし、桃を雑草の上に盛って売っている少年もいます。自動車を飛ばして行ったらこんな旅情も味えないでしょう。

（七月二十四日）

■林芙美子（はやし・ふみこ）　明治三十六年（一九〇三）～昭和二十六（一九五一）年

・林芙美子は、昭和三～五年、「女人芸術」に「放浪記」を連載し、昭和五年七月、改造社から単行本『放浪記』、十一月『続放浪記』を刊行した。昭和六年十一月～七年には、シベリヤ経由でヨーロッパに一人旅をする。「戸隠山」は『文学的断章』（昭和十一年）に収められたもの。同名で、梓書房の雑誌「山」の高原特輯号（昭和九年十月号）に寄稿したエッセーがあり、そこでスイスの山に行かれなかったのがくやしい、シャモニに何よりも興味があった、と書いている。林芙美子は本格的な登山はしなかったが、自然や山が好きで、随筆「旅だより」には「夜、炬燵をつくってもらい、チンダルの『アルプスの氷河』読了。明日は早々榛名山へ登って見るつもりでおります。」とある。このほか、山にかかわる紀行文では「屋久島紀行」「上越の山々」などがある（いずれも『林芙美子全集』所収）。往時の戸隠の姿を描いた紀行としては、菅江真澄「來目路乃橋」（天明四年）、山田美妙「戸隠山紀行」（明治四十三年）がある。

出典＝『文学的断章』（昭和十一年・河出書房）／『林芙美子全集』第十巻（昭和五十二年・文泉堂出版）所収

# 堀 辰雄　雪斑《はだれ》（抄）

（略）

翌日。僕たちは朝はやく小諸《こもろ》まで往き、そこから八つが岳の裾野を斜に横切るガソリン・カアに乗り込んだ。もう冬休みになっていても、この山麓地方はあまりスポルティフではないので、乗客は僕たちのほかはみんな土地の人たちらしかった。

南佐久《みなみさく》の村々の間をはじめの一時間ばかりは何事もなく千曲川に沿ってゆくだけだが、そのうち川辺の風景が少しずつ変ってきて、白楊《はこやなぎ》や樺《かば》の木など多くなり、石を置いた板屋根の民家などが目立ちだした。そうしてそれらの枯木だの、家だのの向うに、すっかり晴れ切った冬空のなかに、真白な八つが岳の姿がくっきりと見えるようになって来た。

そうやってまだ人家のおおい平原を横切りながら、ぐんぐんと雪のある山に近づいてゆく一種の云い知れない快感を満喫しながら、僕は時々、物陰などにまだ残っている雪の工合などへも目を配っていた。

「この分では、野辺山《のべやま》までいっても雪は大したことはなさそうだぜ。」

僕はそんなことを口ごもったりした。

「そうですかしら。」M君はもう見当がつかないような様子をして、ただ窓の向うに白く赫《かがや》いている八つが岳のほうを見つづけていた。

そのうち、だんだん谷間のようなところにはいり出す。しばらくはもう山々ともお別れだ。そうして急に谷川らしくなりだした千曲川の流れのまん中に、いくつとなく大きな石がころがっているのばかり目に立ってくる。そんな谷の奥の、海《うん》の口《くち》という最後の村を過ぎてからも、ガソリン・カアはなおも千曲川にどこまでも沿ってゆくように走りつづけていたが、急に大きなカアブを描いて曲がりながら、楢林かなんぞのなかを抜けると、突然ぱあっと明かるい、広々とした高原に出た。そうしてまだ雪もかなり沢山残っているその草原の向うの一帯の森のうえに、真白な八つが岳――そのうちでも立派な赤岳と横岳とが並んで聳え立っていた。

「高原というのは、こうやってそこへ出た時の最初の瞬間がなんとも云えず印象的でいいな。」僕はそういう目付をしてM君の方を見た。

やがて、野辺山駅に着いた。白い、小さな、瀟洒とした建物で――いや、もうそんなことはどうでもいいことにしよう。――それよりか、僕はその小さな駅に下りかけて、横書きの「野辺山」という三文字が目に飛びこんできた途端に、なにかおもわずはっとした。

いままではさほどにも思っていなかった「野辺山」という土地の名がいかにも美しい。まあ何んという素樸な呼びかたで、いい味があるのだろう。そうして此処まで来て、その三文字をなにげなく口にするとき、はじめてそのいい味の分かるような、それほどこの土地の一部になりきってしまっている純粋な名なんだなとおもった。……

その高原の駅に下りたのは僕たちのほかには、二人づれの猟師が一組あるきり。——その猟師たちは駅員と一しょになって檻に入れられてきた猟犬をとり出しにかかっていた。

そこで僕たちは二人きりで駅のそとに出たが、其処はいちめんの泥濘だった。駅の附近には、一棟の舎宅らしいもののほか、二軒ばかり休み茶屋みたいなものがあったが、どちらも戸を閉ざしていた、——そんなところで一休みして、簡単に腹でもこしらえながら、それからどこをどう歩くか考えてみるつもりだった。そこへいってみれば、大体どうすればいいかがひとりでに分かってくるだろう位に、僕はいつもの流儀で高を括っていた。

だが、すぐ目のさきに赤岳だの横岳だのがけざやかに見えていながら、この泥濘の道ではどうしようもない。せっかくの野辺山が原もいい気もちになって歩きまわるわけにゆきそうもない。それに、もう午近い。なんとか腹をこしらえないことには。……

「あそこに何か為事《しごと》をしている人たちが見えるな。あの人たちに訊いたら、すこしはこのへんの様子が分かるかもしれない。」

僕はM君にそう言い、ひどい泥濘の中にはいり込まないように、道のへりのほうを歩きながら、旧街道らしいものの傍らで、二人の法被《はっぴ》すがたの男がせっせと為事をしている方へ近づいていった。

が、だんだんそっちへ近づいていって見ると、その男たちが何か荒ら荒らしい手つきで皮を剝いているのは兎であるのが分かってきた。そうしてまだ生ま生ましいような皮がいくつももう板に拡げて張りつけられてあるのが見え、皮を剝がされた肉の塊りが道ばたまでころがり出していた。

「こいつはかなわないや。一番の苦が手だ。もう一ぺん駅までひっかえして、訊いてみよう。」

僕はさっさとそっちへ背を向けて、もう泥濘の中だろうとなんだろうと構わずに、その街道を突っ切りだした。そのときひょいと目を上げると、ちょうど鼻のさきに小さな道標が立っている。それでみると右が板橋《いたばし》、左が三軒屋。両方とも約二粁位《キロ》。――そうそう、板橋という部落はなんだか聞いたことがある。たしか、そこにはわびしい旅籠屋なんぞもあったはずだ。二粁ぐらいなら、思い切って往ってみようかと、M君と相談していると、――その板橋のほうへ通じている、片方は林で、もう一方は草原になった、真直な街道を、何処からどう抜け出したのか、さっきちらりと駅で見かけた猟師が二人、大きな猟犬を先立てながら、さっさと歩いてゆくのが見える。

「往こう。」と僕は言った。

「ええ。」M君もそれにすぐ応じた。

僕たちはその猟師たちのあとを迫うようにしてその街道を歩き出した。どこもかもひどい泥濘だが、道のへりなどにはまだすこし雪が残っている。そんな雪のうえを択んで歩き、ときどき片側の枯木林を透かしながら赤岳だの横岳だのをちかぢかと目に入れたり、もう一方の、まだかなり雪が残っていそうな、果てしなく広い草原のはるかかなたを、甲武信《こぶし》の国境の薄白い山々が画《くぎ》っているのを眺めたりしていると、なかなか好いことは好い。日光もほどよく温かで、こうして歩いているとすこし汗ばんでくる位。――だが、ものの十分とたたないうちに、僕たちの前方を歩いていた猟師たちは、急に林の中へでもはいってしまったのか、もう影も形も見えない。そのかわりに、いつのまにか、僕たちの背後には重そうな鞄を背負った郵便配達夫がひとり姿をあらわし、黙々として泥濘のなかを歩きつづけながら、傍目もふらずに僕たちを追い越そうとしているのだった。――僕たちも何かそれにつりこまれたように、ふたりとも急に黙り合って、ぼんやりと立ち止まったまま、その郵便配達夫の通り過ぎるのを見送っていた。

僕たちはとうとう二人きりになってしまうと、別にいそぐ旅でもないので、雪のまだかなりありそうな草原のほうへちょいとはいっていって見た。雪は、しかし、其処にもそうたんと残ってはいない。ただ遠くから見た目に何んとなくそう見えるだけのものらしい。が、そんな少しばかり雪の残った草原のまんなかに立って見ると、あちこちに一本ずつ離れ離れに立っている樺の木なんぞが、その変に枝をねじらせている工合までも、何かなつかしく思われてくる。

「こういう高原の木は、どこか孤独の相のようなものを帯びているね。」僕はふとM君にそう言ってみたが、それだけではまだなんだか言い足りないような気がした。

それから僕たちはその儘、その草原の雪のうえを歩いてみていたが、なかなか道がはかどらない。そこで、またさっきの街道のほうへ出ることにした。

みると、こんどはその街道をやはり板橋のほうへ向かって、一匹の牝山羊をつれた女が、こう、すこし首をうなだれるようにして歩いてゆく。まだ若い女らしい。

冬の真昼、ときどきまぶしく光っている雪原、風のために枝のねじれた樹木、それらのすべてを取り囲んでいる雪の山々、——そういう自然の中からひとりでに生れてきたようなその羊飼いの女。……

「まるでセガンティニの女みたいだね。」僕はおもわず小さく叫んだ。「あの首のうなだれ方までそっくりだな。」

「セガンティニは僕はあの倉敷《くらしき》の美術館にあるのしか知らないな。」

M君は僕の言葉をそのまま受けいれるにはすこし自信がなさそうだ。

「そりゃ知らないといえば、僕だってなんにも知らないようなものだがね、ただまあひょいとそんな聯想《れんそう》がうかんだんだ。」僕の方でもそんな云いわけをした。「そういえば、あそこにもアルプスの絵かなんかあったね。あれはどんな絵だったかな?」

「たしか真昼の牧場の絵で、アルプスが遠く見え、前のほうに羊飼いの女の立っているような構図だったとおもいますが。……」

「ああ、それで思い出した。なんだかこう妙にねじくれた白樺の木にその女がもたれているんだろう。……」僕はそこの美術館ではエル・グレコの絵しか見て来なかったような気がしていたが、セガンティニのような特異な絵はやはり注意して見ていたものと見える。さっき草原に立った木をなつかしそうに見ながら、何かいまにも思い出せそうでまだ思い出せずにいるものが、その殆ど忘れかけていたセガンティニの絵に描かれた白樺の木とも何か関係のありそうなことをふいと感じた。だが、それはまだ僕のうちでもはっきりとしていない。

僕たちはその牝山羊をつれた若い女に追いつこうとして、いそいで泥濘の街道に出て、再び道ばたの雪を拾いながら歩きはじめた。が、そんなことをして漸うやっと歩いている僕たちは、泥濘のなかをも平気で歩いてゆくその牝山羊をつれた女にもずんずん引き離されてしまった。そうしていつのまにか、また僕たち二人きりにされてしまった。

そんな調子でいくら歩いていっても、野辺山が原は尽きそうもない。もうかれこれ一時間ぐらいは歩いているだろう。腹もへってきているし、もうおしゃべりをする元気もなく、二人とも泥だらけになった靴をただ重そうに運んでいるきりになった。——そうして僕はもう口には出さずに、昔小さな本で読んだことのあるセガンティニの美しい生涯などを考えつづけていた。セガンティニには、アルプスの高原の自然のなかに——いわば人間の住める自然のぎりぎりの限界のようなところに人間を置いて描いているような絵が多いが、その絵がどれもこれも妙に人なつこい。人間の世界から離れれば離れるほど、そしてそこに描かれてあるアルプスの風景がいよいよきびしければきびしいほどセガンティニの絵のもっている人なつこさはいよいよ切実になってくる。——そこにセガンティニの絵の写真を見ただけでも、僕たちが何か心を動かされるものがありはすまいか。……そうだ、僕がさっき草原に立った木をしみじみと見ているうちに、ふいと何か思い出せそうで思い出せずにいたもの、そのために知らず知らず心を一ぱいにさせていたもの、それはそんな木の或る恰好ばかりではなしに、こういう高原のなかに生を得ているすべての小さな生きもののもっている深い味なのだ。それらのものは、ちょっと見ると、何か近づきがたいような孤独の相を帯びてみえるけれど、それらのものほど人なつこいものはないのだ。それほど切実に、存在の本質にあくがれているものはないのだ。……

そんなことを考えつづけながら、僕はもう自分の泥だらけになった靴の重たさもさほど苦にしなくなっていた。

「あそこの藪のなかに馬が二三匹草を食べていますね。もう村が近づいてきたのではないでしょうか。」

M君は自分の大きな身体をすこし持ち扱かい出しているように見える。

「畠もあるじゃないか。」僕はおもわず声をはずませた。「もう村に着いたようなものだ。」

いつか僕たちの歩いている街道は草原から離れて、両側が雑木林だの畠だのに変ってきた。そうしてすこし坂道になり出した。そういう地形の変化は、もうさすがの曠野も果てようとしていることを思わせた。それに元気づき、だんだん急になるその坂道をあがってゆくと、その突きあたりに一軒の藁屋根の家が見え出し、そうしてその家の前の、ちょうど山かげになった道のほとりで、一人の瘦せた老人がそこだけまだ一面に残っている雪をシャベルかなんかで掻きよせていた。

そこまで坂をあがり切って、その手にしたシャベルに凭りかかって一息ついている老人に軽く会釈しながら、ふとそのそばを通り過ぎようとした途端、すぐ目のまえに、川を挟んだ小さな部落が見え、そうしてその中ほどには、古びた木橋が一つ、いかにも人なつこそうに、そうして「板橋」という名前をもった村の目じるしのように懸かっていた。そうしていつか私達の眼界から遠ざかっていた八つが岳が、又、ちょうどその橋の真上に、白じろと赫いていた。

■堀辰雄（ほり・たつお）　明治三十七（一九〇四）年～昭和二十八（一九五三）年

・昭和十八年一月～八月「婦人公論」に連載した「大和路信濃路」の一篇。「大和路信濃路」は「十月」「古墳」「斑雪」「辛夷の花」「浄瑠璃寺の春」「橇の上にて」「死者の書」の七篇からなる。単行本の序にあたる「樹下」は昭和十九年一月「文藝」に発表された。堀辰雄は昭和十六年三月、構想から七年近くを経て「菜穂子」を「中央公論」に発表。十月と十二月に奈良を訪れ、十二月下旬、東京帝大医学生の森達郎と軽井沢に葛巻義敏（芥川龍之介の甥で文芸評論家）を訪ねた。「斑雪」はこの時のことをもとに書かれた。「橇の上にて」は昭和十八年二月に森と志賀高原に向かった時のことで、「いよいよ自分も久恋の雪の山にきているのだなと思った。ずいぶん昔から、いまのように、こうしてただ雪の山の中にいること、――それだけをどんなに自分は欲して来たことだろう。」と書く。セガンティーニ（一八五八～九九）の絵は「アルプスの真昼」で大原美術館所蔵。

出典＝原題「野辺山原」「婦人公論」連載「大和路信濃路」昭和十八年四月号／『大和路・信濃路』（昭和二十九年・人文書院刊）所収

# 秋の上高地

加藤楸邨

秋の終の山がすばらしいからと長男の穂高は私と知世子に上高地へ行かないかと誘った。上高地までなら、私達も大丈夫だろうと急にでかける気になった。知世子は五人の子を育てて来たが、早い子持だったので、末子はまだ六つなのだが、行こうといえば、どこへでも、まず厭だといったことがない。

私は二、三年前臥こんだことがあるが、この頃は体力に大分自信ができて、機会があればためしてみたかったし、子供達の若々しい気分にかこまれていると、ジッとしていられなくなる。次男の冬樹も三男の明雄も毎年必ず山へ出かけるし、昨夏は末子の忍も五歳何ヶ月で吾妻山登攀の年少記録をつくっている。亡父も御殿場駅長をしていた頃、暗い中に富士に登って、深更下山してくるというような人であった。

秋の暮子に誘われて旅にあり　楸邨

私達夫婦と穂高それに穂高の友人のHというお嬢さんの四人、河童橋の傍へバスから下りたのが、凛烈たる朝の空気の中であった。穂高とHさんとは早速私達を橋の上に並べて写真を撮るのだという。そして、もう少し右とか前とかやかましくいうのは、新雪の穂高岳を私達の上へのりださせようというのである。

砂利採りてすぐに澄みきる梓川　知世子

私には奥穂高の峨々たる岩肌が言いようのない魅力だった。

「僕はあの畳岩のあたりを登ったんだ。それから尾根つづきに北穂へ行ったが、何度行っても凄い魅力だな」

と、穂高は母と友人とに若々しい競いを見せている。

白息や水もたげては水湧ける　楸邨

岩魚の養魚場で是非一夜を過してみてくれと穂高がいう。梓川に沿うて上流に遡ると、明神岳の直下が養魚場だ。白樺にかこまれて寂とした一画に、水を湛えて岩魚を飼っている。五十位のたくましい男が水の中に下りたって、しきりに岸の岩を鶴嘴《つるはし》でもたげている。岸で何か話しかけているのはその妻で養魚場の管理をしているのだと、長男が説明した。あたりの落葉がしきりに舞いこむ水の下を四、五寸位の岩魚が矢のように走っている。知世子は見惚れて動こうとしない。

その夜は月が明るかった。障子を明けてみると、霜がいちめんに下りて、一切のものが雪のように明るい。囲炉裡《いろり》の榾火《ほたび》に顔を照らされながら、私達は岩魚の焼けるのを待った。宿の主夫婦は岩魚よりも目刺の方がほしいといって、穂高の友人にとりかえて貰っていた。

私と知世子は早く寝についたが、長男とHさんは明神池へでかけるのだといって、カンテラを提げてでかけていった。白い息が闇の中に遠ざかるのを見て、私達はのしかかるような明神岳の夜色を仰いだ。

黙るときは食うとき月下若者等　楸邨
炬燵出づればすっくと老爺嶺に対う　知世子
胸にさす月光声をあげて受く　楸邨
雪嶺に向いし脚は光はなつ　知世予

強霜の中に嗽《うが》いをする。梓川の一支流が音を立てて屋後を走り過ぎる。汁はこの地方でヂコボーという茸だ。マイタケに似てもっと地味な味が好もしい。

林を歩くと昨夜の霜に木の葉が青いままで剝落してゆく。ハルピンのキタイスカヤ通りから松花江に出たとき、私はこういう青枯の現象に驚いて、これは満洲の特色だと思ったのだが、こういう山峡では日本でも屡々《しばしば》見ることができるらしい。

じっと林中に息をひそめて立つ。息を洩らすと、それに合わせるように、あたりが落葉の交響曲になる。それがはたと止むと、日雀らしい声がひそかに近づいて、また一斉に落葉の彩りの中に包まれてゆく。

日雀《ひがら》いて石の髄まで凍《い》ててをり　楸邨

落葉より青き落葉はかなしき音　知世子

徳沢まで歩きまわってきた長男とHさんは焼岳へ登るのだという。私達も麓まででかける。若い二人はルックザックも軽げに颯爽と石崩の彼方に消えていった。私と知世子は磊《らい》磊《らい》たる石の間で昼餉をとる。

「私、登りたくなった。待っていてくれます？」

そういって突然妻は私をみつめる。私は止めない。こういう眼の光のときは、この女は思ったとおりやろうとするつもりなのだ。私は黙ってうなずく。結婚して十年位は私の方がそうだった。黙ってうなずくのは妻の方だった。

登り口で大きく手を振って、いつもの跳ぶような足どりが、樅のしげみにかくれた。私は立枯の木々の間に自分の座を占めて青空を仰ぐ。西穂の頂の一部が、薄雪を載せながら、まだ青い軟い丸みを覗かせている。
しずかな石群が視野になだれている。

白樺の白幹さむし手に撫づる　楸邨
秋の羽虫わが肩にきて命了る　同
秋深き石やひとごえあたたかし　同

いつか青空を仰いでいる中に石の上にうとうととまどろむ。ふとめざめると、胸の上に枯草いろのトンボがとまって、みているとしずかに居向きをかえるところだ。石と立枯れの木の間で、生きているものの懐しさが胸にこみあげる。もう一霜か二霜の命であろう。
焼岳の肩のあたりをしずかに雲が移動しているだけで、上高地を覆う空は染めたように真青だ。ふと自分の占める位置がかえりみられる。かつてゴビの奥で、砂礫の間にめばえていた勁草の中に野宿して、こういう位置感を得たことがあった。あれは深夜の青空だったが、これは日本の真昼だ。

燐寸擂りてゴビの沙漠の虫を見き　楸邨

こんな句が記憶の中にある。

炎天の沙漠一点の我の位置　楸邨

というのも、トフミン・スムへの際涯のない沙漠での位置感だった。人間のいとなみばかり詠んでいた私が、病後しきりに、山や樹木や峡の人の営みを詠みつづけたのを人は自然への逃避だというかもしれない。私の戦争の傷痕は思ったよりも深かった。人が信ぜられぬ前に、自分のどこかが崩落した。そうした目で、もう一度山が私の前に聳えてきた。「国破れて山河あり」という故人の詠嘆は、崩壊の中に自分を支えるうたごえであったし、そこから再び人の世を信ずる手がかりをつかもうとしたのだということが実感の中に生きてきた。

そんなことをとりとめなく考えつづけている中に、焼岳の肩のあたりの雲が秋日の面にかかって行った。

嶺秋雲子を追いて今妻が攀づ　楸邨

その夜もう一度上高地に泊った。知世子は黄昏の影を曳いて下りてきた。やがて子供達は真暗になってから下山した。心配で坐ることもできなかった知世子が、窓からその姿をみつけて、叱っていた。月の明るい夜が続いて、夜目に焼岳がくっきりと聳えている。

白く険しく泣きそうになるまで雪嶺攀づ　知世子
嶺新雪歩をゆるめねば疲れなし　同
頂上や我に吹く雪むさぼり食う　同

翌早朝、白骨に嚮《むか》うとき私達四人に、西穂の角の青みは朝日を浴びて、誘うようにかがやいた。

「登りたいな」と知世子が咳く。

「お母さん、思いきって今登ろうか」

と穂高が応ずる。

「来年」

私は思いきって白骨へ歩を向けた。

■加藤楸邨（かとう・しゅうそん）明治三十八（一九〇五）年〜平成五（一九九三）年

・加藤楸邨は水原秋桜子門下で、はじめ「馬酔木」に拠るが、昭和十五年「寒雷」を創刊し、「馬酔木」を辞す。文中に、「人間探求派」と呼ばれた時代から、戦後、より幅広い作風へと移った心境の一端に触れている。加藤知世子（明治四十二〜昭和六十一年）は結婚後句作を始め、「寒雷」に参加。「女性俳句」の創刊、編集に参加した。

出典＝「山と溪谷」昭和三十年十一月号

## 臼井吉見　上高地の大将

「それゃア、学生たちのヤシュウだね。あれは昭和五年か、いま考えると夢みたンな話だが……」木村君は、僕の質問にすかさず答えて、語り出した。質問というのは、上高地にこもって三十年、一番忘れがたいことは何か、というのである。

「ヤシュウ？　なんだい、ヤシュウって？」

話はこうだった。昭和五年、東京、大阪、名古屋の三鉄道局が共同して、観光地上高地を宣伝しようというので、天幕露営の団体を募集して、数百名の客がやってきたときのこと。神聖な上高地を俗化させられてはたまらない、われわれの上高地を守れ、というわけで、各大学の山岳部有志が檄をとばして続々参集、天幕部落に殺到して、夜襲をかけたというのだ。天幕をひっぺがす。杭をぬく。薪を蹴ちらす。わけても、主催者側の天幕などは、さんざんな目にあった。上高地に学生の暴動がおこったというので、松本からは数十名の警官隊がのりこんでくる。事の重大さに気がつき、山越えして飛騨方面に逃げたものは助かったが、大部分はつかまった。地もとの松高をはじめ、一高、三高、六高、八高、甲南、東大、商大、早大、慶大、日大、法大など、当時鳴らしていた、山岳部のほとんどが参加した事件だった。木村君も、大いに学生に加勢したそうだが、いま考えると、つくづく、「時勢にはかなわん」と悟ったそうだ。このごろの、河童橋附近の、ごったがえしの人ごみ、拡声機のふりまく歌謡曲、小梨平の天幕村の合唱やダンスなど、なるほど、木村君にとっては、ただならぬ感慨だろう。

木村君によれば、いまの学生にしても、気持において昔と変りはなく、次々に山深く新しい、彼らの世界を求めて、開拓する。開拓されると、小屋ができ、売店が開かれ、商人が入りこんでくる。どっと観光客がおしよせる。そうなると、取締りがきびしくなり、開拓者だった学生たちは邪魔ものあつかいされる。彼らは、次の根拠地を求めて、一そう山深く入っていく。こうして、彼らは小梨平から、唐沢へ、唐沢から立山へと移って行った。「開拓しては追われ、追われては開拓する。まるで、先ころまでの日本の大陸政策そっくりだね。」

ここにこもって三十年、世相人心のうつろいを眺めてきた、いまは「上高地の大将」と呼ばれている木村君の感想である。

木村殖《しげる》君は、僕と小学校の同級生だ。頭もよく、気性も強かったが、気性の強さを滅多に表面に出すようなことはなかった。僕とはウマの合うところがあって、部落はちがっていたが、すぐうしろが山になっている彼の家へ、遊びに行ったこともある。クラスに、とんでもない権力者がいて、みんながその威勢に慴伏《しようふく》していたが、高等科になってからは、木村君がこれを完全におさえて、クラスの信頼を集めているということを、僕は中学へ去ってからのことであるが、耳にしていた。

木村君は朝鮮の連隊で兵役を終えて帰ってきてから、上高地へこもったまま、現在に及んでいる。はじめは「温泉ホテル」で働いていた。「温泉ホテル」というのは、戦争末期に死んだ、早稲田派の文芸評論家であり、石垣綾子さんの昔の恋人だった青柳優の家の経営する宿だった。青柳は木村君や僕より二年上級で、父親は村の医者だった。中学時代の青柳は、思いたつと、午後からでも、下駄ばきのまま、上高地へ出かけるようなところのある男だった。無論バスなどあろうはずがなく、徳本峠《とくごう》を越えて、歩くよりほかなかったころのことだ。そのころから、まもなく、木村君は上高地へこもったことになる。上高地は、十月の終りには、宿屋も売店もすべて戸を閉じて、みんな下山してしまう。現在とて変りはない。三十数年前、そんなとき、一冬を通して、上高地の雪のなかで、たったひとり居残っていた人間がいる。アルプスの主といわれた嘉門次である。嘉門次が死んでからは、ふたりの門弟、常さんと庄吉が後を継いだ。木村君が上高地入りをした最初の年は、

「温泉ホテル」のうしろの小屋で、常さんと同居して冬ごもりをした。正月の休暇に、山岳部の学生がすがたを見せるほかは、三月の終りころ、再び彼らがやってくるまで、人間というものを見かけることはない。深い雪に埋められて、音というものがひとつもないような昼と夜がつづく。と思うと、天地が怒り、吼え、狂ったかと思われるほどの吹雪に明け暮れることもある。そんなとき、木村君は、常さんから猟師としての指導を受けた。

常さんは、食うよりは飲むのが先というひとだったが、釣った岩魚《いわな》は、片っぽしから学生たちにくれてしまうというふうで、上高地の宿屋という宿屋に借金がたまり、どこからも追ったてを食っていた。身を寄せるところがなく、全財産――煎餅ぶとん二枚、行李一つ、岩魚を干す網三枚――を背負って飛騨方面へ落ちのびようと出発するところを、木村君が見つけて、「温泉ホテル」の小屋に同居をすすめたのだったから、常さんとしても、嘉門次から伝えられた深山の猟師生活についての万般の秘伝を、年少の木村君に授ける気になったのだろう。

そのころ、小屋にストーブはなかった。大きな炉のなかに、半抱えもある榾《ほだ》（丸太材を切断したもの）を二本、両方からくっつけて、そのまんなかで、年がら年中、燃えくすぶっているのに、手をかざしながら、若い木村君は、常さんから嘉門次直伝の猟の心得を伝授された。

冬の上高地の猟といえば、クマ、カモシカ、キツネ、テン、リス、ウサギ、カモ、ヤマドリなどであるが、大ものといえば、クマとカモシカであることはいうまでもない。榾火にあたりながらの、口さきの伝授だけで、クマやカモシカがとれるはずはない。実地にやってみなくては、わかるものではない。

木村君は、常さんのお伴をして、明神池の小屋にいた庄吉を誘い合わせ、つまり嘉門次の直弟子と孫弟子と三人で、しばしば熊追いをやった。霞沢あたりで、「通り熊」が、冬眠に入るのを探すのである。「通り熊」というのは、食いものを求めて、飛驒方面から信州に入りこんできた熊が、里に近い稲核《いねこき》や島々《しましま》あたりを荒らしまわって、たらふく食い、真冬になって、食いものがなくなると、上高地へ戻ってくるのをいう。戻ってきた熊たちは、大木の洞なり、岩穴なりを見つけて、入りこむとぐっすり寝こんでしまう。そして、春の彼岸近く、あたたかな雨がふるようになるまで、眠りつづける。

熊たちのかくれ家は、嘉門次以来だいたい見当がつくのであって、近くへ行くと、彼らの鼾《いびき》が聞えてくる。寝こんで二三日なら、ひとりが木の幹なり、戸口の岩をたたく。熊のやつ、目をさまして、のっそり姿を現わす。そこを待ちかまえていた別の者が鉄砲で射とめるのである。寝こんで一週間以上にもなると、戸口をたたくぐらいで目をさますものではない。平気で大鼾をかいている。そんなのはバラ玉をこめた一発をうちこむと、ようやく目をさます。大きな木に登り、その洞にひそんでいるやつは、入口を木の枝でふさぎ、その上にふり積った雪が凍りついていて、熊がかくれていようなど思いもつかない恰好になっている。ただ鼾だけが聞えてくる。木の幹を斧でたたくと、目をさまして、黒い前足をちらっとのぞかして立ちあがろうとする。そこを、ずどんと一発お見舞申すという寸法。五十貫もある大熊が、雪けむりを立ててころがり落ちてくるときの気持ったら、ほかでは味わうことのできないものだそうだ。

カモシカについては、「的場《まちば》」(通り道)を知っていることがかんじんだが、白一色に埋めつくされた上高地で、カモシカの「的場」を覚えこむことは容易なことではないらしい。これも嘉門次以来の秘伝である。「的場」のほかに、これが「立岩《たちいわ》」、あれが「のぞき岩」というふうに、実地について教えをうける。「立岩」は、カモシカが、そこへくると、立ちあがって、あたりの形勢を眺める岩の意。「のぞき岩」は顔をのぞかせる岩の意だ。そういう特定の場所に、デワズキ(親子づれのこと)で現れるところをねらわなければ、カモシカなどとれるものではないとのことだ。

なお、木村君の三十年の体験によれば、カモシカは一年に一頭ずつ子を生むというのはまちがいで、一頭生れるのに一年半かかるのだそうだ。

木村君は、そんなわけで、山男として自分を育てるために、常さんと庄吉から多くのものを学んだ。このふたりは、あまり仲がよくなかったそうだが、若い木村君がとりもって、ふたりの和合をはかり、上高地の平和を維持してきたものらしい。常さんは放浪癖があって、島々あたりへ出ていくと、何か月も帰ってこないようなことがある。上高地じゅうに、人間といえば木村君がたったひとりで一冬をすごしたことも二度や三度ではなかった。昭和十六年から十八年にかけて、石漠作戦に出征したほかは、三十年間、終始上高地にこもりつづけている。

召集解除になって帰国してからは、無論すぐ上高地へ戻ってきたが、戦争はいよいよはげしくなり、夏になっても、旅館は開かれず、登山客もほとんど見えなかった。木村君はカモシカの毛皮を携えては山を下り、米と交換してひっそり暮していた。まもなく再召集のための「足どめ」の知らせをもって、生家からわざわざ人が見えた。いそいで山を下って、島々の部落までやってきて、戦争の終ったことを知ったという。

木村君は、「温泉ホテル」から、まもなく「帝国ホテル」に移って、ホテルの裏の小屋で、大学の山岳部の世話をしたりして、多くの学生たちに親しまれている。マナスルや南極へ行ってきた隊員たちの多くと、彼らの学生時代から馴染んでいる。

僕は、木村君に、山でみる現代学生気質について聞いてみた。彼のいうには、大学の山岳部にしても、むかしは文字どおりの開拓者だったから、いまから考えれば想像もつかないような困難と戦わねばならなかった。自然意地も強く、根気もよかった。規律もいたって厳格だった。いまは、道筋、所要時間をはじめ、何もかもわかっていて、それにしたがっていればまちがいはない。それでいて、いまのほうがぐんと事故が多い。

「なんしろ、登ったこともない山について、いくらでもしゃべるんだからなァ」というのが、嘉門次直系の「上高地の大将」の感慨であった。そして、「変ったのは人間ばかりじゃない。大正池はあのとおりつまらんものになってしまったし、岩魚もめっきりすくなくなったし、……上高地も、年ごとに人間くさくなっちまって……」そう言って笑ったが、妙にさびしげな表情だった。

そのとき、横合いから、木村君の下で長く一緒に働いているという山男が口をはさんだ。

「そう言やァ、大将の酒もめっきり弱くなっちまったなァ」

（一九五七年八月）

■臼井吉見（うすい・よしみ）　明治三十八（一九〇五）年～昭和六十二（一九八七）年

・臼井吉見は長野県南安曇郡三田村（堀金村を経て現、安曇野市）生まれ。旧制松本中学、松本高校から東京帝国大学文学部に進んだ。故郷の情景は『安曇野』に反映されているが、少年時代の回想を記したエッセーでは「安曇野の思い出」「幼き日の山やま」（『臼井吉見集』所収）がある。「幼き日の山やま」には、小学校で朝礼のたびに「常念を見ろ！」と語った「常念校長」のことや、旧制松本中学五年生の時、古田晁（筑摩書房創業者）らと初めて徳本峠を越えて上高地を訪れたときの様子が書かれている。木村殖（明治三十八～昭和四十九年）は、昭和三年から上高地の温泉ホテルの冬小屋に入り、昭和八年からは、帝国ホテル冬期番小屋「木村小屋」で大学山岳部などの世話をしながら、多くの遭難救助に貢献した。自伝『上高地の大将』（昭和44年・実業之日本社）がある。青柳優（明治三十七～昭和十九年）は臼井吉見と同郷で、早稲田大学に進み、「早稲田文学」を中心に文芸評論を発表。青柳家は「清水屋」として知られた上高地温泉のオーナーで、昭和四年から「上高地温泉ホテル」として直接経営。親交があった尾崎一雄の「穂高の新雪」に「昭和十三、十四、十五年と、私は三年つづけて上高地へ行った。（略）終戦の前年に胃潰瘍で死んだ友人の評論家青柳優君が、そのころ、季節の間だけ上高地のある宿の支配人をやっていた。そのおかげで、私は半ば居候格で幾度も長逗留できたわけである。」とある。大正～昭和初期の上高地について書かれたものでは、登山家・松方三郎の「神河内」（『アルプス記』一九三七年・龍星閣）がある。

出典＝『臼井吉見集』第三巻（昭和六十年・筑摩書房）

# 坂口安吾　日本の山と文学

## （一）　山の観念の変移

我々の祖先達は里から里へ通うために、谷を渉り、峠を越えはしたものの、今日我々が行うような登山を試みる者はなかった。

支那の画家、文人等には山から山を遍歴し石濤《せきとう》のように山中の仙というような生活ぶりの人達が相当居たということであるが、我々の祖先達にも山中暦日無しというような支那の詩句が愛好され、山中に庵を結ぶというような境地を愛した人は多いが、今日高山の登山になれた我々から見ると、いずれも山の麓程度に過ぎないのである。

西行や芭蕉にしても、里人の通る山中の峠は越えているが、わざわざ高峰に登るようなことはなかった。今日の我々にとって山と詩情は、甚だ多く結びついているのであるがこのような感情や感傷は、祖先達には殆ど無かったことである。穂高もなく上高地もなかった。

橋本関雪氏の文章によると、同氏は再々支那の山河を跋渉《ばっしょう》されているようであるが、支那の南画の山水が決して現実を歪めたものではなく、あれがそのまま正確な写実であることが分るという話であった。日本の画家が南画に写実を見ず、象徴的な筆法や形のみを学ぶのは誤りだという意味なのである。

然し私は数年前京都の嵐山に住み、雨の日雲の低く垂れた嵐山や小倉山、保津川の風景に、日本の山水のふるさとを見て呆気にとられたことがあった。日本画の山水の風景が実在することを納得させられたのであった。

埋火《うずみび》のほかに心はなけれども向へば見ゆる白鳥の山

香川景樹の歌である。日本の昔の文人詩人画家、自然を愛した人達の山を見る心は、概ね、この歌の心のようなものではなかったかと思う。登る山とは違っていた。心象の中の景物であり、見る山であった。

もっとも現実的な、世俗の中に生きていた祖先達の山の観念は、凡そまた意味が違う。それは恐怖の対象であり、転じて崇敬の対象であった。

そうして多くの伝説を生み、又主としてこの点で、文学とも結びついているのである。

山の伝説の主要なものは、空想的なものでは狐狸妖怪、現実的なものでは、鬼山賊のたぐいであるが、馬琴のような近世の碩学でも狐狸妖怪の伝説を真面目に書いているのであった。

「みな土俗の口碑に遺す昔物語にして、今は彼老狸を見たるものなしといへば、あるべきことならねど、童子の為に記すのみ、しかるやいなや、はしらず」

こんな風な断りがきはしているが、伝説の紹介ぶりは、証人の名をあげたり、御丁寧に地図まで載せて、決して「童子の為に」しるしているような様子ではないのである。

馬琴が地図入りで紹介している伝説のひとつに佐渡二ツ岩の弾三郎という狸がある。前記の断り書きも、この狸のくだりに有るものである。

## （二）　狐狸の役割

佐渡ケ島二ツ山の狸弾三郎の伝説は、馬琴の「燕石雑誌」に載っている。

また「諸国里人談」にも現れ「利根川図志」などにも引合いに出されている。

この狸はひとつの人格を持ち、職業を持ち里人と密接な交渉を残しているので、異色あるものなのである。

弾三郎は金持であった。馬琴の地図によると、五十里山と黒光寺山にはさまれた山中二ツ岩（また二ツ山）というところに穴を構えていたそうであるが、人里（羽田村とある）から二里余り、そう大して深山ではない。実地に調べたことがないので、上記の地名や伝説が今日も尚残っているか僕は知らない。

村人達は弾三郎から屢々《しばしば》金を借りた。借用の金額と返済の日限を書いた証文を穴の口へ置いてくる。翌日改めて出掛けると、穴の口には、証文の代りに金が置いてある習いであった。そのうち次第に返済しない人々が多くなったので、弾三郎も金を貸さなくなってしまった。

それでも物品だけは貸してくれた。里人に婚礼などがあって、客用の膳椀などが不足な時に、弾三郎へかけつける。入用の品目と返済の日をしたためた証文を穴の口へ置いてくると、翌日は同じ場所に間違いなく入用の品々が取揃えてある習慣だった。

ところが、これも返済しない人達が次第に多くなったので、弾三郎はとうとう人間を信用しなくなり、物を貸さなくなって、自然交渉が絶えてしまったのであった。

その後も、然し、急病人があって医師を迎えに来たものがあり、医師は招ぜらるるままに出向いて行って病人を診察し、薬を与えて帰って来た。後日全快した病人が莫大な黄金をたずさえて医師のもとへ謝礼に来たので名前をきくと弾三郎であった。狸から謝礼を受けるわけにはいかないといって拒絶してしまったところ、その日は悄然と帰ったが、日を改めて再び現われ短刀一口《ひとふり》差出して謝礼を受けてもらえないのは苦しい。これは貞宗のうったものだが私の志を果させていただきたいと言って返事もきかず短刀を残して逃げて帰った。これも「燕石雑誌」にある話なのである。医師の名は伯仙。貞宗は無銘で、伯仙はこれを家宝として伝えたという。

佐渡には狐がおらず、山中の怪は専ら狸のみであるという話であるが、対岸の新潟へくると、すでに狸よりも狐の方が有勢で、ここには青山の団九郎という狐があり、彼が出没して行人を誑《たぶらか》したという青山の坂道は、今日でも団九郎坂と呼ばれている。弾三郎と団九郎で名前の似ているのも、多少のつながりはあるのであろう。

北条団水の「一夜舟」に、京都東山に庵を結ぶ碩学があり、一夜写経に没頭していると窓から手をさしのべて顔をなでる者があった。そこで朱筆に持ちかえて、その手のひらに花の字を書きつけ、あとは余念もなく再び写経に没頭した。明方ちかく窓外に泣き叫ぶ声が起った。声が言うには、私は狸ですが、誤って有徳の学者をなぶり、お書きなさいました文字の重さに帰る道が歩けない、文字を落して下さいませというのであった。文字を洗い落してやると喜んで帰って行ったが、その翌晩から毎晩季節の草木をたずさえて見舞いに来たという話がある。
一般に狸の話にあたたかさがある。狐のような妖怪味がなく、里人の下僕のような地位に置かれているのである。

## (三) 木、山の精の欠乏

狸に対比すべき河川の怪は河童であった。昔は渦にまかれて真空のために肉のさけた場合などがすべて河童の所業とされたのであろうから、年々実害もあったわけで怖れられもしたが、河太郎と呼ばれたり、河童の屁などいう言葉があるように一面滑稽味のある怪物であった。

河童は南国ほど崇敬され、ガワッパ様などと敬称されるほどであるが、北国へ行くに従って通力と値打を失い、仙台から越後あたりの線でガメ虫（げんごろう）にまで下落しているそうである。ここから北は河童の伝説がないということである。

とはいえ、仙台にいくばくも離れていない地点であるが、利根川には河童の伝説が多い。「利根川図志」によっても、利根川の物産の条に鮭と並べて河童を説いているのであった。これによると、この川には「ネネコ」という河伯がいて、年々所が変るという話なのだった。

「甲子夜話」に河童が網にかかった話がある。河童の形も見、泣声もきいたという記録なのだから、河童に関する文献では異彩を放っているのだが、これが矢張り、この土地の出来事なのである。

然し、狸にせよ河童にせよ、滑稽味のある怪物は、時々随筆に現れてくるぐらいで、小説や劇につくられたものが全くない。芥川龍之介によって河童が現代に復活したのは異例で、我々の祖先は、妖怪味深く陰性の狐については多くの劇や物語を残してくれたが、狸と河童は文学の対象にならなかった。狸についてはカチカチ山がひとつの主要な物語にすぎないのだが、ここでは狸の滑稽な面がいささかも取扱われていない。

のみならず、兎の義侠的な復讐によって勧善懲悪のモラルは一応具備しているのだが、狸が婆を殺し汁にして翁にすすめるという物語の主点だけでは、凡そ日本の物語中最も惨忍極まるひとつで、シャルル・ペローの童話「赤頭巾」にモラルがないので文学の問題に取上げられているのと好一対をなすもの、狸のためには甚だ気の毒なことなのである。

日本の古い物語りでは、山といえば妖怪と結びつくのが自然であった。それが我々の祖先達の生活の感情であり、観念にほかならなかったからである。

このような感情や観念は、現代にも通用し現代文学にも現れてくることがある。泉鏡花氏の名作「高野聖」が、この伝統的な感情や観念に見事な形を与えたものにほかならないし、尚このような例は決して一、二にとどまらない。

狐狸、土蜘蛛、蟇、大蛇等術をなす妖獣をはじめ、山姥、天狗、鬼等に至るまで日本の山妖は種類が多い。更に又、山の主、沼の主というような陰鬱な存在は多いけれども、西欧の妖精、木草の精というような乙女の姿をとった可憐なものが少いのだ。木魂とか山彦と言い、音にまで人格を与えて美しい伝説を残しているのは異例で、一般に、木の精でも日本のものは「高砂」の老松の精のように、少女ではなく、老翁であるか老媼が普通なのであった。日本の山の観念や感情には、可憐な少女と繋る点が殆んどなかったからである。

## (四) 竹取物語の富士

然しながら、日本の山は恐怖の対象としてのみ在ったわけではないのである。

転じて山霊というような観念を生み、やがて神格を与えられて、崇敬の対象となることも多かった。

霊峰の王座は遠い昔から東海の孤峰、今も変らぬ富士山であった。

これは直接山を題材とした物語ではないのだけれども、日本の最も古い物語のひとつ、そうして最も美しい物語のひとつであるところの「竹取物語」が、その清純にして華麗な物語の巻尾を、秀峰富士に登って結んでいるのであった。

即ち、時のみかどが、かぐや姫に懸想したまい、屢々文をおつかわしになるのだけれども、かぐや姫には悲しい理由があって、みかどの御意に従うことができないのだった。そうして返事も差上ないようになったので、みかどの御悲嘆は深まり、又御愛着は増すばかりであったが、時が来て、かぐや姫は、はじめて、みかどの御意に従うことのできない理由を打開け申上げたのであった。

かぐや姫はこの世の人ではなく月の世界の人であった。犯した罪のために、その消える日まで地上に落されていたのであった。

許されて月の世界に帰ることのできる身となり、満月の夜、迎えの者がくることになっていた。その由をかぐや姫は手紙にしたため縁のない者と思って下さるようにと言って、みかどがおつかわしになった多くの御文に形見の品々をそえて御返し申上げた。

みかどはかぐや姫を月の世界へ帰さぬために近衛の兵をおつかわしになり、竹取の翁の家の庭といわず屋根といわず隙間なく兵によってかためていたが、満月がかかり玲瓏たる楽の音が中空に起ると兵士達の五体はしびれ、羽衣をまとうた迎えの天女に侍《かしず》かれて、姫は昇天してしまった。

みかどは御悲嘆にくれたまい、御取交しになった多くの文と形見の品々を、東海の秀峯のいただきで焼棄てたもうたのであった。その煙が今に絶えないという。それで不死の山と名付けるという結びなのだ。

察するに、富士山は当時なお煙を吐いていたのであった。

適《たまたま》「北越雪譜」を読んでいたら、著者鈴木牧之《ぼくし》が苗場山へ登った記事がでていた。山頂に天然の苗田らしいものがあるというので、その奇観を見るために同好の士と登ったのである。

登るに先立って、神職の祓を受け、案内者は白衣に幣を捧げて先頭に進んだことが書いてある。天保年間のことだ。ちょうど百年の昔である。

山へ遊行するにも此《かく》の如き有様であるから、登山になれた我々の感情によって、祖先達の山の感情を忖度《そんたく》することはできない。

今日山の「感傷」は西洋の文化と感情が移入されるまで、祖先達になかった。信州の高原地帯には昔から鈴蘭があったのだが、こんな雑草が東京へ送ると金になるのだからと云って、山里の人々は驚いているのであった。

■坂口安吾（さかぐち・あんご）　明治三十九（一九〇六）年〜昭和三十（一九五五）年

・昭和十四年、坂口安吾は三十三歳、前年刊行した長編小説『吹雪物語』が検閲による伏字だらけだったこともあり不評で、失意の時期。古典に取材した短編小説を構想し始め、「文体」（主幹・三好達治）に十三年十二月「閑山」、十四年二月「紫大納言」を発表した。「閑山」は〝団九郎狸〟が主人公、「紫大納言」は「竹取物語」にモチーフを得た説話体の作品。

出典＝「信濃毎日新聞」昭和十四年八月十六〜十九日／『坂口安吾全集』第三巻（平成十一年・筑摩書房）所収

# 亀井勝一郎　八ヶ岳登山記

## 山と私

私は北海道の南端の海辺に育ったので、若いときから山国というものが大へんめずらしかった。

北海道も石狩《いしかり》平野から奥へすすむと山国同様だが私はその地方は殆んど知らない。朝夕に津軽《つがる》海峡を眺めて暮してきたので、周囲の全部が山また山という風景に接すると異様な感じを与えられる。初夏のみどりで全山が蔽《おお》われ、眼にうつるもの悉くみどりといった中で、私は目まいしそうな状態になることがある。濃厚《のうこう》な葉緑素が身体にしみいって、酔ったような気持になる。

はじめてそういう経験をしたのは高校時代で山形であった。最上《もがみ》川の上流、馬見ヶ崎川のほとりに盃山という丘があるが、そこへ登ると、はるかに朝日岳、湯殿《ゆどの》山、羽黒《はぐろ》山、月《がっ》山《さん》などがのぞまれた。私は高校時代に一度だけ蔵王山に登ったことがある。新緑に蔽われたこの山の中腹から、はるか遠くに白雲を頂いた鳥海山《ちょうかい》を眺めたときの印象は、いまもなお残っている。

学校を出て、東京に住むようになってから、私は山など殆んど忘れていた。私の住む武蔵野からは、遠く秩父《ちちぶ》連山がみえ、場所によっては富士山もみえるが、それは単にみえるというだけで、私の関心をそそることはなかった。ところで戦後はかなり旅行する機会が多く、その中でも長野県へは一年に七、八回も旅行することがあった。中央線で松本の方へ、或は塩尻から木曽路《きそじ》へ、春夏秋と、いくたびか出かけるようになった。

八ヶ岳は、したがって早くから私の眼に映《うつ》っていた。形の複雑な、どこか奇怪で神秘的なところもある一風変わった山だなと思っていた。自然の巧みな造型《ぞうけい》力を、この山などは典型的に示しているのではないかと思ったりした。仮に「美術品」という言葉を使うなら、八ヶ岳などは山の中での「美術品」と言っていいかもしれない。

「美術品」となった山の代表は言うまでもなく富士山で、絵画はむろん、床の間の置物やみやげものにまでなって、それだけ俗化したとも言える。広重の富士、北斎の富士、鉄斎の富士、大観の富士、梅原龍三郎の富士と、それぞれの時代を代表する絵画上の名品があるが、富士山はつねに改めて発見されなければ、存在しないということをそれは語っているようだ。俗化すればするほど新しい発見を画家は強いられるだろう。将来どんな形の富士山が絵画の上にあらわれるか、たのしみである。

ところで八ヶ岳の方は、未だかつて俗化したことはない。日本アルプスの諸山は有名だが、それに比べて八ヶ岳は有名な割合にはもてはやされない。いや、知る人はその名山であることをほめるが、どういうわけか他の諸山に比べると普及《ふきゅう》はしない。夏になると、誰もがきまったように富士山へ、アルプスへと急ぐ。八ヶ岳はどこか気むずかしいところがあって、親しみにくいのかもしれない。或は八ヶ岳というとおり、多面的なので、一挙にとらえにくいところがあるのかもしれない。

## 小学生なみに

昨年の八月はじめて八ヶ岳へ登った。私は大体登山など考えたこともない人間で、さきに書いたように高校時代に蔵王山へ一度登ったきりである。十七歳のときであったから、昨年の八ヶ岳登山は実に三十三年ぶりである。なぜそんな気になったかというと、私の娘や息子達が長野県の先生に誘われて登るという相談を耳にしたので、若いものばかりでの登山は危険だから、私は監督のつもりで行くと言い出したからである。

監督や看護されるのは実は私の方だとは知らなかった。無知とはおそろしいものであり、大胆なものであって、私は登山の苦労など知らなかった。八ヶ岳へ登る、あっそうか、では登りましょうぐらいの簡単な考えで、ついて行ったわけである。

案内してくれたのは伊那の中学校の黒田良夫君という若い絵の先生である。あとで聞いたのだが、私が行くというので、あわてたそうである。気軽に登るつもりらしいが、体力は一体どうか。殆んど無経験なのに、一体途中でへたばったらどうしようかと、大変心配してくれたそうである。その結果はよかった。私は一番楽な方法で、登山することになったのである。

八月七日、上諏訪に一泊し、翌朝、茅野《ちの》から泉野《いずみの》というところまでバスで行った。そこには黒田君の友人で、農業に従事している堀内君という人がいて、この人は八ヶ岳に大へん詳しいので案内してくれることになった。その上、泉野の農業協同組合がオート三輪車を出してくれたので、行けるところまではこの車で行くことになった。私と、娘と、息子と、黒田君と、堀内君と、総勢五人である。

八ヶ岳のふもとは、のびのびとひろがっている。登山口も、様々ある。私たちは泉野から上槻の木、そこから長者《（ママ）》小屋を経て赤岳へのコースを選んだ。八月のお花畑は、実に美しかった。山百合、キキョウ、ナデシコ等、高原全体に咲きみだれた中を、道路こそ悪かったが晴れた空の光りの中を、赤岳《あかだけ》の方へ向った。

これ以上車が通らないというところまで行って、そこから赤岳のふもとの行者《ぎょうじゃ》小屋まで歩いた。疲れたら、その夜はここに泊る筈であった。長い道のりを車で来たのだから、それだけでも、私は大へんぜいたくだったわけだ。

私はへたばって皆に迷惑をかけるといけないので、自分の体力と初めての経験である点を考えて、ひとつの提案をした。それは小学生がこの山へ登るに要する時間を、私のためにくれということだ。小学生なみの速度で、大人の二倍乃至三倍の時間をかけて、休み休み、ゆるゆると登るという案がある。

元気な堀内君や息子たちは、先頭に立ってどんどん登ってゆく。私と娘は小学生なみに歩いて、その後に黒田君がついてくるという順で、行者小屋から赤岳をめざして登りはじめた。

## 山上に立つ

樹木のあるあいだは、どんなに急坂でもまだよかった。いよいよ頂上が近くなるにつれ、山肌はむき出しとなり、そそり立った巌石が眼の上と眼の下につづいている。そこまで来ると、恐ろしいやら、心細いやらで足がふるえてきた。

私はこんな凄いところへいきなり連れてこられるとは思っていなかった。およそ二百メートルぐらいの間は、わずかに這い松があるだけで、あとは断崖絶壁である。見上げると赤岳の頂上が巨大な巌石のようにそそり立っている。絶えず霧につつまれたが、その晴れ間には、巨大なこぶしのような阿弥陀岳《あみだだけ》があらわれる。その奇怪な姿は登っている私をおびやかすようである。周囲を見おろすと、脚下は数百メートル（?）とも思われる深い谷だ。しかも私は岩と岩のあいだを這いのぼってゆくのである。その岩が直立しているので、私の体は、半分宙に浮いているようなものだ。地球からはみ出したような感じだ。足を踏みすべらしたら、忽《たちま》ち数百メートルの谷間へ落ちてしまう。

実は、こんな風に私が感じたのであって、それほどの難所ではないのかもしれない。第一はじめての私さえ、どうやら登れるのだから、自分ひとりで恐ろしがったのかもしれない。それに絶えず霧に襲われるので、それがすこしでも晴れかかってくると、脚下の谷は一層深くみえる。そのための恐怖もあったと思う。

堀内君や息子はとうに頂上に達して、上の方から私たちを呼んでいる。私と娘と黒田君が、のそのそと這い上ってゆく。ともあれ頂上は近いのだし、そこへ達したら、やれやれと草の上にでも寝ころんでと思って、勇をこして、遂に頂上に達したのは午後二時頃であったろうか。山頂に立ったと云っても赤岳のてっぺんではなく、石室《いしむろ》に近いその一部の尾根の上である。

ところがその山頂なるものに驚いた。いかにそそり立った山とは言え、頂上は相当ひろびろしていると思った。ところが巖石の一角に手をかけて、空を走る白雲を眺めながら、いきなり顔を出したとたんに、反対側は忽ち断崖絶壁で向う側へひっくりかえって落ちそうな感じであった。そして、眼下にいきなりひらけたのは松原湖から小諸《こもろ》の方へのつらなる平原であった。二千数百メートルの高さから、脚下に信州の東西両側の風景がみられた。山上に立つと、さすがにほっとして、疲れさえ感じない。時々霧におそわれたが、それが晴れると今登ってきた側のはるか彼方に、日本アルプスの連山、正面に木曽の御嶽山《おんたけさん》の威容がのぞまれた。全体の風景は、薄みどりの天然色映画のようである。淡い霧がかかっているので、平原も山林も、大湖底に沈んでいる薬草の群れのようにみえる。

## 御来迎を見る

午後になると霧は一層深くなって、八ヶ岳全体を見渡すことが出来なかったのは残念である。巖をとりまいて疾風のようにからみつく霧の中を、赤岳から横岳を経て、硫黄岳の方へ、山の尾根を縦走した。その夜は、硫黄岳の石室に泊ることになった。暗く狭い石室には三十人ほどの人がつまって、ストーブをたきながら談笑していた。興奮したせいか、食欲はあまりない。夜も熟睡は出来なかったが、早朝四時頃、御来迎がみられるというので皆起き出した。

曇りがちなので朝日の美しさはみられなかったが、雲の幾重にもかさなりあったあいだから、朝日の光りの山頂をくれないに染めるわずかの瞬間を楽しんだ。眼下はるかに松原湖が、白く光ってみえる。夜明けの薄いみどりがもやにつつまれて、全体にヴェールがかかっているような風景である。

八月といっても山頂はさすがに寒い。シャツ一枚でいるとふるえあがるようであった。この日は硫黄岳から天狗岳を経て下山する予定をたてた。午前六時頃に出発したように思う。ただ石室の主人が歓待して早朝からウイスキーを御馳走してくれたので、硫黄岳から天狗岳の方へさしかかる頃は、相当ふらふらしていた。こんな高山を酔いながら歩くのに自分ながら驚いたが、酔眼に映る高山の風景はこの世のものとは思われないほど美しかった。先登に立った堀内君も大いに酩酊して、すこし先へ行くと所かまわず仰向けにひっくりかえって、雲の走る大空を楽しんでいるようであった。

天狗山のあたりには高山植物も多い。とくに、駒草《こまくさ》というのは実に可憐な植物だ。岩間の陰に、薄くれないの小さな花を咲かせているのが好ましかった。そのすこし前、私は木曽の上松《あげまつ》小学校の校歌をつくったが、そこの徽章が駒草であった。わたしは写真だけでみて駒草のことを歌ったが、実物を見るのはこのときがはじめてである。それと天狗岳から夏沢峠まで下る間の巌石と這い松のつづいているところが面白かった。自然の一大庭園といった感がある。

登山も苦しいが下山も苦しいものだ。天狗岳から黒百合平、夏沢峠を通り、渋温泉まで辿りつく道は、先の赤岳への道のように、険しいというわけではないが、石ころの道はすべりがちであったし、膝ががくがくして、ここでも私は十メートルぐらい歩いては休みながら、一番おくれて渋温泉に辿りついた。先着の堀内君や息子たちは、すでに温泉からあがって涼んでいた。

## 最上の快楽

八ガ岳へ登ってみると、実に変化にとんだ複雑な山だということが改めてわかる。私は親しみにくい、気むずかしそうな山だと言ったが、その理由のひとつは、変化のもたらす神秘感であるらしい。その神秘感をもたらすのは絶えず襲ってくる霧のためであるらしい。油断していると忽ち霧にまかれて、どこへ連れて行かれるかわからぬ。そういう恐怖感をこの山はいつもひそめているようだ。霧は甚だ暗示的なものだ。暗示的であることによって人を迷わせる。

どの山と山を八ガ岳というか、これは地域によってちがうらしいが、西岳、編笠岳、権現岳、阿弥陀岳、赤岳、横岳、硫黄岳、天狗岳等を普通指すらしい。私は八ガ岳の中の半分を縦走したわけである。その中のひとつに登るだけでも大変だ。一つ一つ変化にとんでいる。そしてこれらの山と山とのあいだはすべて深い谷であり、霧が絶えず湧き上っている。

ふしぎなことに、むしろ当然のことと言っていいだろうが、自分の登った山は今度はその近くを通るとき、今までとはちがった親しみをもって眺めるものだ。自分の肉体がその山肌にじかにふれたという実感、つまり山と私との関係がひとつのものとして感ぜられるのである。ただ眺めていたときとはちがうその山の山肌の匂いといったものが、自分の体内に吸収されたという親しみである。

しかし私はくりかえし、あちこちの山へ登りたいとは思わない。登山は私の肉体にとっては相当の苦痛である。やはり遠近から眺めていた方が無事のようにも思われる。ただ八ガ岳の頂上で日本晴れに会わなかったことは残念だ。雲ひとつない時の山上は、おそらく想像を絶した壮観を呈するだろう。八ガ岳の頂上が太陽の光りをうけて輝いたその状景を想像する。とくに夕日をうけた姿はもの凄いだろう。その頂上のひとつに立って、冷い空気を通して、パノラマのような眼下の大風景をみわたしたら、すべての疲れも煩しさも忘れられるだろう。

高山の頂上に立ちたいというのは、人間の本能かもしれない。なんのために登山するのかと問われてもほんとうに好きな人は答えることは出来まい。頂上に立ったときの気持などうまく説明は出来ないだろう。大自然によって、おのずから迫られた無心の状態と言っていいかもしれない。ここちよい疲労の中で、ふと夢でもみている気分と言っていいかもしれない。一歩あやまると忽ち死の深淵に転落するわけだから、死とすれすれに味う最上の快楽とも言える。

人間の快楽の原型と言ったものを私は時々考えるのだが、結局それは登山と水泳であろう。自然の肌に、自分の肌をじかに接触させる一番原始的な喜びがここにある。スポーツという言葉もあてはまらないように思う。自然の一部としての人間という、その原始性を直接的に味うことの出来るいわば生の一番なまなましい実感がここにあるのではなかろうか。そしてどちらの場合も死とすれすれのところで、生ははじめて生であることを深く感じているにちがいないのだ。だから昔の登山や渡海は信仰とむすびついていた。八ヶ岳も昔は信仰の対象であり、行者の修行の場であった。

■亀井勝一郎（かめい・かついちろう）　明治四十（一九〇七）〜昭和四十一（一九六六）年

・亀井勝一郎は北海道函館生まれで、旧制山形高校を経て東京帝国大学へ進んだ。高校時代の蔵王登山については「蔵王の麓」（『旅路』所収）に書いている。「私がはじめて登山らしい登山を試みたのは、大正十二年の初夏、山形県の蔵王山へ登ったときである。（略）高等学校へ入った年で、山岳部の広告につられて、私はふと一行に加わる気になった。麓から眺めると大した山でもなさそうだし、気軽に出かけたのだが、いざ登ってみると波瀾万畳容易に頂上に達しない。こんな苦労をするのではなかったと忌々しく思った。しかし八合目あたりから、遠い雲間に浮かんだ鳥海山の絶頂を望見したときは、さすが俗界を離れたような爽快な気分を味うことができた。（略）以来十七年の間蔵王の姿は折にふれて私の心を去来するのだ。登山趣味のない私は、その後登山をしなくなった。」なお、本文中の下山コース「天狗岳から黒百合平、夏沢峠を通り渋温泉まで」は、硫黄岳〜夏沢峠〜天狗岳〜黒百合平〜渋の湯の誤りと思われる。

出典＝「八ガ岳の魅力」「旅」昭和三十二年八月号／『旅路』（昭和三十三年・知性社）所収

# 富士に就いて

太宰 治

甲州の御坂峠の頂上に、天下茶屋という、ささやかな茶店がある。私は、九月の十三日から、この茶店の二階を借りて少しずつ、まずしい仕事をすすめている。この茶店の人たちは、親切である。私は、当分、ここにいて、仕事にはげむつもりである。

天下茶屋、正しくは、天下一茶屋というのだそうである。すぐちかくのトンネルの入口にも「天下第一」という大文字が彫り込まれていて、安達謙蔵、と署名されてある。この辺のながめは、天下第一である、という意味なのであろう。ここへ茶店を建てるときにも、ずいぶん烈しい競争があったと聞いている。東京からの遊覧の客も、必ずここで一休みする。バスから降りて、まず崖の上から立小便して、それから、ああいいながめだ、と讃嘆の声を放つのである。

遊覧客たちの、そんな嘆声に接して、私は二階で仕事がくるしく、ごろり寝ころんだまま、その天下第一のながめを、横目で見るのだ。富士が、手に取るように近く見えて、河口湖が、その足下に冷く白くひろがっている。なんということもない。私は、かぶりを振って溜息を吐く。これも私の、無風流のせいであろうか。

私は、この風景を、拒否している。近景の秋の山々が両袖からせまって、その奥に湖水、そうして、蒼空に富士の秀峰、この風景の切りかたには、何か仕様のない恥かしさがありはしないか。これでは、まるで、風呂屋のペンキ画である。芝居の書きわりである。あまりにも註文どおりである。富士があって、その下に白く湖、なにが天下第一だ、と言いたくなる。巧すぎた落ちがある。完成され切ったいやらしさ。そう感ずるのも、これも、私の若さのせいであろうか。

所謂《いわゆる》「天下第一」の風景にはつねに驚きが伴わなければならぬ。私は、その意味で、華厳の滝を推す。「華厳」とは、よくつけた、と思った。いたずらに、烈しさ、強さを求めているのでは、無い。私は、東北の生れであるが、咫尺《しせき》を弁ぜぬ吹雪の荒野を、まさか絶景とは言わぬ。人間に無関心な自然の精神、自然の宗教、そのようなものが、美しい風景にもやはり絶対に必要である、と思っているだけである。

富士を、白扇さかしまなど形容して、まるでお座敷芸にまるめてしまっているのが、不服なのである。富士は、熔岩の山である。あかつきの富士を見るがいい。こぶだらけの山肌が朝日を受けて、あかがね色に光っている。私は、かえって、そのような富士の姿に、崇高を覚え、天下第一を感ずる。茶店で羊羹《ようかん》食いながら、白扇さかしまなど、気の毒に思うのである。なお、この一文、茶屋の人たちには、読ませたくないものだ。私が、ずいぶん親切に、世話を受けているのだから。

■太宰治（だざい・おさむ）　明治四十二（一九〇九）年～昭和二十三（一九四八）年

・太宰治が天下茶屋に滞在したのは昭和十三年九～十一月、二十九歳。翌年二月、三月に「富嶽百景」を「文体」に発表。「昭和十三年の初秋、思いをあらたにする覚悟で、私は、かばんひとつさげて旅に出た。（略）御坂峠、海抜千三百米。この峠の頂上に、天下茶屋という、小さい茶店があって、井伏鱒二氏が初夏のころから、ここの二階に、こもって仕事をして居られる。（略）井伏氏の仕事も一段落ついて、或る晴れた午後、私たちは三ツ峠へのぼった。」（「富嶽百景」）。太宰治は昭和十二年三月、妻初代と心中未遂。初代と別れ、翌年までほぼ筆を絶つ。御坂峠滞在の後、昭和十四年一月に井伏鱒二の紹介で石原美知子と結婚、甲府で安定した生活に入った。井伏鱒二は「亡友——鎌滝のころ」に「当時、太宰は安心であった。但し、安心であったという意味は、自殺のおそれがなくなっていたことである。彼は御坂峠の頂上で八十日あまり峠の茶店に下宿して、すっかり健康を取りかえしていた。これは偶然に得た拾いもので、もともと健康を治す目的で山に籠ったのではない。東京の下宿生活を切りあげるために、峠の茶屋に逃げて行ったのである。」と書いている。

出典＝「国民新聞」昭和十三年十月五日付／『太宰治全集』第十巻（昭和五十四年・筑摩書房）所収

## 津村信夫　戸隠姫／戸隠びと

### 戸隠姫

山は鋸の歯の形
冬になれば　人は往かず
峰の風に　屋根と木が鳴る
こうこうと鳴ると云ふ
「そんなに　こうこうつて鳴りますか」
私の問ひに
娘は皓い歯を見せた
遠くの薄は夢のやう
「美しい時ばかりはございません」

初冬の山は不開《あけず》の間
峰吹く風をききながら
不開《あけず》の間では
坊の娘がお茶をたててゐる
二十《はたち》を越すと早いものと
娘は年齢を云はなかつた

（「四季」昭和十四年一月号）

## 戸隠びと

善光寺の町で
鮭を一疋さげた老人に行き逢つた
枯れた薄を着物につけて
それは山から降りてきた人
薪を背負つてきた男

「春になつたらお出かけなして」
月の寒い晩
薪を売つて　鮭を買つた
老人は小指が一本足りなかった

（「四季」昭和十四年一月号）

■津村信夫（つむら・のぶお）　明治四十二（一九〇九）年〜昭和十九（一九四四）年
・津村信夫は学生時代から室生犀星に師事し、堀辰雄の「四季」（第二次、昭和九〜十九年）に立原道造らと参加。『或る遍歴から』は死の四カ月前に編まれた第三詩集。戸隠は、昭和九年に避暑先の軽井沢の宿で出会った昌子夫人との思い出の地で、たびたび訪れて叙情的な作品を残している。
出典＝「戸隠姫」「四季」昭和十四年一月号・『戸隠の絵本』（昭和十五年・ぐろりあ・そさえて）・『或る遍歴から』（昭和十九年・湯川弘文社）所収／「戸隠びと」「四季」昭和十四年一月号・『或る遍歴から』所収

# 梅崎春生　八ガ岳に追いかえされる

八ガ岳登山を試みたのは、昨年の八月末のことで、メンバーは僕んとこ夫妻、遠藤周作夫妻、遠藤君の教え子のグラマー嬢たちが数人、それに斎藤さんと言う人で、この斎藤さんは土地の人で、案内役をして呉れることになった。

初めは八ガ岳に登る予定じゃなかったのである。八ガ岳麓の白駒ガ池という池に行く予定であった。足弱の遠藤君が脚に自信がないからと言ってそれに決め、皆もそのつもりで渋《しぶ》温泉に行き、そこで一泊した。

その晩、グラマーたちがクーデターを起こし、八ガ岳連峰の一つテング岳登頂を主張したのである。

斎藤さんは初めから僕らをテング岳に連れて行きたかったのだから、もちろん大賛成で、つづいてグラマーたちの熱意に遠藤夫人が同調、次にうちの夫人が同調というわけで、残るのは男性二人になってしまった。

遠藤君はしきりに、

「イヤだなあ。おれ、テングなんかイヤだなあ。やはり予定どおり白駒ガ池にしようよ」と哀れっぽい声を出していたが、僕は少し酔っぱらっていたので、

「いいじゃあないか。遠藤君。民主主義の世の中だから、多数決と行こうよ」

などと言ったものだから、それが鶴の一声で、いっぺんにテングということに決定してしまった。

遠藤君は絶望して、半病人みたいな顔になり、

「ひでえなあ。そりゃ約束が違うよ。ムチャだよ」

とぼやきながら、早々に自分の部屋に引き上げ、蒲団をかぶって寝てしまった。寝るには寝たが、ノミがいて、あまり眠れなかったそうである。

僕はぐっすりと眠れたが、これは酒のおかげで、翌朝は宿酔《ふつかよい》気味で頭がすこし痛かった。

外を見ると、天気はあまり良好じゃあない。どんより曇っていて、今にも雨が落ちて来そうだ。

朝食時に、斎藤さんは不機嫌に、窓の方ばかりを眺めていた。折角《せっかく》皆をここまで連れて来たのに、天気が悪いから機嫌を損じたのである。でも天気が悪いのは、斎藤さんの責任じゃあない。

これに反して、にこにこ顔が遠藤君で、
「斎藤さん。この天気じゃダメですよ。次のバスで帰りましょうよ」
などと、しきりに言っているうちに、次第に天気が持ち直してきた。だんだん遠藤君の声が小さくなった。

午前八時。とにかく登ってみようということになり、宿屋に弁当をつくって貰った。その期に及んでも遠藤君は、自分だけ宿屋で待ってたいとか、お腹の具合が悪いとか、未練がましいことを言っていたが、奥さんに叱られて、やっと先頭に立って登り始めた。遠藤君を先頭に立てたのは、足弱だからであり、また油断をすると楢山節考《ならやまぶしこう》の又やんのように、逃げ帰るおそれがあったからだ。僕はしんがりを勤めた。

実を言うと、私もあんまり登山は好きでない。くたびれるからだ。

初めの一時間位は、坂は坂だが、一応道らしいのがついており、それほどつらくなかった。皆して遠藤君をいたわりいたわり、十分ごと位に休憩してゆっくり登った。

たくさん木が生えているので、視野が全然開けない。空を仰いでも、見えるのは梢だけである。だからただ歩くだけで眺望をたのしむことができない。

それから道の様相が急変して、沢みたいな感じになってきた。

大石や中石がごろごろ重なり合い、雨期にはきっと、ここを水が流れるのだろう。その石から石へ飛び移りながら、登って行くことになった。

濡れている石なんか、つるつるすべるので用心しなけりゃならぬ。

前半の坂道で、八ガ岳組しやすしと考えた一行も、ここらあたりから少々音を上げ始めた。

順列もめちゃくちゃになって、遠藤君もトップからずり落ちて、しんがりになってしまった。しかし、もうここまで来れば、しんがりになったって、逃げ帰られるおそれはない。逃げ帰ろうとしても彼は方向感覚がゼロだから、道に迷ってしまうにきまっている。彼もそれを知っているから、逃亡を試みることなく、ふうふうとあえぎながら健気に一行について来た。

渋を出発してから二時間、黒百合平《くろゆりだいら》という草原に出た。やっと木がなくなって空が見えた。

黒百合ヒュッテに入り、汗を拭いたり、水を飲んだりした。

ところが天候が実に思わしくないのである。風がごうごう吹くし、雲がチ切れて飛んで来るし、時には小雨がぱらついて来たりする。

ヒュッテの前に、かなり険しい小さな岩山がある。遠藤君はそれをテング岳とかん違いして、もう直ぐだと大いに張り切ったが、ヒュッテの番人から、あれはスリバチ山だと教えられ、がっかりしていた。

テングの方角から、ぼちぼちと登山客が降りて来る。斎藤さんがその一人一人をつかまえて、山頂の様子を聞いていたが、どうもこれから登るのはムリらしい。

ついに登頂は断念ということになった。

「残念だ。残念だ」

と、大いに残念がったのが斎藤さんで、喜んだのは、遠藤君だけだった。

人間は喜ぶと身体にも張りが出て来ると見て、にわかに、元気になって、カメラ片手にスリバチ山に這い登り、頂上の岩場で、グラマーたちに、盛んに自分の写真を撮らせていた。(後日その写真を来る人ごとに見せびらかして、テング登頂を吹聴したのである)

スリバチ山なんぞに登って大喜びするのは男が廃《すた》れるから、僕は黒百合平で高山植物を鑑賞したり、ヒュッテで弁当を食べたりした。朝七時にメシを食って、十時半だというのに二食分の弁当をぺろりと平げた。

山登りというものは、腹がへるものである。

やがて遠藤君たちは降りて来た。

「僕の方がスリバチ山の分だけ、梅崎さんより高く登った」

と、遠藤君はしきりにいばったが、スリバチ山なんか山の部類には入らない。這い登ったって、頂上まで二分ぐらいしかかからないのである。

十二時、降りの道についた。

登るのは約二時間かかったが、降りるのは早い。

一時間足らずで渋温泉についた。

そして、その日の夕方、バスで蓼科についた。

それから一週間ばかり、遠藤君はビッコを引いて歩いていたが、やはりあんな蒲柳の質《たち》の人は、スリバチ山程度でもムリだったのであろう。気の毒なことをした。

■梅崎春生（うめざき・はるお）　大正四（一九一五）年〜昭和四十（一九六五）年
・梅崎春生は、軍隊での経験をもとにした「桜島」「日の果て」などで評価を得、昭和二十九年「ボロ家の春秋」で第三十二回直木賞受賞。山に関連したエッセーでは、「蓼科秋色」「デパートになった阿蘇山」「観光づいて乞食的」などが『梅崎春生全集』（昭和六十年・沖積舎）に収録されている。福岡市生まれで旧制修猷館中学校から第五高等学校（熊本）に進んだ。「デパートになった阿蘇山」には、「私は昭和七年から十一年まで、熊本の高等学校の学生で、阿蘇にも何度も登ったことがある。／私の学生時代は、阿蘇は山であった。われわれは足で登って、足で降りてきた。今はそれが山でなくなった。」と書いている。遠藤周作（大正十二〜平成八年）は、昭和三十年「白い人」で第三十三回芥川賞を受賞。昭和三十一年から上智大学文学部の講師を務めた。
出典＝「旅」昭和三十三年八月号

# 雲にうそぶく槍穂高

辻 邦生

旧制松本高校に入ったとき、教室の窓から、じかに、アルプスの山肌が青く見えた。それだけで嬉しく、ぼうっとなったことを覚えている。東京の両親の家から離れ、自由な空気を吸ったことも、この幸福な思いを倍加していたに違いない。

中学の頃は、もう戦争が始まっていたので、それほど簡単に山に登れるような状況ではなかった。それでも深田久弥の山の本やウインパーの『アルプス登攀記』などに刺戟され、草津から志賀高原を越えた。雨のなかを発哺まで辿りついたはじめてのこの山旅は忘れ難い印象を残した。

「高原」とか「白樺」とか「山小屋のランプ」とか、いかにも東京の中学生のロマンティックな心をときめかせる言葉が、この旅で決定的となり、旧制高校は何としてもアルプスの見える町松本でなければ、と思った。

はじめて松本駅に下りたとき、山からじかに流れてくる冷たい空気に思わず身ぶるいした。志望校に受かったという喜びもあっただろうが、それ以上に、山の近くにきたという高揚感のほうが強かった。ひなびた城下町だった当時の松本は、尾崎喜八が「日本のグリンデルヴァルト」と呼んだような清潔感と静けさに包まれていた。

下宿ではじめての夜を送り、夜明けに雨戸を開けると、目の前に森が迫り、霧がうっすらと流れ、その霧の奥から郭公の声が聞えた。童話のなかにでもまぎれこんだような気がした。

学校の裏から、そのままっすぐに三城牧場を経て王ヶ鼻に登ることができる。王ヶ鼻は美ヶ原《うつくしがはら》の西端に突出した岩山で、そこから松本平を越えて眺める北アルプスの景観は素晴しかった。槍ヶ岳、常念岳から乗鞍岳、燕岳まで、まだ雪渓の白く刻まれた青い山脈の連なりが一望できた。覚えたての寮歌「雲にうそぶく槍穂高／天馬の姿勇ましき」を仲間と合唱しないではいられなかった。

その年の夏、島々谷に入り、徳本《とくごう》峠を越えて、上高地でキャンプをした。バスもなく、谷もまだダムで醜く変形される前だったから、アルプスの懐に一歩一歩入ってゆく歩みそのものがスリルであり、喜びだった。徳本峠の苦しい上りを登攀して、目の前に穂高の灰褐色の岩壁を見たときの感動——それは気高い神像を仰ぐような気持に近かった。

戦中だったのに、槍から燕までの縦走が何度かできたのは、松本にいたおかげだった。山好きが嵩じ、終戦の翌年、三俣蓮華岳の小屋で友人と番人をしてひと夏暮した。この山はちょうど北アルプスのまん中に位置するので、晴れた日には、富士山から立山連峰まで壮大なパノラマが一目で眺められる。そんな日、はだしに草履を突っかけただけで、鷲羽岳から野口五郎岳あたりまで、修験者のように峰から峰へ走る。アルプス全体が自分の庭のように思えた。戦争が終ったばかりだから、アルプスには人影はなく、三俣蓮華岳にきた登山客もその夏三人だけだった。

東京に帰ってからは毎年夏になると、山への思いがつのるが、仕事などでなかなか登る機会がなく、一度松原湖から裏八ヶ岳に登っただけだ。このときは妻も連れて天狗岳を越えた。

最近はますます山の本だけで山好きの心を満たすほかない。山岳雑誌の付録の地図などを見て、あれこれコースを夢みる。槇有恒、冠松次郎、レビュファ、上田哲農など昔読んだ本をとり出す。軽井沢で暮すときは、こうした本を一抱え持ってゆき、夜、煖炉で火を焚いて読む。風の音が裏山を越えてゆく日、何か至福に酔うような気持になる。

山男というのは、純粋で、ロマン的で、寡黙で、孤独を好む人が多い。松本以来念願のグリンデルヴァルトに行ってアイガー北壁を見上げたとき、山には拒絶の表情があることを知った。その拒絶を克服するのは、ただ勇気と意志の力だけだ。

いまもグリンデルヴァルトではアイガー東山稜《ひがしさんりょう》を初登攀した槇有恒のことを人々は語

り、われわれ日本人はそのおかげで一目置かれる。山男の文章がいいのは、彼らがこうした危険と孤独を愛しつづけるからだろう。前掲の寮歌の最後は「あした夕べの友は山／山は我等が姿なる」である。

■辻 邦生（つじ・くにお） 大正十四（一九二五）年～平成十一（一九九九）年

・辻邦生は昭和十九年に旧制松本高等学校入学、昭和二十四年、信州大学となってから卒業した。同時期の松本高校には北杜夫がおり、交友は生涯続いた。三俣蓮華岳の小屋は、昭和二十年に〝年長の友人〟の伊藤正一（大正十二～平成二十八年）が買ったもので、当時のことは「三俣蓮華岳への思い」（「岳人」昭和六十三年二月号／『時刻の中の肖像』所収）に書かれている。また、終生愛した信州の自然について書いた「わが信州」（「新編日本の旅六月報」昭和四十五年／『辻邦生全作品』第六巻所収）がある。

出典＝『生きて愛するために』（昭和六十一年・メタローグ／平成十一年・中公文庫）

# 北杜夫　山登りのこと

ヒマラヤ登山隊員である私が、ここで少しく大きな顔をして山のことを書くのを人は我慢しなければならない。

私の最初の登山。むかし私の生れた家の敷地内に、地上五メートルほどの小山があった。半分は土で、半分は石炭がらであったように憶えている。春には一面にフキでおおわれ、フキノトウが萌えだした。私がずいぶん小さいころ、私の兄が一本の旗を作り、一種の図案をかき、これはシゲタ国の国旗であると言った。シゲタというのは兄の名前である。そして、あの敵の小山を占領して、この国旗をかかげるのだと言った。兄と私は匍匐前進をし、フキのかげで敵弾を避ける動作をしたり鉄砲をうつ動作をしたりして、ついに頂上に旗をかかげることができた。地上五メートルとはいえ、周囲ははるかに低く、山の頂上に立つことがどれだけ素敵かということを私に認識させてくれた。

次に私のまえに現われたのが箱根山である。箱根は戦後いかにもひらけてしまったが、私の子供のころは外輪山にまだイノシシがいた。デデッポウポウと鳴く山鳩が多かった。

フクロウがいた。私の家には、ドデヤと呼ばれるオバケまで住んでいた。さらに大文字山と俗によばれる明星ヶ岳と、山百合の花と、月見草と、黄いろい硫黄泉と、ふるようなヒグラシの声。ヒグラシがどれほど多いかというと、家から十分ほどの強羅の駅まで往復するあいだ、並木の桜の幹にとまっているヒグラシをひょいひょいとつまんでゆくと、家に戻るまえにいつも十四くらいになるのであった。このヒグラシを東京に持って帰って、一匹一銭で売ってもずいぶん儲かってしまうな、と私は考えたものだ。

箱根での登山は、はじめ父に連れられて行った。大文字山が最初だった。父は汗かきなので、夜の明けない真暗闇の中を出かけていって、ようやく日光が射してくる頃には尾根についているという登山を好んだ。暗い山道を登ってゆくと、ヒュウ、ヒュウという不気味なトラツグミの啼声がきこえてきた。その声は、子供心に、山の奥ぶかさ、神秘さを知らしめてくれるようであった。

やがて私は一人で山に登りだした。登山というよりも、昆虫採集が主な目的であった。中学にはいった年の夏、思いきって一人で箱根の内輪山の一つである早雲山へ登ってゆくと、それまで強羅近辺で見られなかった珍しい虫たちに出会った。ミョーキン、ミョーキンと異様な声で鳴くセミを捕えてみると、それまで箱根にいるとは思わなかったエゾハルゼミであった。頂上付近の灌木地帯で、ギイギイと鳴いているセミはコエゾゼミであった。

そのほか初めて手にする昆虫がいくらもいた。この感激は趣味を同じくする人にしか伝えられぬが、いわば初めて外国の地を踏んで、写真でしか見たことのない風俗の実物を目前にするのと似た昂奮といえた。

それからというもの、毎年々々、天気さえよければほとんど連日のように、私は早雲山に登った。朝食をすましてから、わき目をふらずに登り、頂上に着いてからゆっくり虫を追い、帰途は大涌谷を通って半分走りながら下山した。楽々と昼食に間にあうように帰ってきた。どのくらいの回数、私は早雲山に登ったか覚えていない。とにかく、どこにどんな木があり、どこにどんな岩があり、どこの灌木の花にしばしばかくかくの甲虫がいたということを、私は未だに記憶している。

その次に、私の前に現われてきた山は、その名も高き日本アルプスであった。私が松本の高等学校に入学する遙か前に、それは一冊のアルバムの形となって、私の前に現われてきた。当時、戦争が日に日にたけなわとなっていた。そして、そのアルバムの所有者である私の叔父も、戦争に行っていて不在なのであった。おそらく生きて帰ることはあるまいと親類の間で噂されていた。

その叔父は、昭和のよき時代の昭和十年ころに、松本高等学校生として信州にすごしていた。たしかにそれはいい時代であったらしい。高校生のコンパに、浅間温泉の芸者がきた。落第したとて、今のように経済的にひびくわけではなかった。もっとも二年つづけて落第すると、凱旋といって放校になってしまう。それで二年目には少し勉強して進級し、一学年を二年ずつやって六年間で高校を卒業するというのが、もっともスマートなやり方とされていた。

その良き時代の叔父のアルバムは、旧制高校に対する私のあこがれをいやがうえにもかきたてた。ぼろぼろの白線帽、長いマント、朴歯《ほおば》、そして彼らの背景をなすものは、ヒマラヤ杉に囲まれた古びた校舎であり、吐息をつくほどのアルプスの峰々であった。

なかでも、一枚の写真に私は惹きつけられた。地面は一面の花の海である。これが噂にきくお花畠だなと私は思った。そこにポーの大ガラスそこのけに黒いマントをはおった三人の長髪の高校生が立っている。ずっと遠くに、残雪に彩られた絵のような連山。中学四年生の私は、信州というだけでひとかたならぬロマンチックなものを感じた。当然そこには、ほっそりとした、夢のような少女がいてよいと思った。その少女といっしょに、花畠に寝そべったらどのように素敵であろう。かくして、私は松本高校を受験することに心を決めた。

私は中学四修で高校に入学してしまうつもりであった。そのくせちっとも受験勉強をせず、年の暮あたりから泥縄式に猛烈にやりはじめた。ある夜、私はなにげなく半紙を切り、そこにその日の日づけと、試験までの日数を記した。ついでにサラサラと山の絵をかき、それを机の前の壁に貼った。次の日、私はまた似たような自分を励ますポスターを貼った。それが毎日の習慣になった。いつも夜の十二時前に次の日のポスターを描き、十二時になるとポスターを貼りかえるのが定まりであった。しかも、そのポスターの絵が次第に凝ったものになってきて、はじめは鉛筆やペンで描かれた単色のものだったのが、色鉛筆を使いだし、やがては水彩絵具でざっと彩色するようになり、かなりの時間を費すようになった。絵には必ず高校生の姿が出た。マントを着て立ちはだかる向こうに落日のアルプス。あるいは一面の花畠の中に横たわり、彼方に鋸歯のごとき尾根。もうその頃にはポスターは堂々たる水彩画となっていて、それを描くのに一時間近くを要し、勉強の励ましになるどころか妨害物といったほうが真相に近かった。それかあらぬか、もちろんその年、私は落第した。あんな何十枚ものポスターをせっせと描かなければひょっとすると受かっていたかも知れないと今でも思う。

次の年——それは連日の空襲のさ中であったが、幸いに松本高校に合格できた。やがて敗戦。それからの二年半、ひどい食糧難ではあったが、その中で辛うじて山へ登った。山小屋は短い夏の期間をのぞいてはすぐ閉じられてしまった。毛布もなかった。毛布など置いておくと、みな盗まれてしまうという時代であった。びらびらのスフの靴下を何枚も重ねてはいて、兵隊靴に足をかため、ゲートルを巻いた。リュックの中には買出しに行って死ぬ思いで手に入れた一升から二升の米、それから軍隊の放出物資の乾燥味噌と塩。サケ罐などあるときは栄耀豪華という感じがした。

ところで、私にそもそも信州をあこがれさせた一枚の写真、つまりあの一面のお花畠の写真の正体を信州にきて私は知った。それは高山の花畠ではなく、ただの田に咲くレンゲの花畠なのであった。そこで寝そべりたくとも、下は水でびしゃびしゃしていて、とても恋人と憩うのはむずかしいのであった。さらに私の夢想した妖精のごとき少女、これがどういうものか信州にはいないようであった。少なくとも私の前には現われてこなかった。寒気のためか、信州の女性は頰が丸く赤すぎた。

何事も遠く離れて夢想しているだけのほうが幸福だというのは本当のことである。

山登りも釣りと同じく意味もなく自慢したくて堪らなくなるものである。

山高きがゆえに尊からずと同じで、どんな険しい山に登ったとてそれほど偉いわけではない。しかし、登山にはなにかがある。そこでは自然がむきだしになって肌に触れてくるからであろう。それゆえ、たとえそれがアタゴ山であっても、登らないより登ったほうが遙かにいい。

私はべつに山男でないから、危険な登山、困難な登山というものとは縁がない。それにしたって、山に関して自慢する種には困らないのである。金魚しか釣ったことのない釣師が、やっぱり自慢するのと同じことである。

まず滅多に経験した人はないだろうと思われることに、ほとんど人っ子一人いない盛夏の上高地を私は知っている。終戦直前の夏の話なのである。温泉旅館が一軒だけやっていたと思う。釣竿を借りてイワナを狙いながら上高地平を歩きまわっても、たえて人に出会わず、それこそ下界を離れた別天地という感じがした。今では真冬に行ってもああはゆくまい。私は感傷的な年齢でもあり、また本土決戦で必ず死ぬにちがいなく、大げさに言うなら、死ぬまえにあこがれの山をこの目で見たいという心境であった。それゆえ、落葉松の梢ごしに光る穂高の雪渓も、あくまで清冽な梓川の流れも、今のように手のとどくかぎり樹皮のはがされてはいない白樺の幹も、このうえなく鮮かに私の目に沁みた。そのときには、バス道路を島々から上高地まで歩いた。むろんバスはなかったし、徳本峠《とくごう》が通れるかどうかわからないということだったからである。あのバス道路を全部歩くようなバカげたことをした人はそうはいまい。あの道は九里ある。

徳本峠を越えるのが上高地に入る本道であるが、近ごろはみんなバスで行ってしまう。私は少なくとも十五回はここを越えた。さらに、上高地の小梨平から徳本峠を越えて島々まで四時間を切るという記録をもっている。このときは友人がバスで発ち、それと競争したのだが、バスがエンコし、私がまんまと勝った。四時間というと、登りも休むことなく息せききって登り、降りは大半走りづめである。途中、一度だけ川岸に腰をおろして、五分間の食事をとった。いま私に残っているのは、いざというときの早飯だけである。私はインスタント・ラーメンを三十秒間で食べることができる。

私の登山は昆虫採集が加味されるので、飽かずに同じところへ幾度も行っている。徳本峠もそうだが、松本の東方美ヶ原、三城《さんしろ》牧場は実に二十回以上訪れた。単なる登山だとこういうつまらぬ記録はできまい。

その三城牧場でのことであった。五月末で、ツツジが盛りであった。雲一つない好天で、ただ前夜かなり雨が降ったので地面は濡れていた。私は牧場を登りきった辺りの川岸で、飯盒《はんごう》に米をといだ。ここらはピクニック程度の山であるから、携帯燃料は持っておらず、持参の新聞紙を木の枝の下に入れ、火をつけた。新聞紙はぼうっと燃えあがったが、悲しいかな、枝がしめっているため燃えつかず、そのまま消えてしまった。もう一回やってみて、同じ結果に終った。私は途方にくれた。新聞紙はそれで尽きてしまったからである。火がなければ飯を炊いて食べるわけにゆかない。ちょうどそこへ、美ヶ原から一人の登山者が降りてきた。私はその男を呼びとめ、紙はないかと問うた。男は首をかしげ、それからリュックサックをあけて、大きな握り飯を包んだ新聞紙をわざわざはがして私にくれた。男が行ってしまってから、私は慎重に準備し、祈る気持で火をつけた。新聞紙はぼうと燃え、またもや消えてしまった。私は口惜しくて息もできなかった。しかし、そのまま空腹でいるわけにもゆかぬから、林の中を捜して、なんとか濡れていないほそい枝を集めてきた。新聞紙はもうなかったが、幸い小さな手帳があった。その数枚を破いて、火をつけた。今度は見事に火を作ることができ、私は生米をかじらないで済んだ。この経験に懲りて、私は以来どんな小さな山へ行くにも、携帯燃料だけは忘れないことにしている。

横尾谷辺りを、コーモリ傘をさして歩くのもあまり見かけない図ではある。ある年の六月、アルプス歩き四十年という小学校の先生と槍ヶ岳へ行った。徳本を越えるところで、先生はこわれたコーモリ傘を拾い、翌日雨になると、私にそれをさせと言った。その季節では出会う登山者がたいてい大学の山岳部などの専門家で、尻あてをしてパリッとした恰好で行きちがい、その中を握りのないコーモリ傘なぞさして歩くのはさすがに恥ずかしかった。この年は例年になく雪の多い年で、二股の上から一面の雪渓であった。私たちは三人づれのところに、ピッケル二つ、アイゼン二つしかなく、槍沢の上にくると危なくてたまらず、ついに逃げ帰った。

やはり準備だけはきちんとしなければいけない。晴天のときはなんのことなく通過した同じ道も、いったん雨風となればまるきり条件が変ってくるからである。実際、あんなところで、と思うところで道を間違える。あるとき、常念の頂上から蝶ヶ岳へ降りるところで、霧のため尾根を間違えた。そういうときは、いくら地図と磁石と首っぴきしても、間違えるときは間違えてしまうのである。三メートルくらいしか視界が利かないとき、かえってありもしない道があるように思われるのである。

私はピッケルなぞおよそ持たなかったが、また確かにダテに持つ人が多いのも事実だが、まずそれが不要の夏山でも、雪があるところには本当は持ってゆくべきである。大学にはいってから、女づれの友人とアルプス銀座を通って槍へ出たことがある。その女性は横幅がひろく、タライ女史という渾名であった。体の構造上からいっても山登りは得手でないらしく、燕岳の登りでのびてしまった。ようやく小屋について息も絶え絶えでいると、医専の生徒という青年が注射をしてくれた。「どうもありがとう。ぼくも医学部なんですが」と、私は礼を言った。するとその青年は、「医学部ですって？　そりゃいかん。いやしくも医学部の学生が、山へくるのに注射器くらいは持ってくるものです。ぼくは旅行のときには必ず持っていますよ。人助けになりますからね」と説教した。

小癪なことを言う奴と思ったが、一面では私も心にうなずいた。汽車の中で車掌が、「お医者さんはいませんか？」とまわってくるのによく出会ったものである。そこで私は小さな注射器のケースを買い、汽車に乗るときには必ずカバンの一隅にそれを収めることにした。ところがそうなると一向に病人が出ないのである。ただ一度、やはり信州へ山登りへ行っての帰途、笹子駅で病人が出たと車掌がふれてきた。私は今こそ用意が役に立つぞと喜んだが、病人の寝かされているプラットフォームへ降りてみると、その傍にいかにも本物らしい髭の生えたお医者さんが、立派なカバンから診療器具を取りだしており、私はすごすごと引返した。以来、私はまだ汽車旅行の途中で病人を助けた記憶がない。

余談になったが、とにかくそのタライ女史を連れて槍を越え、槍沢を降りはじめたとき、ピッケルもないのだからよせばよいのに雪渓でグリセードの真似をはじめた。アッという間にとまらなくなった。おそらく私は物凄い形相をしたことと思う。辛うじて岩が突きでているところにぶつかってとまった。

ふりかえって見ると、うしろからタライ女史をはじめ二人の友人が、恐怖に目玉をとびださせそうにして次々と辷《すべ》ってきて、岩にぶつかってとまった。タライ女史は肘をすりむいていた。

それから上高地へ降り、信州大学のテントで先輩あつかいを受けて、いい気持で二日ばかり過した。次に前穂に登った。頂上を極めて、登るときとは違う道をとって降りはじめたら、雪渓にぶつかった。崖の後方に折れ曲っているためどのくらいその雪渓が続いているのかわからないが、どうやら大雪渓の様子である。私は槍沢のこともあるので、危険を感じた。ここでタライ女史でもころがりだしたらもうダメだと思った。危険を察知したら敢然として引返すのが真の登山家というものである。私は一同をふり返り、「引返せ」と命じた。途中で二人の登山家に会い、私はかくかくだと話した。彼らはそのまま降りて行ったが、私は信念を変えず、エッチラ上まで引返して、登りと同じ道を通って下山した。麓で先ほどの二人組とまた会った。私は尋ねた。

「あの雪渓はどのくらい続いてました?」

「雪渓? ああ、あれか。短いもんですよ」

「右手に折れてたでしょう? あれから……」

「ああ、あそこでもう終りですよ。あなたはあそこから引返されたのですね。よほど慎重な人だと私たち話しあったんですがね」

私はうつむいて沈黙した。

季節外れの山小屋に、もちろん番人もいず、一人だけで泊った経験をお持ちだろうか。あれはこわいものである。すべての怪談をみな思いだす。なによりこわいのは、オバケが出るということより、そんな夜中にほかの人間が一人ひょっくり現われはしまいかという恐怖である。

私は山小屋を大切に使ったと思っている。羽目板をはがして燃してしまうという行為は断然私の憎むところである。しかし、大学にはいってからは無人小屋に泊ってもちゃんと金を置いてきたが、高校時代は多くロハで泊った。なにより当時はお金がなくて、毛布一枚ない小屋で金を置いてくる気になれなかったのである。あるとき西穂高の小屋に泊って、上高地へ降りてきてとある店にはいったら、

「どこからいらしたです?」

「西穂です」

「昨夜泊られたですな。あれは私の弟がやっている小屋です。宿泊費をあずかっておきましょう」

と、まきあげられてガッカリした思い出がある。

しかし、食糧難時代の小屋にはそれなりのおもむきがあった。たとえば徳沢園にしろ、むかしは山小屋風で、もちろんランプで、上高地を素通りして夕刻ここに着くと、若い女性——徳沢小屋の娘さんであった——が、「お客さん、何合?」と訊いたものだ。すると、「二合」というふうに答える。お米をいくら炊くかということである。あるいは飯盒にこちらで入れて、炊いてもらったものであった。露天風呂にはいって、ランプの暗い灯かげで手帳に日記をつけて、それでも個室の有難味を味わったものだった。それが、いつとは

なく、ここにも電灯がつくようになり、お膳にお櫃なんぞついてくるようになっては、情緒は七割方減ったというものだ。

乗鞍にも美ヶ原にもバスであがれるようになってしまったときは、いささか憤慨したものだが、今はそれなりによいことだと思っている。爺さん婆さんも、幼い子供も、アルプスの肌に触れられるというのはやはりいいことだ。もっとも、そうした心理の変化は自分がバスでのぼる年齢になってしまったせいかも知れない。

松本高校の山岳部は地元ということもあって大学級であった。松高ルンゼという名まで残っていて、その奥又白のジュズつなぎの遭難を知らない人はモグリとまで言われる。私が山岳部にはいらなかったのは、虫を採るため団体行動ができぬと考えたためと、登山部にはいると川原に集合させられ、川原の石をザックにつめて、十里を往復させられるという噂を聞いたからである。しかし松高生は、山岳部でなくても人並に山に登った。概して地元の連中はちっとも山に興味を示さず、地方の都会からきている学生がせっせと登るようであった。そして、平均一年に一回、遭難事故を——死者を出している。

たとえばフウテンと呼ばれる一年上の男は、ほんのすぐそこの美ヶ原にスキーに行って死んでしまった。フウテンは蹴球部の選手で、鷲鼻で色が浅黒くてユニフォームがまことによく似あった。ストッキングもよく似あった。彼がグラウンドの一隅でかまえているところを見ると、オリンピック選手のごとき風格があった。しかし、いざボールがとんでくるとてんでダメなのであった。名物男の一人で、みんなから好かれていた。そのフウテンが死んだときにはちょっと信じられなかった。友人は、「あいつがスキーに行く手はない。あいつはスキーの長さだけすべるところぶのだ」と言って涙をこぼした。

一人の人間の生命を奪った山が、同じ変らぬ山容で朝な夕なそびえているのを眺めるのはなんとも言えないものである。私の在学中、八方尾根でも一人が死んだ。一冬雪に埋っていたザックを次の年に掘りだし、その弱くなったザイルを捨縄に使ってまた落っこちてしまった男も出た。私が大学にはいってから、寮を尋ねたとき一晩語りあった寮の委員長が、南アルプスで死んだ。

こうして身近に山の死を見聞してくると、私はだんぜん遭難に対して寛容になれない。「山で死ねば本望だ」という言葉を言ってもふしぎではない人間もいることは確かだが、ネコもネズミもそんな言葉を口にするのを聞くと背筋がゾモッとする。不埒である。不遜である。とにかく、山が好きな者が山で死ぬのは許せない気がする。

私の後輩が、乗鞍にスキーに行き、吹雪に会って道を失った。話に聞いたように、雪をかいて穴を掘った。木の枝を折って上にさし、そこに雪をかぶせて洞穴を作った。その中にはいると嘘のように暖かい。なるほど話というのは大したものだと思った。すっかりよい気持になり、次には、また話にあるように、その中で火をたいてもっと身体を暖めようとした。すると天井の雪が溶けてどさりと落ちてきて、火は消えてしまう、せっかくの洞穴はこわれてしまうで、彼はふるえながら一夜を明かした。夜が明けてみたら、これまた話にあるように、すぐ目の前に小屋が見えたそうである。

まさしく紙一重の差で、笑い話にもなり、本物の遭難にもなる。そこで最後に一言すれば、登山というものはなるたけ大げさに考えたほうがいいと思う。食糧も二倍もつ。衣服も金も二倍もつ。たとえば金が心細いばっかりに、泊るべき山小屋を一つとばすことをはじめから予定するのがまず危ない。慎重なのに越したことはない。たとえば百五十人のポーターと十人のシェルパを連れ、四トンの荷物を運び、箱根山に登るという人物が出現したとしても、私は決して笑ったりしないであろう。

■北 杜夫（きた・もりお） 昭和二（一九二七）年～平成二十三（二〇一一）年
・北杜夫は昭和二十年、旧制松本高校に入学。寮の先輩に辻邦生がいた。松高山岳部は昭和十年代、前穂高岳東面（奥又白）の岩場で活躍したが、昭和十四年十二月、前穂東壁Cフェース初登攀後、V字雪渓で二人が死亡する事故を起こした。北杜夫は昭和四十年六～七月、京都府山岳連盟のカラコルム・ディラン（ミナピン／七二六六メートル）登山隊に参加、その体験をもとに『白きたおやかな峰』（一九六六年・新潮社）を書いた。山を舞台とした短編小説に「岩尾根にて」「谿間にて」がある。
出典＝「婦人公論」昭和四十年八月号／『どくとるマンボウ途中下車』（昭和四十一年・中央公論社）

## ［解説］山と文芸の取組み　作家は山をどう受け取るのか

大森久雄

面白い内容の本ができたと思う。いきなり手前味噌の言い方で恐縮だが、この種の内容の本は、山の世界では初めてかもしれない。山の文章のアンソロジーはいろいろ刊行されているが、いずれも山の文人、というか、実際に活発に山登りをしているひとの書いた文章が主体で、いわゆる作家（小説家・評論家・劇作家・詩人・歌人・俳人など）の山のエッセーだけを集めるという試みのものは、地域を限ってのものを除けば見当たらない。

そうした一般の作家が山を対象にして書いた文章はいつごろからあるのか。

いわゆる近代的な山登りが始まるのは、ごく大雑把にいえば市民社会の成熟による十九世紀から、ということになっているが、そうした流れのなかで作家の山のエッセーもまた生まれてきた。日本山岳会の創立は明治三十八・一九〇五年。当時の会員には、島崎春樹（藤村）、田山録彌（花袋）、小山内薫、高島得三（北海）、柳田國男などの名前がみられて、文人と山との間に結びつきのあったことがわかる。

フランスの作家スタンダール（一七八三―一八四二）は、フランス南東部の都市グルノーブルの生まれ。そこはアルプスの前山に囲まれて、町のどこからでも山の姿が見える。その点では信州の松本みたいな位置だが、高台の城址に登れば「北に遠ざかりて雪白き山あり。問えば」その名はモン・ブラン。そのスタンダールはパリに出て来て、そこから山が見えないことに不満を持ち、「あいにくパリの近辺には高い山がない。もし天からまずまずの湖と山を授かっていれば、フランス文学は絵画的な描写にずっと恵まれていたろう。」（『ある旅行者の手記1』山辺雅彦訳・新評論一九八三年）と書いている。そして「恵み深い妖精が、グルノーブル近辺の鋭い山のどれかをここまで運んでくれなかったのは残念」とまで言っている。現にその作品『パルムの僧院』では、牢屋に閉じ込められた主人公が、その窓から高い山が見えて気持ちをプラスに切り替えられる場面がある。

その国の最高峰が見える首都、という点で東京は世界に冠たる都市だが、木暮理太郎の「東京から見える山」に代表される山岳観望は、日本の主要都市のすべてに適合する。スタンダールとは違ってそういう環境にある日本の作家は、山とどのような付き合いをしているのか。山と文学とはどういう関わりを持っているのか。スタンダールが言うように、山があれば文芸の表現は変わる、ものなのかどうか。

若いころ山の雑誌の編集をしていて同じ疑問を解明するために、文芸評論家の福田宏年氏に連載原稿をお願いしたことがある（月刊誌「山と高原」昭和三十三〜三十四年）。福田氏は当時立教大学のドイツ語・ドイツ文学の助教授だったが、「小説と山」というその連載で取り上げられた作品は次のものであった。

太宰治「富嶽百景」、志賀直哉「暗夜行路」の大山、「伊豆の踊子」（川端康成）「あすなろ物語」（井上靖）の天城山、芥川龍之介「河童」の槍ヶ岳、瓜生卓造「金精峠」、深田久弥「G・S・L倶楽部」「雪山の一週間」、夏目漱石「二百十日」の阿蘇、泉鏡花「高野聖」の飛騨越え、横光利一「旅愁」のチロル、梅崎春生「桜島」の桜島岳、大佛次郎「旅路」の針ノ木峠、若杉慧「青春前期」の八ヶ岳、葛西善蔵「湖畔手記」の奥日光、井伏鱒二「山峡風物詩」と深沢七郎「楢山節考」。この連載はその後『山の文学紀行』と題されて単行本になった（昭和三十五・一九六〇年／朋文堂、一九九四年／沖積舎復刊）。

本書でもこのリストに関係する作家が収録されているが、山を作品の背景、あるいは舞台にするという発想を作家に起こさせる動機はなにか。スタンダールは先述のエッセーのなかで「絵になる景色は、立派な乗合馬車や蒸気船と同じで、イギリスから渡来した。美しい風景は、貴族階級と同じように、イギリス人の宗教の一部になっていて、真剣な感情を注ぐべき対象」だと言っている。そうかもしれない。しかし、『万葉集』に代表される日本の古典文学には、自然景観を題材にした作品が多い。特に短歌・俳句など詩歌の領域では日本の自然は大きな要素で、本書でもそれはよくわかる。スタンダールが日本古典文学を知っていたら、と残念な思いがする。それはともかく、こうした地理的歴史的背景を持っている日本の作家は、では、自然風景のなかでも大きな要素となる山とどのように接触しているのか。

そうした疑問への答えが本書である、と大上段にふりかぶるわけではないけれども、答えの一部にはなるにちがいない。

＊

「道がつづら折りになつて、いよいよ天城峠に近づいたと思ふ頃、雨脚が杉の密林を白く染めながら、すさまじい早さで麓から私を追つて来た。」

ご存じ『伊豆の踊子』冒頭の描写である。音と色彩とが見事なハーモニーをもって読者のこころを捉える。あるいは、「国境の長いトンネルを抜けると雪国であつた。夜の底が白くなつた。」という書き出しにある鋭い、絶妙の表現「夜の底が白くなつた」。こういう鮮やかな自然描写を紡ぎ出す作者は、山とどういう交感をしているのだろうか。そういう問題は、小説ではなく、エッセーのほうに答えが見つかるのではないか。

本書の企画の相談を受けた時、面白い、やるべき本だと思ったけれども、材料を探し出す手間暇を考えると簡単には立ち上がれなかった。同じようなことは私自身、編集者としてつねに頭の片隅においてあったのだが、何十年ものあいだ、それは夢・幻のごとくで、実像を結ぶことはなかった。驚いたことに、相談を受けた時、収録作品のリストはすでに出来あがっていて、作品のコピーまで用意されていた。企画・構成・編集はヤマケイ文庫担当の編集者・米山芳樹さんだが、明治期以降の厖大な文芸作品を博捜して候補作を選び出すというその気力・エネルギーは敬服に値するものであった。さらに、収録作品とその背景の解説はまさに労作だが、それまでもがほぼ完成していたのも驚嘆すべきことで、私が手を出すまでもない、よく準備された企画だった。内容に目を通すうちに、幾分かは変更する余地があると思われて、多少の入れ替えを提案したが、基本的な骨組みと肉付けは企画編集者のプランのとおりである。ページの都合で省かざるをえない候補作がいくつもあるから、省いたもののなかにもったいない、というものが多数あるけれども、また、こういういい作品があるのに知らないのか、とお叱りを受けることがあるにちがいないが、それは如何ともしがたいのでご了承をいただきたい。

さらに、収録作家のほとんどは山の世界とは無縁のひとだから、山の名前が違っていたり、言葉づかいがおかしかったり、という問題をかかえているし、山登りというよりも山麓逍遙の作品が多いが、それも特徴のひとつ、ということで読み進めていただきたい。その作家の創作が繊細な感覚で知られるのに、収録作にその片鱗もみられなくて戸惑う、ということが起きるかもしれない。張りつめた緊張の極にあるような作品（『桜島』）を書く作家が、山のエッセーになると、まったくとぼけた内容になるのもほほえましい。生存作家と、山の世界に深く足を踏み入れている作家は対象外としたが、山の世界の人の紀行文が本職の文学者のエッセーと四つに渡り合えるのを確認できたのは収穫だった。配列は生年順としたが、編集組版の都合で変更したものもある。なお、ヤマケイ新書『山の名作読み歩き』は同じ世界に属していて本書の近い親族とも言えるので併読をお願いしたい。

頭の片隅に放り込まれたままだった夢が、米山さんの情熱と執念とで実を結ぶことになったのはめでたいが、山の文芸の世界に新しい展開を提供することができたのは大きな喜びである。前記の『山の文学紀行』収録作品のなかから山が作中人物の上に大きくかぶさっているトップ3を選べば、『暗夜行路』『桜島』『旅路』となるだろうか。本書収録の作品群ではそれはどういうことになるか。小説家のみならず、広く歌人・俳人の世界にも範囲を広げてみたが、一般文芸の作家が山と取組む、奥深い世界をたのしんでいただきたい。

付記

●原則的に全集を底本として、可能な限り初出文献と照合しました。使用した文献は出典欄に記載しました。

●次の内容で表記を改めました。

・旧漢字、旧仮名遣いの作品について、常用漢字表に掲げられている漢字は新字体に改める。ただし、固有名詞など一部を例外とする。文語文、詩歌以外の旧仮名遣いは、現代仮名遣いに改める。

・右記以外の漢字を別の漢字や平仮名に替えること、平仮名を漢字に替えることはしない。

・送り仮名は原文通りとし、難読の場合は振仮名で補う。

・振仮名は、原作品の表記を尊重し、さらに難読と思われる漢字に振仮名を加える。ただし、総ルビの作品は必要以外の振仮名を省略する。

編集部

# 紀行とエッセーで読む　作家の山旅

二〇一七年三月一日　初版第一刷発行

編　者　山と溪谷社
発行人　川崎深雪
発行所　株式会社　山と溪谷社
郵便番号　一〇一―〇〇五一
東京都千代田区神田神保町一丁目一〇五番地
http://www.yamakei.co.jp/
■商品に関するお問合せ先
山と溪谷社カスタマーセンター
電話　〇三―六八三七―五〇一八
■書店・取次様からのお問合せ先
山と溪谷社受注センター
電話　〇三―六七四四―一九一九
ファクス　〇三―六七四四―一九二七

フォーマット・デザイン　岡本一宣デザイン事務所
印刷・製本　株式会社暁印刷

定価はカバーに表示してあります
Printed in Japan　ISBN978-4-635-04828-6